命もいらず名もいらず　上

幕末篇

山本兼一

集英社文庫

目次

第三章

命もいらず名もいらず　上　幕末篇

第一章　遺　言

陣　立

とんでもない男である。

世に正直者や、志の高い人間は多いが、この男ほどまっしぐらな人間はめずらしい。

名は、小野鉄太郎高歩《おのてつたろうたかゆき》。のちに山岡《やまおか》家に養子に入り、号して山岡鉄舟《てっしゅう》と称す。

そもそも、子供のころから、ちょっと度がはずれている。人として立っている場所が、ふつうではない。

江戸の生まれだが、少年時代は、飛驒高山《ひだたかやま》の陣屋で過ごした。鰻《うなぎ》をご馳走《ちそう》してくれる人があって、兄弟みなが出かけたのに、鉄太郎はただ一人残った。

「クジラならいただきますが、あんなミミズに髭《ひげ》の生えたのなんか食べられません」

と、断ったのである。気宇壮大。心の根がやたらと太い。

父親が昵懇《じっこん》にしている臨済禅《りんざいぜん》の寺で鐘楼の大鐘《おおがね》を見ていると、和尚がからかった。

「鉄さん。ほしければ、その鐘をあげよう」

「ありがとうございます」

喜びいさんだ鉄太郎は、すぐさま陣屋にとってかえすと、人足たちを連れて寺にもどり、鐘をはずすように命じた。和尚が冗談だと詫《わ》びたが承知せず、結局は、父親があいだに立って諭し、ようやく諦めた。十一歳のときの話である。

いつも本気で、思いこんだらひたすらまっすぐ突き進む少年なのである。

書を習いはじめたばかりのある夜、習った字をすべて清書せよ、と父から美濃紙《みのがみ》の束をわたされた。鉄太郎は、懸命にはげみ、たった一刻《いっとき》（約二時間）で、六十三枚の紙に、手本としていた千字文《せんじもん》をすべて清書した。幼いながらも天真自然《てんしんじねん》の強い力をたたえた筆蹟《ひっせき》であった。

なみはずれて利発というたちではない。

「おれは、もの覚えがわるい」

と、自覚しているから、四書五経は素読《そどく》だけで満足せず、なんかいも書き写して覚えた。愚直という言葉がぴったりあてはまる。

父は、徳川《とくがわ》将軍家の旗本。家禄《かろく》は六百石。鉄太郎が十歳のときに飛騨の郡代《ぐんだい》（代官）として赴任した。飛騨国十一万石を支配する重職で、へたな大名よりよほど威勢がある。住まいである高山の陣屋には、二千俵の米俵が入るとびきり大きな米蔵が十六房もならんでいる。

父の威をかりて威張ったってかまわないが、この少年、まるでそんなそぶりがない。

母が聡明《そうめい》だった。

「よいですか。みながおまえのことを若様とか、若殿様といって頭をさげますが、それはおまえが偉いからではありません。お父様のお役目が郡代だからですよ」

そう言い聞かされてそだっている。

剣術が大好きで、竹刀《しない》をにぎれば、突きと体当たりが得意である。道場のだれもが呆《あき》れるほど力いっぱいまっしぐらに突き進む。

それでいて、馬鹿とも、たわけとも呼ばれないのは、私心を微塵《みじん》ももちあわせていないからだ。こころの底がぽっかり抜けていて、宇宙をのみこんだほど豪気ですがすがしい。

嘉永《かえい》五年（一八五二）の正月が明けたころから、鉄太郎の父は顔色がすぐれない。黄疸《おうだん》がはげしく、頬がこけ、いかにも窶《やつ》れている。

傍目《はため》には、かなり重い病に見えるが、すでに齢《よわい》七十九を数えるこの郡代は、床に就くこともなく、いつもどおり政務をこなし、どんな不平もこぼさなかった。

「お呼びでございますか」

厚い雪雲のたれ込めた日である。鉄太郎が陣屋の大広間に行くと、すでに主だった役人や小野家の兄弟が顔をそろえていた。

父は、床の間を背負って端座している。

「遅いではないか」

兄の鶴次郎《つるじろう》が叱った。この兄は、父と先妻の次男で、鉄太郎は後添《のちぞ》えの長男だ。それゆえ、〝次郎〟と〝太郎〟が逆転している。

「なにをしておった」

父の朝右衛門高福《あさうえもんたかよし》がたずねた。高福の名は、「たかとみ」と読むと伝える系図もある。

「素振りをしておりました。どうにも思い通りに刃筋《はすじ》がきまらず、あと一振り、もう一振りだけ、と思ううちに、つい遅くなってしまい、申しわけございません」

十七になる鉄太郎は、なによりも剣をにぎるのが好きでたまらない。

——強くなりたい。

ひりひりとそう願って精進している。

書を読み、千字文の手習いも怠らないが、やはり竹刀や木刀を振っているときがいちばん気持ちが高揚する。いまも、庭で真剣の素振りをしていた。

「足が冷えたであろう」

「いえ、まったく」

この正月の飛驒高山はことのほか寒さが厳しく、庭には雪が深い。足袋《たび》をはかぬ足が真っ赤だが、鉄太郎は冷たさなど微塵も感じていない。それよりも、刃筋が思うにまかせぬことのほうが気にかかる。

「さように面白いか」

「はい。それはもう」

じつはきのう、生まれて初めて刀で巻き藁《わら》を切った。真剣で物を切る感触はかくべつで、興奮がまだおさまらず、火照《ほて》りとなって燃えている。

十五で元服したとき、父から大小の刀をもらった。いつも腰に差しているが、それでなにかを切った経験はなかった。

きのうの試斬《しざん》は、剣術師範井上八郎清虎《いのうえはちろうきよとら》の指導のもと、初めての体験だった。

――切れる。

刀は切れるという当たり前の事実が、鉄太郎の脳天をつらぬいた。いつも腰に差している大小が、ただの飾りではなく、じつは、人間の命を奪うための道具であったと、はっきり実感したのである。

「真剣を振るうと、どうだ。木刀や竹刀とはちがうか」

父に問われ、鉄太郎はすぐにうなずいた。

「まるでちがっております」

ものごころのつかぬころから竹刀や木刀をにぎっているが、初めて刀で物を切り、まったくべつの次元の力がみなぎるのを感じた。

「どのようにちがう」

病で苦しいであろうに、父は背筋を伸ばしてすわり、姿勢を崩さない。

父高福は、六十二歳のとき、後添えとして二十五歳の妻いそを娶《めと》った。よほど壮健なたちらしく、それから鉄太郎を頭に六人の息子をなした。重い病を患ういまも、矍鑠《かくしやく》として、大きな目で一同を見すえている。

鉄太郎は、高福の四男とも五男ともいわれている。先妻の連れ子も合わせると、さきに四男三女がいたらしい。そのあたりの兄弟の数は、さだかではない。

それはさて——。

「真剣をにぎると、命がみなぎります。生きるか、死ぬか、生かすか、殺すか——。刀は、人間の命をあやつる玄妙なる道具。精進に精進をかさね、なんとしてもこの道の奥義をきわめたいと思いました」

刀には人を斬り殺す力がある。うまく言葉にできないが、真剣をにぎると、おのれ自身の生き方が問われているのだと思った。はたして、人を殺《あや》める資格のある男か、いや、そもそも生きている値打ちのある男か——。

高福があわく笑った。

「なるほど。おまえは、ようやく剣の入り口に立ったらしい」

「入り口でございますか……」

すでに奥義の一端をかいま見たつもりの鉄太郎にしてみれば、いささか水をさされた気分だ。

鉄太郎は、剣が強い。じつは、とんでもなく強い。飛騨高山の侍の子は、東山《ひがしやま》のふもとの白山《はくさん》神社にある修武場で剣術を学ぶが、鉄太郎は文句なく第一等の腕である。

身の丈すでに六尺二寸（約一八八センチ）の大兵《だいひょう》で、突き技が得意だ。体当たりでぶつかれば、相手はかならずはじけ飛ぶ。

「たいがいにしておけ。据え物を切るだけならよいが、そのうち人が斬りたいなどと言い出されては迷惑千万だからな」

十三歳年上の兄鶴次郎が顔をしかめた。

「そんなつもりは毛頭ございません」

心外きわまりない兄の言葉だ。実際に人を斬るなど、思いもよらない。

「おまえは、人の斬り方を、井上先生にたずねたそうではないか」

兄の言葉に、一同が息をのんだ。

「それは……」

「たずねたであろう」

兄鶴次郎がにらんでいる。

鉄太郎は、去年の暮れから、北辰一刀流《ほくしんいっとう》の井上清虎に剣術をまなびはじめた。

江戸の本所大川端《ほんじょおおかわばた》で生まれた鉄太郎は、九つのとき、やはり、本所大川端にあった真影流《しんかげ》久須美閑適斎《くすみかんてきさい》の稽古場に入門した。閑適斎は、勘定奉行久須美佐渡守《さどのかみ》の三男である。

翌年、父高福が飛驒郡代に任じられたので、家族や郎党とともに高山にやってきた。白山神社の修武場に、ちょうど閑適斎の門弟がいたので、ひきつづき真影流をならうことになった。去年、第一段階を修了し、切紙《きりがみ》を伝授されたところだ。

——鉄太郎は、きっと名人になる。

息子の剣の素質を見ぬいていた父は、よい師匠を招こうとさがした。

以前に高山にきたことのある井上清虎こそ適任だと思いあたり、懇願の手紙を書いて、わざわざ呼び寄せた。井上は、北辰一刀流千葉周作《ちばしゅうさく》門下でも名高い達人である。

「どうだ、人が斬りたいと言うたのであろう」

鶴次郎の声が、鉄太郎を責めたてた。

「そうは言うておりません。人を斬るのは、どんな感触かとおたずねしただけのこと」

きのう、巻き藁をすっぱりと切った鉄太郎の刃筋を、清虎が褒めた。丸顔にして温厚な師匠だが、剣をにぎるとたんに厳しい顔つきになる。

「ただし、人はそんなふうには斬れぬぞ」

清虎としては、そうつけ加えて、慢心を戒めたつもりであろう。そう言うからには、生きた人間を斬ったことがあるのかと鉄太郎はたずねた。

「生きた人間を斬ったことはない。死体の胴を斬ったことがある」

どんな感触か、鉄太郎は聞かずにいられなかった。

「はて……」

井上清虎が巻き藁の切り口を見た。一晩、池の水に浸《つ》けてあったので、黒ずんで見える。若い細竹を芯にして太さ四寸（約一二センチ）余り巻いた藁を一ッ胴と称し、人間ひとりを斬ったのと同じ手応えがあるとされている。

「あのときは、三日ばかり飯が食えなんだ」

「なぜでございます」

「首を刎《は》ねてからずいぶん日のたった死体でな、切り口から米粒のような蛆《うじ》がびっしり溢《あふ》れ出おった」

試刀家の屋敷で、土壇《どだん》に寝かせた罪人のしかばねを一刀のもとに両断したのだという。

鉄太郎の総身に粟《あわ》がたった。

刀を手にすると、人の命の根源について考えないわけにはいかない。

「人を生かし、国を治めるのが刀だ。おまえのようにただ切るのを面白がるのは不祥の刀。天の道にそむいておる」

鶴次郎の声がきびしい。鉄太郎は、ひざに拳をにぎり、黙って聞いていた。

「じっさいに切る切らぬのは、足軽《あしがる》の兵法だ。武士はほかに学ばねばならぬことがある」

じつは、竹刀をにぎると、鶴次郎より鉄太郎がはるかに強い。十本なら十本、すべて鉄太郎が勝つ。そのせいか、なんとか弁舌で鉄太郎を負かそうという気があるらしい。

兄の言うことが、わからぬではない。しかし、なんといっても、剣術は自分で刀を振るうからこそ面白い。

去年の暮れ、飛驒にやってきた井上清虎は、あたらしくて合理的な北辰一刀流だ。

竹刀稽古を盛んにやるのが人気となり、またたくうちに門弟がふえた流派である。

斎藤弥九郎《さいとうやくろう》の神道無念流練兵館《しんとうむねんりゅうれんぺいかん》。

桃井春蔵《もものいしゅんぞう》の鏡新明智流士学館《きょうしんめいちりゅうしがくかん》。

それに、千葉周作の北辰一刀流玄武館《げんぶかん》が、いま、江戸の三大道場である。

練兵館と士学館は、それぞれ三千人。玄武館には、四千人とも、五千人ともいわれる門弟がいる。

井上清虎は、そんな人気流派の免許皆伝で、水戸《みと》徳川家お抱えの身である。いままでに鉄太郎が会っただれよりも強く、まばゆく神々しく見えている。

ふだん竹刀稽古をつけてくれるのは、井上の供としてやってきた師範代たちだが、鉄太郎はなかなか面に打ち込めない。いつも悔しい思いをしていた。

その井上清虎に、きのう試斬をおしえてもらい、鉄太郎はすっかり血が熱くなっている。

「しかし、剣というものは、やはり切れればこそ……」

「調子にのるな」

兄鶴次郎が責めているのは、すぐに熱くなりすぎる鉄太郎の性格だろう。

「もうよい。その話はそこまでにせよ。それより陣立《じんだて》のことだ」

父高福が話を打ち切らせ、本題をもちだした。

陣立は、野原での調練である。この二年、飛騨高山では、郡代の指示で大規模な陣立がつづけておこなわれている。ことしも、大がかりにするらしい。

海のない山国にも、各地に出没する異国船の風評はとどいている。なにか大きな渦にこの国が呑《の》み込まれてしまうのではないかとの危惧は、鉄太郎もひしひしと感じている。

「ことしは二月に陣立をする」

陣屋の大広間に集まった地役人たちをまえに、郡代の高福が言いわたした。

去年は四月、その前の年は六月におこなった。初夏なら、野外での陣立も爽快だが、ことしの飛驒は雪が多く寒さがきびしい。

「昨年とおなじく四月になされてはいかがでしょう」

地役人頭取の富田礼彦《とみたいやひこ》の言葉に、高福が首をふった。

「いや、いくさが春を待つとは限らぬ。早いほうがよい」

そう言われると、反論のしようがない。病の重い高福が、おのれの死期を自覚しているようにも見える。

――陣立のさなかに往生すれば本望。

高福の顔にそう書いてある。

去年の九月、鉄太郎の母が、突然の発作にたおれ、数日寝込んだだけで亡くなった。まだ四十一の若さだった。美しく気丈な妻を亡くし、高福はさすがに悄然《しようぜん》としていた。いま、最期のいのちを燃やそうとしているのか。

「ことしの陣立は、いちだんと人を集めておこなう」

近在の村にも加勢をたのみ、二千人余りの男たちが東西にわかれて実戦さながらにぶつかり合うのである。

「地図をもて」

若党が大きな絵図面をひろげると、一同がそれを取り囲んだ。山、原、川が、それぞれ、色をつけて描いてある。

高山の町にちかい三福寺村《さんふくじ》である。原をはさんで、周囲に小高い山がある。まんなかに川が流れている。

「東軍はわしが大将。西軍の大将は、富田殿におねがいする」

「かしこまった」

富田が頭をさげた。代々、飛騨の地侍で四十過ぎの木訥《ぼくとつ》な男である。

「川をはさんでのにらみ合いがはじまった。全軍としては、まずなにをなすべきか」

算木《さんぎ》を布陣のかたちに並べて置き、高福が息子たちに問いかけた。

ひざを進めて答えたのは、鉄太郎である。

「合戦ならば、だれよりも先んじて駆け、敵の機先を制するのが、最上の策にございましょう」

鉄太郎は去年の陣立に、先鋒《せんぽう》の弓組として参陣した。革で砂を包んだたんぽの矢を放ち、組頭《くみがしら》の下知《げち》で野原を駆けた。木刀を手に無我夢中で駆け、やたらと敵の兜《かぶと》や陣笠《じんがさ》を打ちすえた記憶ばかりのこっている。

「たわけ。夢中になりすぎるのがおまえの悪いくせだ。機を読むということを知らぬか」

兄の鶴次郎がたしなめた。

道場で兄と向かいあうと、鉄太郎は、なんの間合いもはからず軽々とふみこんで、兄の面を打ちすえる。それだけ伎倆《ぎりょう》の差がおおきいからだが、兄にしてみれば、忸《じく》怩《じ》たるものがあるだろう。

鉄太郎の手がしぜんと拳をにぎっていた。すぐさま面が打ちとれる相手に、わざわざ機を読む必要などないではないか——。くやしく腹が立った。

「しかし、兄上……」

「いいかげんにしろ。一人勝ちて天下勝ち、一人負けて天下負けるのが合戦だ。その要諦をまなぶための陣立だというに、兄弟喧嘩《げんか》などしておる場合か」

父にたしなめられ、鉄太郎は素直に頭をさげた。

「申しわけありませぬ」

「おまえは、血がのぼりやすいたちだ。なにごとも熱心なのはよいが、熱心になりすぎれば執着というぞ。こころしておくがよい」

「胆《きも》に銘じておきます」

「大人数の軍勢をうごかすにあたり、鶴次郎なら、まずなにをなすか」

「この山に登りまして、戦場の状況を把握いたします。まずは敵を見きわめ、戦わずして追い払えるものなら、その道をさぐります」

兄の言葉が潑剌《はつらつ》としている。たしかにまずはそれが肝腎だった。避けられる戦いなら、するべきではない。

「そのとおりだ。駆けるのは、そのあとの話。猪武者《いのししむしゃ》と笑われてもしょうがないぞ」

あたっているだけに父の言葉が痛い。鉄太郎はくちびるをかんだ。

絵図のうえの算木を、父高福がならべなおした。鶴翼《かくよく》、魚鱗《ぎょりん》など、すでに息子たちが知っている陣形ははぶいて、臥龍《がりゅう》、雲龍《うんりゅう》、輪違《わちがい》など、いくつもの戦闘隊形をならべてみせた。

「敵がこちらを攻めてくれば……」

父の説く図上の演習は、将棋にも似ていた。鉄太郎には、どうしても実感がわかない。

「いくさでは大将の采配ひとつで、軍勢がうごかねばならぬ。兵が大将の手足となって駆けるように調練せよ。組頭は、そのつもりで兵に下知せよ」

「かしこまった」

鶴次郎と地役人たちが頭をさげた。鶴次郎は、東軍先手《さきて》の組頭を命じられた。鉄太郎は、ことしも弓組の足軽である。

「おまえをなぜ組頭にせぬかわかるか」

父がたずねた。

「………」

鉄太郎は答えられない。

「鶴次郎の言うとおり、おまえは夢中になりすぎるのがいかん。それは長所でもあるが、短所でもある。しかも、おまえは勝ちたい気がつよすぎる。おのれ一人が勝つことにこだわっていては、一手の組頭はつとまらぬ」

父の言葉がずきずき痛い。

それは、わかっているつもりだが、剣をにぎれば、つい気がはやる。打てるものなら、打たずには気がすまないのだ。

「井上先生には、わしの敵にまわっていただこう。西軍に御加勢ねがえますか」

高福が、剣術師範井上清虎に目を向けた。

「うけたまわりましょう。それがし、ご当地の陣立は初めてくわえていただくが、勝敗はどのようにして決せられますか」

井上がたずねた。

「両軍とも大将のそばに旗を立て、それを奪ったほうの勝ちといたします」

「井上先生には、ぜひ、西軍の本陣で旗をお守りねがいたい」

西軍大将の富田礼彦がていねいに頼んだ。

「けっして奪われはいたしますまい」

丸顔の井上が、柔和な笑顔でうなずいた。

鉄太郎は、道場の竹刀稽古で、しきりと井上の面をねらって打ち込むが、いつもすばやくかわされ、胴を打たれてしまう。千葉周作の高弟だけあって、井上の足さばきはじつに俊敏で、竹刀に力がある。打たれるとしばらく息が苦しい。

――敵に不足はなし。西軍の旗、なんとしてもおれが奪ってやろう。

鉄太郎は、ひとりそう腹に決めた。

陣立は、閏《うるう》二月二日に予定されていた。いまの暦に置き直すと三月二十二日だが、高山ははげしく吹雪《ふぶ》いた。雪はやがてみぞれにかわり、その日は中止せざるをえなかった。

翌日は晴れた。

吹雪のあとだけに、空の青さがまぶしい。あたりの山がひときわ白くかがやいている。

「貝をならせ」

郡代小野高福が、大声で叫ぶと、法螺《ほら》の音が響きわたった。

手はず通り、東軍は最初、鶴翼に開いていたが、甲冑《かっちゅう》を着込み、あざやかな緋《ひ》色《いろ》の陣羽織を羽織った高福が采配をふると、たちまち鋒矢《ほうし》の備えにかわった。

矢じりのように鋭く幅の狭い隊形で、防御よりも決死の攻撃を念頭においた布陣である。

西軍は、方円《ほうえん》の備え。

敵地の奥深くに攻め込んだときに有効な隊形である。兵士が丸い陣形で八方ににらみをきかせ、なお後方に弓、鉄砲を何列かならべる。兵士の丸い円陣と弓鉄砲の四角い方陣を組み合わせた形なのでこの名がある。異国船から上陸した夷狄《いてき》を想定しているため、大砲がならべてあるが、これは竹の模造品だ。東軍としては、この大砲も分捕りたい。

「寒うございますな」

鉄太郎の弟金五郎《きんごろう》は十五歳で、ことし元服したばかりである。きのうのみぞれで、雪が水をふくんでいる。足袋のなかが凍えて冷たい。鉄の胴も、陣笠も、少年にはさぞや重かろう。その下の弟の鎌吉《かまきち》はまだ十三歳だが、父の一声でことし金五郎といっしょに元服した。くちびるを紫にして、口もきけずに震えている。

「じっとしていては凍えてしまう。寒くてもおれについて来い。鎌吉は走れるか」

十三歳の少年がうなずいた。

「走ります。死ぬ気で走ります」

「よし。性根をすえてかかれ」

ざくざくした雪の原に、東西合わせて二千人以上の男たちが向き合った。両軍とも、本陣は背後の山をすこし登ったところ。それぞれ紅白の大旗が高くかかげてある。

「駆けろッ」

弓組の頭《かしら》が叫んだ。五十人の男たちが二列縦隊で走り出した。雪に足をとられ、思うように走れないが、法螺貝の音を聞けば、足が勝手に前に出る。

「とまれ。弓をかまえよ」

敵陣まで三十間（約五五メートル）の川の手前で、頭が命じた。鉄太郎は担いでいた半弓《はんきゅう》を手にすると、えびらから矢をつがえ、きりきり引き絞った。

「はなてッ」

弓組の頭が大声で命じた。五十本の矢が、風をきって青空を飛んだ。

敵も、弓をはなった。放物線をえがいてこちらに飛んできた。陣笠や具足《ぐそく》に命中する。

「痛いッ」

弟の鎌吉が左の肩を押さえた。

矢の先は、革で砂を包んであるが、足軽の具足に肩当てはない。勢いよく飛んできた矢があたれば、かなり痛い。

「なんでもない。ふんばれ」

言い捨てて、鉄太郎は弓をひいた。弓術《きゅうじゅつ》は、陣屋の射場《いば》で修練をかさねた。うでの筋肉をむりに張らず、自然体で弓をひく法を身につけている。

矢がつきたころ、うしろで太鼓が鳴った。はやい調子で三つ連打。かかり太鼓だ。

「突撃じゃあ。ぬかるなよ」

頭が叫んだ。鉄太郎は、金五郎と鎌吉の背中をたたいて気合いをかけた。

「川をわたるぞ」

木刀をにぎって、雪の原から急な斜面を下り、ひざまでの川に駆け込んだ。氷より凍える冷たさに、金玉がちぢみ、脳天まで身震いがはしった。

ほかの弓組も、水に駆け込んだ。ふり返ると、ふたりの弟が川の前で躊躇《ちゅうちょ》している。手を貸してやるべきか考えた。ここは戦場だ。むりに突撃しても、弟たちにいくさはできない。置いていったほうがよいかもしれない。

弟たちが、顔をこわばらせ、川に足を踏み入れた。戦うつもりだ。

足早に流れを横切った。

むこう岸で、白だすきをかけた夥《おびただ》しい敵が待ちかまえている。こちらの東軍は赤だすきをかけている。

「ばらばらになるな。かたまって突っ込むぞ。こっちに寄れ」

組頭の大声さえ、凍《い》てついている。

きのうのみぞれで、川はにごって増水している。流れに足をとられて歩きにくい。

敵が石をなげてくる。こぶしほどの石が陣笠にあたった。頭がくらくらした。

「突っ込めッ！」

組頭の怒声に、男たちが雄叫《おたけ》びをあげた。鉄太郎は手のひらにつばを吐いて木刀をにぎり直し、岸の斜面を駆け上がった。

雪原に駆け上がると、西軍の先鋒が襲ってきた。

「かかれぇッ」

敵は、勢いがいい。組頭の声に力がみなぎっている。

前から三人が打ちかかってきた。

鉄太郎はかがんで体をふかく沈め、木刀を横に薙《な》いだ。脛《すね》をはらわれて二人がたおれた。残った一人に陣笠を打たれたが、いきおいをつけて突き当たり、肩を敵の胴に激突させた。敵はのけぞって雪に倒れた。

たすきを敵に奪われたら、その兵は負けである。鉄太郎は、雪にころがった敵の白だすきを奪った。

——十人はかるい。

それくらいの手柄は立てたい。

「かたまれッ。かたまって突進するぞ」

頭の下知で弓組が一団となった。ほかにもいくつかの人のかたまりができた。

白い大旗が、むこうに立っている。その前にいる黒山の敵をけちらすのだ。

二人の弟が、必死の形相で木刀をかまえている。

「おれの後ろにいろ」

言い終わるまえに、敵が襲いかかってきた。頭上で相手の木刀をうけながし、切《きっ》先《さき》をかえして陣笠を打ちすえると、道場で顔見知りの男が頭をかかえてうずくまった。

「いたいッ。稽古の陣立だ。本気で打つな」

「馬鹿いえ。本気でやらぬ稽古になんの意味がある」

鉄太郎たちが前におしだすと、敵が果敢に打ちかかってきた。

はげしい打ち合いがつづき、兵士の体から湯気がたつ。鉄太郎が突進すると、相手はたちまち泥まみれの雪にころぶ。奪ったたすきが十本になった。

東軍と西軍は、一進一退。川をはさんで、押して、押しもどされ、壮絶なもみあいである。木刀とはいえ、まともに殴られると昏倒《こんとう》する。骨折する者もでた。死者もでるかもしれない。

半刻（約一時間）も入り乱れて戦っていると、木刀を振る腕がしびれてきた。

「あそこまで駆けるぞ」

敵の大旗を指さして頭が叫んだ。

弟たちはすでに降参してうずくまっている。戦える者は半分か。

「突撃ッ」

組頭の下知の声に、まっさきに飛び出したのは鉄太郎である。

むこうの山すその西軍の白い大旗を、百人ばかりの男たちが守っている。

——おれが奪ってやるとも。

鉄太郎には、自分が大旗をとらずにだれがとるとの自負がある。

むかえ撃つ西軍は、本隊の精鋭だ。こちらの隊が突っ込むと、すぐに激戦が始まった。

旗のそばに井上清虎のすがたを見つけた。
五、六人打ちすえて乱戦のなかを駆け抜け、鉄太郎は、井上のすぐ前に立った。
「先生。見参ッ」

井上は胴をつけ、素面《すめん》に白鉢巻をしめている。野袴《のばかま》の裾をしぼり、足もとを革足袋と草鞋《わらじ》でかためている。

鉄太郎をみとめた井上が、木刀を正眼《せいがん》にかまえると、たちまち凄《すご》い風圧を感じた。

井上は、鉄太郎より小柄だが、剣をかまえると大きくのしかかられた気がする。彼の正眼から凄《すさ》まじい風圧を受けるのは、いつものことである。

わかっているが、つい後ずさりしたくなる。

それをこらえて隙をさぐる。目を半ば閉じ、落ち着いて井上の全身を見る。剣先が触れ合うほどの間合いだ。打《うち》を入れるには、勇を鼓して振りかぶり、こちらの全身をぶつけるようにして、振り下ろさなければならない——。

そう意を決したとき、井上の風圧がすこし弱まったように感じた。大声で気勢を発し、右足を踏み込み、額を狙って打ち下ろした。

そのとき、井上がすばやく体《たい》を開き、鉄太郎の木刀は空を切った。

井上の木刀が、鉄太郎の胴を打っていた。前のめりによろめいた鉄太郎は、襟首をつかまれて引き倒された。顔が雪と泥にまみれた。

「おまえの命はここまでだ」

井上の声が、淡々とひびいた。顔をあげると、油断なくその場に立っている井上が、鉄太郎には、とてつもなく大きく見えた。

——勝てない。

どうしたって勝てる相手ではないと思えた。技術の差、力量のちがいなどというより、心機において、すでに負けていた。悔しいが全身から発散する気魄《きはく》に押されてしまったのだ。

陣立がおわって、鉄太郎は、兄の鶴次郎に叱られた。

「馬鹿め。調子にのりおって」

鉄太郎には、返す言葉がなかった。

「引き返せと、すぐそばで頭が叫んでおったではないか。退《の》き太鼓もずっと鳴っておった。聞こえぬはずがなかろう。おまえ一人、足並みを乱しおって」

「申しわけありません」

「合戦は剣術の試合とはわけがちがう。兵がひとつになって動かねば、たちまち崩され、全軍が危機に陥るのだぞ」

「そのとおりと存じます」

「おまえみたいなのを、猪武者というのだ。鉄砲玉にはなれても、とてものこと将にはなれない。組頭さえまかせられぬ。剣の腕は道場でいちばんと慢心しておっても、井上先生にかかったら、シラミを潰すほどの造作もなかったではないか」

鉄太郎はうなだれた。なにひとつ、返す言葉がない。兄は、どこからか見ていたのだろう。

最初は東軍が優勢で、川をわたって西軍の旗のそばまで押したが、鉄太郎が井上とにらみあっていたころ、流れが変わった。

西軍の別働隊が迂回《うかい》して、東軍の本陣に襲いかかったのである。

本陣を守るべく、退き太鼓が打ち鳴らされていた。川をわたっていた者も退却して本陣を守ったのに、ただ鉄太郎だけが、井上との勝負に夢中になって戻らなかった。

「馬鹿者が」

まったく兄の言葉どおりだと思えば、おのれの未熟さが恥ずかしい。強くなるには、もっと冷静に自分を見つめなければならないと、こころに決めた。

三千五百両

陣立の三日後、父が床に就いた。

顔と手足が浅黒く黄ばみ、げっそり痩せている。

「肝《かん》の病です」

座敷から出てきた医者がつぶやいた。

「それで……」

鶴次郎がたずねた。

「おそらくひと月はもちますまい」

「陣立の日は、あんなにお元気だったのに」

「最期の力をふりしぼられましたな」

死病であったのに、気持ちを奮い立たせて陣立をのりきったらしい。いまは、そっと寝かせておくしかないといわれた。

病室にしているふだんの居室に入ると、父高福《たかよし》の目がとろんとしていた。意識がもうろうとしていることが多い。鉄太郎は、じっとそばにいて、煎《せん》じ薬を飲ませたり、粥《かゆ》を口にはこんだり、黙々と介抱に専念した。

寝込んでから八日目、煎じ薬が効いたのか、朝、すこし意識がもどった。

「井上先生とみなを……」

言われて、鉄太郎はすぐ、白山神社の道場に呼びに走った。外は雪まじりの冷たい雨が降っていた。

病人の枕元に、井上清虎と七人の息子たちがならんだ。座敷はほの暗いが、父の顔に死相がはっきり見てとれた。

「鶴次郎……」

「はい」

「幾三郎《きさぶろう》は……、からだが、弱い……。おまえが、幾三郎の養子となって……、小野家のあとを……、継ぐがよい……」

「かしこまりました」

じつは、高福の先妻には幾三郎という連れ子があった。

歳《とし》はすでに五十二で、江戸にいて小姓組に出仕している。病気がちなため、先妻との実子である鶴次郎を跡取りにというのは順当な話だ。

「鉄太郎……」

「はい」

「そこの……、茶室を……、見てみろ……」

居間のすぐとなりに郡代専用の茶室がある。

鉄太郎は、立ち上がってふすまを開いた。狭い茶室に、木箱がふたつあった。がっしりした鉄の金具がついた頑丈な箱だ。

「持ってこい」

手をかけると、思ったよりはるかに重い。なかには、重い物がぎっしり詰まっているにちがいなかった。

ふたつの重い箱を、布団のそばにならべて置いた。

「……開けてみろ」

父が、布団のなかから、痩せた手をさしだした。にぎっている鉄の輪に、鍵がふたつついている。

箱の鍵穴に差しこんで回すと、金属音がして、留め金のはずれる感触があった。もうひとつの箱にも同じ感触があった。

ふたを開けると、楕円形《だえんけい》の白い紙包みがびっしりとならんでいる。五十両の小判を包んで封緘《ふうかん》したものだ。

「鶴次郎には、六百石の家禄がある。その金は鉄太郎と弟たちの分だ」

「こんなに……」

「案ずるな。不正な金ではない……。おまえの母が倹約してそれだけ貯《た》めたのだ」

鉄太郎の母いそは、上背があり、気丈だった。鉄太郎が大きいのは、母の血だろう。それでいて、つつましい女だった。無駄を惜しみ、いつも縫い物をしていた。笑顔はやわらかいのに、こころに強い芯があるようだった。郡代には付届《つけとどけ》が多い。それをしっかり貯《たくわ》えておいたのだろう。

三十七も歳のはなれた父に後妻として嫁いだのは、じつは、いちどべつの家に嫁いで離縁されたからだと、いつだったか、口さがない郎党に聞かされたことがあった。どんな理由があったのか、いまとなっては知るよしもないが、母に落ち度がなかったであろうことだけは、たしかに思えた。その母も、すでにない。

「父上……」

鉄太郎にとって、父は不動の山のごとき存在であった。

飛騨の郡代として、地役人たちを指図する姿は凛々《りり》しく誇らしかった。厳しかったが、高齢になってからの子だけに、鉄太郎はよく目をかけられ、可愛《かわい》がられもした。

「……弟たちは……、幼い……。鉄太郎が……、その金で、身の立つようにしてやれ」

子宝にめぐまれた父であった。末弟の留太郎《とめたろう》などは、数え年で三つ。おととし六月の生まれだから、まだ歩くのがおぼつかないし、乳もほしがる。

「わかりました。まちがいなく、そのようにいたします」

「……井上先生……」

父の目が、井上清虎にすがった。

「なんなりと仰せあれ」

「鶴次郎は……、家督を継げば……、それでよい。鉄太郎のこと……、案じられてならぬ……。親代わりとして……、なにとぞ……、よしなに……」

「おまかせください。しっかりと、後見いたしましょう」

井上清虎が、深くうなずいた。

「……鉄太郎……」

父の声がきれぎれにかすれている。脂汗をながして苦しそうだ。鉄太郎は、しぼった手拭いで父の額をぬぐった。

「お疲れになります。もう、お休みくださいませ」

父が首をふった。

「おまえに……、言わねば……、ならんことがある」

「はい。うかがいます」

「おまえは……、驚くほど素直なたちだ。おまえのように真《ま》っ直《す》ぐな男は……、どこを見まわしても珍しい……」

「………」

鉄太郎は、なんと返事をしてよいかわからなかった。

「おまえの信じる道を歩め。おまえは、人と違う……。おまえ自身のためになることをしろ。それが、天下の役に立つ。おまえは、そういう男だ」

鉄太郎の実の名乗りは、高歩《たかゆき》である。父がそんな思いでつけてくれた名前かと思えば、感慨もひとしおだ。

「……よいか」

「かしこまりました……」

泣くまいとこらえた。目が潤んだのは、塵《ちり》が入ったからだ。

乳母に抱かれていた末弟の留太郎がむずかって泣いた。まだ父の病など、わかるはずもない。

昼前だというのに、部屋はうす暗い。外は冷たい雨雪である。大火鉢にかけた鉄瓶が音をたてて湯気を噴いている。

「もう、お休みなさいませ」

鉄太郎は、茶碗《ちやわん》の湯冷ましを、新しい布巾にふくませ、父のくちびるを湿した。

「一期《いちご》は夢とは……よく言うたもの」

「夢でございましたか」

「ああ、夢であった。満ち足りた夢だ」

死の床で、そのように断言できる父を、鉄太郎は偉大だと感じた。

「鶴次郎……」

「はい」

「小野の家はおまえに任せる。……せいぜい励んで守《も》り立ててくれ」

「かしこまりました。そんなことより、お休みください」

「ああ、そうしよう」

父は、静かにまぶたを閉じた。

それから十日ばかり、昏睡《こんすい》と覚醒をくり返し、亡くなったのは閏二月の終わり、よく晴れた春の朝であった。


「それは困ったことになったな」

顔に白布のかかった父高福の枕元で、井上清虎が、腕を組んで眉をひそめた。線香の煙が細くたちのぼっている。

「まさか、そんなこととは、思いもよりませなんだ」

鶴次郎が月代《さかやき》をなでた。

「じつは……」

と、小野家に古くから仕える用人《ようにん》が言い出したことなのだが、跡目相続願いが、江戸の御目付に提出されていないというのである。小野家には、先妻の連れ子幾三郎と実子鶴次郎、後妻の子鉄太郎らがいるため、だれが相続人になるか書面にして届けておく必要があった。

「なぜ、それをはやく言わぬ」

鶴次郎が用人を叱った。

「殿様には、なんどか申し上げましたが、わしが死ぬと思うかと呵々《かか》大笑なされば、それ以上強くは申せません」

用人の立場とすれば、そのとおりだろう。しかし、八十に近い当主がいる家にしては、大きな手抜かりだった。

「さて、いかがいたしましょう」

跡目を相続する者が決まらぬうちに当主が亡くなれば、その家は断絶。家禄を失ってしまう。それは避けたい。

「死を秘匿して跡目願いを出すしかあるまい」

井上が、扇子でひざをたたいた。鶴次郎と鉄太郎、それに地役人一同がうなずいた。

「それがよろしかろう」

だれに異存のあるはずもなく、話はまとまった。

すでに小姓組で三百俵もらっている幾三郎を、当主の死を秘したまま相続人として願い、さらに鶴次郎をその養子とする願いを出すことになった。

さっそく書式をつくる手はずを整えたが、江戸へ飛脚を送っても、手続きにしばらく時間がかかるだろう。返事が返ってくるまで、何ヵ月かは待たねばなるまい。

「ご遺体をどうするかね」

井上が首をひねった。先に菩提寺《ぼだいじ》に埋めてしまってもよいが、やはり表立って葬式はやりにくい。葬儀をして喪に服すのは、跡目相続の許可がおりてからにするべきだ。

「庭に埋めましょう。わたしが穴を掘ります」

言ったのは、鉄太郎だ。

すぐに鍬《くわ》を持ちだし、ひろい庭の池のむこうにある築山《つきやま》に穴を掘りはじめた。一心不乱に鍬をふるって穴を掘ると、弟たちに手伝わせ、そこに父の亡骸《なきがら》を納めた座《ざ》棺《かん》を埋めた。

跡目相続の許しが高山の陣屋に届いたのは、六月のはじめだった。そのあいだに、父の名前で、鶴次郎の妻子と鉄太郎の弟たちの出府願いを出して、江戸に帰らせておいた。

許しが届いた日、鶴次郎が地役人を集め、正式に郡代の死を発表した。これでやっと葬式が出せる。

「さあ、掘りましょう」

鉄太郎が、鍬を手に庭に立つと、鶴次郎が声をかけた。

「きょうは雨だ。明日、晴れてからにするがよい」

「父上は、この四ヵ月、ずっと土のなかにおられました。一刻でもはやく掘り出してさしあげたくはありませんか」

鶴次郎が喉をつまらせた。とっくに死んでいるのだ。一日や二日長く土のなかにいたところで、たいした違いはあるまい――と思っている顔だった。

鉄太郎の思いは、まるでちがう。

母が亡くなったときも、埋葬した寺の境内の寂しさが気になってしょうがなかった男である。

「お寂しいでしょう。鉄太郎がおそばにおります」

と、五十日のあいだ、道場の帰りに墓前に通って経をあげた。葬式さえすんでいない父が、土のなかで朽ち果てていくことなど、とても耐えられない。

降りしきる雨のなか、棺桶《かんおけ》を掘り出して、そっと蓋をはずした。

父は腐り、ひからびて、無残な姿になっていた。顔などは、ほとんど髑髏《しゃれこうべ》である。

——死ねばこうなる。

その厳粛な事実を目の前に突きつけられて、鉄太郎はからだが震えた。

地役人に手伝ってもらい、棺桶を、陣屋の広い台所にはこびこんだ。新しい座棺が用意してある。移し替えるつもりだ。

声をかけたが、怖《お》じ気《け》づいてだれも手を貸そうとしない。

「手伝ってくれ」

「かしこまりました」

手を貸したのは、三郎兵衛《さぶろべえ》ただ一人だった。江戸からついて来た下男である。鉄太郎がまだ幼いころから、いつも面倒を見てくれている。

二人して棺に上半身を突っ込み、すわっている父の骸《むくろ》を抱きかかえるようにして持ち上げた。軽かった。その軽さこそが、死であると思えた。

──死ねばこうなる。だれでも、こうなる。

なんども、そう自分に言いきかせた。

帷子《かたびら》を新しいのに着替えさせるのがたいへんだった。古いのは、小刀で切り裂いて脱がせたが、新しい帷子の袖を通させるのに苦労した。

ふた晩、郡代の常の居間で通夜をして、東山のふもとの宗猷寺《そうゆうじ》で葬儀をした。鉄太郎が少年だったころ、大鐘を持って帰ろうとした寺である。荼毘《だび》にふし、本堂の正面に、母の墓とならべて葬った。

木の墓標に線香をあげて合掌すると、鉄太郎は、自分のなかに、父と母がいるのを強く感じた。父母の肉体は朽ち果てたが、こころは、しっかりこの身に宿っている。それこそが、人が生きて、子を残し、死ぬということだと確信した。

「いくらあった」

寺で初七日の法要をすませて陣屋にもどると、兄の鶴次郎がたずねた。鉄太郎が受け取った父の遺産の額であろう。

「まだ数えておりません」

「なぜ数えぬ。それでは、弟たちの分を、おまえが着服したと言い立てられても、しょうがないぞ」

鉄太郎はくちびるを噛《か》んだ。たしかにそうかもしれない。

茶室にもどしておいた二つの木箱の鍵を開けて勘定すると、五十両の包みが四十と三十。ぜんぶで三千五百両あった。

「相違ない。それでは、二千両はわしが預かっておく」

鶴次郎が、箱をひとつ引きずっていく。もう自分のものとしたつもりらしい。鉄太郎が承知できることではない。

「それは弟たちの分でござる」

「なにを言う。惣領《そうりよう》はわしだ。わしの取り分がないということがあるものか」

「しかし、あのとき、父上がはっきりおっしゃいました。兄上には家督をゆずるから、金は弟たちの身を立てるためにつかえと」

「それは、もう頭がよわっておったゆえの迷いごとだ。これからは、父の法事も母の法事も、わしがせねばならぬ。本家はなにかと物入りなのだ。わしによこすがよい」

「ならば、兄弟が七人ですから、五百両ずつ分けることにいたしましょう。五百両お持ちください」

「……なるほど」

不満顔だったが、もっともらしい反論もできず、鶴次郎は納得した。

それから、井上清虎にたのんで、着物やら硯《すずり》やら父の形見分けをしてもらったが、これもほとんどは兄の鶴次郎が受け継いだ。

陣屋のなかのことが片付くと、鶴次郎と鉄太郎は、高山で世話になった人たちの家に挨拶まわりに出た。

ある庄屋の家で、こう言われた。

「それにいたしましても、たいへんなことでございました」

「天寿をまっとういたしました。大往生でございます」

鶴次郎が頭をさげると、庄屋が声をひそめた。

「して、咎《とが》は、陣立のほうでございましたか、それとも、賄賂《わいろ》のほうでございますか」

初めて聞く話だった。鉄太郎は、思わずひざを乗りだした。

「咎とは、なんのことでありましょう」

「お隠しにならずとも、御上《おかみ》から切腹を命じられたとのお話、みな承知しております」

鉄太郎と鶴次郎は、顔を見合わせた。高山の庄屋たちのあいだでは、父は切腹したことになっているらしい。

その家ばかりでなく、ほかの庄屋の家でも同じことを言われた。

「さても、面妖《めんよう》な」

鉄太郎は首をひねった。

父は、まちがいなく病死であった。

しかし、あちこちで執拗《しつよう》にたずねたところ、臨終の席にいた地役人でさえ、

「腹を切ったが死にきれず患いついた」

と思っている者がいた。

「陣立を派手にやったので、謀叛《むほん》の疑いをかけられた」

という者がいるかと思えば、

「ちと賄賂が過ぎましたな」

と耳打ちした者もいた。

——世間は、口さがない。

そう思ったが、こちらからあえて申し開きすることでもなかった。

「父は、賄賂をもらっていたのでしょうか」

陣屋に帰ると、鉄太郎は、鶴次郎にたずねた。

「そうかもしれんし、そうでないかもしれん」

この兄が茫洋《ぼうよう》としてつかみどころがないのは、なにもいまに始まったことではなかった。

鉄太郎は、地役人頭取の富田礼彦の家をあらためて訪ねてきいた。

「さようなことはありません。郡代様は清廉なお人柄でしたから賄賂など受け取られませんでしたし、陣立が、お咎めになることなど思いもよりません」

力強く断じてくれたので、胸をなで下ろした。

兄にそう告げると、

「富田殿が一味なら、首を縦に振るまい」

と、ひとりうなずいている。疑いはじめるときりのない問題だった。


七月下旬、江戸に帰ることになった。

兄の鶴次郎は駕籠《かご》、鉄太郎は馬。それに供と荷駄《にだ》の一行が十数人ついて、ちょっとした行列になる。

別離に際して、前夜は、陣屋の広間で盛大な宴《うたげ》が張られた。にぎやかになればなるほど、鉄太郎はこころが冷えてかじけるのを感じた。

——人はむなしい。

父が賄賂を受け取っていたとは思いたくない。

しかし、受け取っていようがいまいが、人は疑いをもつ——。

「どうした。なにを考え込んでいる」

宴席でぽつねんとすわっていると、井上清虎が声をかけてくれた。

「はい……」

思っているとおりのことを口にすると、小さくうなずいた。

「われの思うわれと、人の思うわれは違うもの。その隙間に、なんのかまえもなく立つことこそ剣術の要諦。世間の目は、敵の目と思うておくがよい」

「われの思うわれと、人の思うわれは違うもの……」

鉄太郎は、井上清虎の言葉をくり返した。送別の杯を何献《なんこん》も受けたが、まるで酔っていない。頭の芯は、むしろ冴《さ》えきっている。

「さよう。人というもの、ついおのれを過信し、他人を見くだす悪癖がある。おのれが正で他人が邪《じゃ》、おのれが清く、他人が穢《けが》れていると思いがちだ。世の多くの人間が、そう慢心して生きておる。まこと、馬鹿馬鹿しいかぎりだが、とかく人とは愚かなものよ」

「人は愚か……、でございますか」

鉄太郎がたずねると、井上清虎が杯を干した。

「世に棲《す》む九割の人間が凡愚と思うてまちがいない。ただし、なかには慧眼《けいがん》の士、具眼の士がおるゆえ、初対面の人に接するときは、ゆめゆめ侮ってはならぬ」

「九割が凡愚……と、おっしゃいますか」

井上清虎には、これまでさんざん剣術の稽古をつけてもらったが、考えてみれば、剣の技以外の話を聞く機会は、めったになかった。

「もっと多いかもしれんぞ」

鉄太郎が酒をつぐと、井上はまたすいっと杯をかたむけた。

「しかし、それでは、世の中には凡愚な者ばかりが満ちているということになります」

「そうよ。世の中ばかりではない。このわしも凡愚。おまえも凡愚。どうだ、自分だけは凡愚にあらずと思うておったのではないか」

鉄太郎は、井上の問いかけに胸を突かれた。じつのところ、世に棲む九割が凡愚だと言われて、そのなかに自分を数えていなかった。残りの一割の賢者に入っていると思っていた。

「はは。図星であろう。ためしにいまの話をだれかにしてみるがよい。まずたいていの者は、なるほど世に愚か者は多いと納得したうえで、自分は九割の凡愚にあらずと思うておる。人間とは、それほど愚かなもの」

井上は呵々大笑して、豪快に杯をあおった。

元服以来、鉄太郎は酒をなんども呑んでいるが、うまいと思ったことはない。気持ちよく酔うという感覚も、まだわからない。

「惜別だ。今宵は過ごすがよい」

井上に勧められて、鉄太郎は朱塗りの大杯を手にした。両手で抱えるほど大きな杯に、清酒がなみなみと満たされた。

「酒なくて、なんのおのれが桜かな、だ。ぐいっと空けよ」

うながされるままに、鉄太郎は杯をかたむけた。口の端からは、一滴もこぼさなかった。

「こいつは豪儀だ。いける口だな」

なみなみと満たされた酒を、鉄太郎がすっと呑み干したので、井上が驚いた。

鉄太郎にしても、それほどたくさんの酒をいっぺんに呑んだのは初めてだった。

これまで、祝儀不祝儀があれば、末席にはべってつがれるままに杯を空けたが、酔うという感覚は、まだよくわからない。

いま、大杯で一升ちかい酒を胃の腑《ふ》に納めた。腹をなでてみたが、なんということもない。世の人が、なぜかくも酒をもてはやすのか、まったく理解できない。

「しかし、なぜ、こんなものを呑んで、みなさん、楽しそうに騒ぐのでしょうか。わたしには、その気持ちがわかりません」

ちっとも酔わないのである。

「なんじゃ、おまえは一丁前の顔をしくさって、酒の功徳《くどく》もわからぬ半人前であったか」

いつの間にそばにきたか、兄の鶴次郎が真っ赤な顔をしている。

半人前といわれて、鉄太郎はむっとした。

「されば、兄上は、酒の功徳をご存じか」

「ご存じもご存じ。酒は、よく五臓を温め、心機を高める。斗酒《としゅ》なお辞せずば、古今の英傑の心意気が味わえるぞ」

「馬鹿馬鹿しい」

つぶやいてしまったのは、腹の底で熱いなにかが渦巻いていたからだ。これが酔いというものか。つい、本音をそのまま吐露したくなるのが、みょうといえばみょうだ。

「なんだと。なにが馬鹿馬鹿しい」

兄が目を剝《む》いて怒っている。

「酒を呑まねば英傑の心意気が味わえぬとは、馬鹿馬鹿しいゆえに、馬鹿馬鹿しいと申し上げた。酒に頼るようでは、それこそ半人前。なにかご異存があらば、いつなりとも道場でうけたまわる」

鉄太郎が兄をにらみつけた。兄が片ひざ立ちになった。

「面白い。腹違いながらも弟と思えばこそ、目もかけ、世話も焼いてやったのに、その言いぐさ、許しがたし」

わがままな兄だ、と鉄太郎は内心思っている。なにかといえば威張るばかりで、世話を焼いてもらったおぼえなど、ただの一度もない。

「ふん。九割の男が」

なぜ、そんな悪態が口をついて出たのか、鉄太郎自身にもよくわからない。それこそが、酒の力というものか。

「なんじゃあ、九割の男とは？」

にらみつける鶴次郎の目がすわっている。

「これ、鶴次郎も鉄太郎もからむな」

井上清虎が、兄弟をたしなめた。

「しかし、先生、こやつ、弟の分際で、いつも生意気なかぎり。いちど懲らしめてやろうと腹にすえかねておりました。今宵はよい機会。これから表で叩きのめし、思い上がりを戒めてやります」

立ち上がって見おろしている。まこと、絵に描いたような愚物とは、この兄のことだ。

「ならば、お相手つかま……」

と、鉄太郎が立ち上がりかけると、井上が怒鳴った。

「馬鹿もん。酒席の決着が刀をにぎってつくものか。酒の席の決着は杯でつけよ。おい、兄弟の呑み比べだ。さあ、つげつげ。満々とつぐがよい」

たちまちまわりに地役人たちが集まってきた。

「これは面白い。兄弟の酒くらべか。さて、わしは、兄者の勝ちと見た」

「いや、からだつきは鉄太郎殿がうわて。弟に軍配が上がろう」

にぎやかに囃《はや》し立てて喜んでいる。

兄の鶴次郎が、両手で朱塗りの大杯を持つと、赤ら顔の地役人が、角樽《つのだる》からじかに大杯を満たした。

「けっ。ろくに酒の呑み方も知らぬくせに、大口を叩きおって」

毒づいた兄がそのまま大杯に口をつけると、喉を鳴らして、かたむけた。満たされていた酒が、口の両側からわずかに滴っただけで、大杯はそのままますぐ立ち上がった。

「みごとみごと、さすが惣領だけのことはある」

井上が、扇子で囃すと、まわりで喝采があがった。一座の者たちが、華やかな声をたてた。

つぎに鉄太郎が大杯を両手で持つと、たちまち酒が満たされた。満杯になるのを待って、ぐいぐい喉を鳴らした。冷たい液体が、喉から胃の腑に落ち込んでいく。一滴もこぼさず呑み干すと、歓声がひときわにぎやかにあがった。

すでに立秋をすぎた夜である。開けはなった障子からは、涼しい風がそよいでいるはずだが、座敷のなかは大勢の熱気でむんむんしている。

大杯の応酬を、三度くり返したところまでは覚えている。

そのあとの記憶が、鉄太郎にはまるでない。

「いたた……。おまえは化け物か。よくぞ、平気でいられるもんだな」

兄の鶴次郎が、高山陣屋の玄関先で顔をゆがめた。二日酔いというやつであろう。

鉄太郎は気持ちよく目ざめた。

数えてみれば、ゆうべ、五升は呑んでいる。呑み比べをしている最中に、ぐるぐる酔いがまわってたいそう愉快になったのを覚えているだけで、そのあとどうやって寝床に入ったのか、まるで覚えていない。

それでいて今朝は、まだ暗いうちに爽快に目がさめたのだから、生来よほど酒に強い体質なのだろう。

今日は、江戸へ出立する。

夜明けとともに起きた鉄太郎は、旅装束を着込むと、宗猷寺に走った。

葬儀のときに立てた木の墓標にかわって石に戒名を刻んだ立派な墓が立ててある。

両親の墓に手を合わせ、それぞれに花と線香をたむけた。碑文は、鉄太郎が全身全霊を込めて書いた凜《りん》と引き締まった楷書《かいしょ》である。

——江戸にまいります。この地で、やすらかにお眠りください。

両親を残していくことに、後ろ髪をひかれる。

しかし、飛騨郡代として、最後に盛大な陣立を催し、任地で果てたのだから、立派な最期であったと思う。そんな父にしたがってこの地で亡くなった母も満足であったにちがいない。

祈っていると、山深くとも、人の温《ぬく》もりのあるこの高山の地こそ、ふたりの永眠にふさわしい場所に思えた。飛騨の山々が、いつまでもふたつの墓を見守ってくれるだろう。

陣屋にとって返すと、もう出発の仕度がすべて整っていた。

地役人や大勢の男たちが深々と頭をさげるなか、兄が駕籠に乗りこんだ。

一行が陣屋を出発すると、明け初《そ》めたばかりには青く晴れていた空が、しだいに曇り始めた。

百人あまりの町人や百姓たちが、町はずれの日影橋《ひかげばし》まで見送ってくれた。

そこからさらに、はるかに乗鞍岳《のりくらだけ》を望む甲《かぶと》の宿《しゅく》まで数十人がついて来たので、その旅籠《はたご》で弁当と酒をふるまった。

鉄太郎は、勧められるままに、酒を呑んだ。

「うまい」

思わず、はじめてそうつぶやくと、となりにすわっていた兄がいやな顔をした。

「おまえには、かなわねぇや」

ゆうべの鯨飲《げいいん》で、まだ頭が痛いらしい。顔をしかめている。

「だけどな、いい気になるな。おれが惣領だ。それを忘れるな」

濡《ぬ》らした手拭いで顔を拭き、しきりと水ばかり飲んでいる。

「鶴次郎。よく聞きなさい」

となりにいた井上清虎が、兄の言葉を聞きとがめた。

「なんでしょうか」

「人には、器《うつわ》というものがある」

「器ですか……」

兄貴風を吹かせて横柄な鶴次郎も、井上の言うことなら聞かないわけにはいかない。

「そうだ。器だ。酒の器はわかりやすい。外から見れば、どれだけの酒が入るかは一目瞭然だ。猪口《ちょこ》と大杯のちがいはだれにでもすぐにわかる」

鶴次郎が首をかしげた。井上がなにを言おうとしているのか、鉄太郎にもわからない。

「ところがな、人の器は外見からは、まったく判別がつかない。その人間にどれくらいの器があるかは、実際に、いっしょに戦い、仕事をしてみなければわからない」

鶴次郎は、まだ首をかしげている。

「器と言ってわかりにくければ、器量、度量と言ってよい。人間が生きていくうえで、いちばん大切なことだ。器量の大きな男なら、たとえ徒手空拳でも、果敢におのが道を開くであろう。器量が小さい男は、山のような財宝を手にしてさえ、その使いようを知らぬ」

「もうすこしわかりやすくご説明願えませんか」

すこしむくれた目差《まなざ》しで、鶴次郎が井上を見つめた。

「ふむ。さようだな」

井上が杯を干した。曇っていた空から雨が降り出し旅籠の軒をたたいた。

「人は、器量に応じた仕事しか為せない。器量に応じた人生しか送ることができない。器量を広げたいと願うなら、目の前のことをとことん命がけでやることだ。人間の真摯さとはそういうことだ」

「わたしにその真摯さがないとおっしゃいますか」

「いや、あるの、ないのは言わぬ。それは、人にとやかく言われることではなく、自分で決めればよいことだ」

言われた鶴次郎は面白くなさそうだ。

「鉄太郎は、ただ酒が強いばかりではありませぬか。それが人間の器量なのですか」

井上が首をふった。

「おまえは、はっきり言われなければわからぬらしい。それこそが、了見の狭さ、器量の小ささだ。そんなことで、これから六百石の身代を背負っていけるか」

横を向いた井上が、さもつまらなそうに杯を干した。

江戸の日々

飛騨と信濃《しなの》の国境《くにざかい》にある野麦峠《のむぎとうげ》を越えてから、一行は足を速め、六日で江戸に着いた。

板橋《いたばし》の宿をすぎて江戸に入ると、家の甍《いらか》がどこまでも続いている。その上の広い空がからりと晴れて空気が澄みわたっている。

鉄太郎にとっては、七年ぶりの江戸である。

――こんなに賑《にぎ》やかだったか。

ずらりとならんだ大店《おおだな》や、気ぜわしげに行き交う人々を眺めていると、妙にこころが高ぶった。

――この町で、おれは……。

これから生きていくのだ。

臍《へそ》の下の丹田《たんでん》に気合いをこめた。

なにしろ、江戸である。飛騨の山あいの小さな町と違って、撃剣の強い連中がいくらでもいるだろう。鉄太郎などは、簡単に打ち負かされてしまうかもしれない。

さすがに不安でもある。

この時代、剣術のことを撃剣と呼ぶことが多かった。いかにも激しく打ち合う語感で、その言葉を口にするだけでも身が引き締まる思いだ。

鉄太郎は、父の末期の言葉を思い浮かべた。

「おまえは、おまえ自身のためになることをしろ。それが、天下の役に立つ」

父はそう言い残した。

——人のことを気にするなということか。

そうではあるまい。

じつは鉄太郎は、人のことを気にしすぎるたちであった。困っている人を見かけたら、おのれのことをさておいても助けずにはいられない。

そんな性格を熟知していればこそ、あえて自分のためになることをしろと、父は言い残したのであろう。

——自分のためになることが、天下の役に立つ。

その教えは、自分という小さな人間と、広大無辺な宇宙界とをつらぬく一本の太い軸のように思えた。その軸を見失わなければ、どんな逆境にあっても、麻のごとく乱れた世にあっても、足を踏ん張って生きていける。

そう思えば、馬の鞍《くら》にも腰がすわり、背筋がのびた。

「江戸の町ってのは、こんなでしたかね。すっかり浦島太郎だ」

馬の轡《くつわ》をとる下男の三郎兵衛が言った。

「まったくだ。しっかり腹をすえてかからなければならんな」

鉄太郎の言葉に三郎兵衛が大きくうなずいた。

江戸の小野家留守宅は、鉄太郎が生まれた本所大川端から、小石川小日向《こいしかわこひなた》に引っ越していた。陽当《ひあ》たりのいい丘のうえで、あたりには旗本屋敷が並んでいる。

留守宅は、鶴次郎の母の連れ子幾三郎が守っていたが、病弱で床に臥《ふ》している。正式に跡継ぎとして認められた鶴次郎が、新しい当主である。

この当主は、なにかにつけて横暴であった。着いた早々、家計の倹約を一同に申しわたした。

「それでは、乳母は雇っていただけないのですか」

鉄太郎は、兄の鶴次郎にひざでにじりよった。

「おまえもくどい男だ。飛驒郡代の身ならばいざ知らず、この狭い屋敷で大勢の弟たちを養うだけでも、とんでもない入費がかかる。とてものこと乳母など雇えるものか」

鶴次郎の言葉にも理があった。鶴次郎には妻子がある。そのうえに病気の兄がいるし、鉄太郎を筆頭に、男ばかり六人もの口が増えたのである。むだな掛かりはなくしたほうがよい。

「しかし……」

乳母を雇うくらいなら、何両も金のかかる話ではない。六百石の家禄からすれば、微々たる出費である。

「おまえの同腹だ。弟たちの面倒はたのんだぞ」

鶴次郎は、鉄太郎を追い払うように手をふった。鉄太郎は立ち上がるしかない。

屋敷のなかの狭い部屋で、鉄太郎は五人の弟たちと寝起きすることになった。

鶴次郎の妻は、自分の子供たちに手一杯で、とても鉄太郎の弟たちの面倒などは見てくれない。いちばん下の留太郎は、ようやく立って歩けるようになったばかりで、食事はべつに鍋でやわらかく煮てやらなければならないし、夜は添い寝して寝かしつけてやる。洗濯も鉄太郎の仕事である。

――こんなことをしている場合ではない。

できれば、一日も早く、剣術の稽古を再開したいのだ。神田《かんだ》お玉《たま》ヶ池《いけ》にある北辰一刀流玄武館をたずね、さっそくにも入門したいのだ。

父の遺産から乳母の費用を出すことを考えたが、それはやめておいた。金はこれからいくらいるかわからない。大切にとっておいたほうがよい。

弟たちの世話をしながら、鉄太郎はくちびるを嚙みしめて暮らした。愚痴やうらみごとを言うのはきらいだ。しかし、庭で素振りを何千回したところで、また、弟の金五郎相手に竹刀稽古をしたところで、高ぶった血はおさまらない。強い相手と稽古がしたいのだ。

そんなとき、飛騨に残っていた井上清虎から手紙が届いた。

高山で陣屋の元締の娘を娶り、ちかいうちに江戸にもどるというのである。

「帰府いたさば、早々に、撃剣の稽古いたさん」

その文面に、鉄太郎はおどりあがってよろこんだ。

五人の弟たちが、江戸の暮らしに慣れてくると、鉄太郎にはすこし時間ができた。まだ幼い末の弟の面倒は、二番目、三番目の弟たちが交代で見ている。

——なにか、できることはないか。

鉄太郎は頭をひねった。

井上清虎が江戸にもどって来て玄武館に連れて行ってくれるにしても、入門の費用がかかる。高山でつかっていた竹刀と防具は大切に持って来たが、元服してからずっとつかっているので、小さくもあり、ずいぶん傷んでもいる。新しく買うには、やはり金がかかる。

「そうだ。自分のためになって、人のためになることがある」

思いついたのが、手習いの教授である。

鉄太郎は、高山で岩佐《いわさ》一亭《いってい》という書の師匠についていた。

一亭は、入木道《じゅぼくどう》という弘法大師《こうぼうだいし》流の書の師匠で、大師からかぞえて五十一世を称していた。入門した鉄太郎は、熱心に書をならい、のこらず相伝をさずかって入木道五十二世を許されるまでになっていた。

じつは、大師流の本家はべつにあるらしいが、そんなことはどうでもよい。田舎《いなか》の師匠ながらも、一亭の筆法はたしかで、文字通り墨が「木に入る」ほどの力強さがあった。

小野家の中間《ちゅうげん》に聞いてみると、近所に若侍が何人かいる。その屋敷をたずねて、自分の書いた書を見せた。

「これはなかなかの腕前」

感心したのは、若侍よりその父親であった。

「書は気合いと心得ます。手習いはもとより身につけておいででしょうが、気合いのこもった書はまたべつのもの」

その場で矢立《やたて》を取り出し、点画の筆法を披露してみせると、さっそく教授の話がまとまった。

鉄太郎は、小野家の座敷を借りて、四人の若侍に入木道をおしえた。入ってくる教授料はわずかだが、それでも竹刀や防具を買う足しになる。

——自分のためになることが、人の役に立つのだ。

字を教えるのは、生徒のためになるばかりでなく、自分の書の稽古にもなる。熱心に教えれば、若侍たちも、熱心に書にはげんでくれた。

——こういうことか。

父親の残した言葉の意味が、鉄太郎にもはっきり実感できた。


十一月になって、井上清虎が江戸に帰ってきた。使いの男が来たので、鉄太郎はさっそく井上の屋敷をたずねた。

「ほう。思ったより快活な顔をしておるな。玄武館に来ておらぬと聞いたので、なにか事情でもあるのかと察しておったが」

井上は柔和な顔をしていた。

「事情はいろいろあります。しかし、近所の若い侍に書を教えているうちに、ひとつ学びました」

実際、人になにかを教えるというのは、とてもたいへんなことなのだと鉄太郎は初めて知った。下手《へた》な生徒が一人いて、なんとか上達させようと躍起になったのだが、なかなかうまくならない。

——毎晩千字書け。

と、自分のしたとおりの練習法をやらせようとしたのだが、とてもそんなにたくさんは書いてこない。

もどかしかったが、それこそが人と人の間合いだと気がついた。

「なにを学んだ」

「人は、人と生きております。われが焦っても、人が速く駆けるものではありません。遅い者を叱咤《しった》激励すれば、いささかは速く駆けましょうが、速い者と同じように駆けられるわけではない。遅い者は、声をかけつつ待つしかありません」

だまって聞いていた井上が笑った。

「面白いことをいう。しばらく見ぬ間に大人になった」

「いえ、とてものこと大人ではありません。わたしは、兄の鶴次郎に腹が立ってなりません。世話になっておきながら……、とは思いますが、それでも腹が立つのはどうしようもない」

兄は、鉄太郎たちをやっかい者あつかいにして、ことあるごとにいやみを口にする。口答えせず我慢しているが、腹が立ってしょうがない。

――腹を立てるのは小人《しょうじん》だ。

と、自分でわかっている。しかし、まだ思い通りに自分が躾《しつ》けられずにいる。

「それがわかっていれば、立派な大人だ。鶴次郎には、わしから話をしよう」

細かい話をしたわけではないが、井上はおよその事情を察してくれているようだった。

「では、どうだ、玄武館での稽古は見合わせて、いましばらく、日がな弟たちの面倒を見てやるか。なによりもよい忍従の修練となるぞ」

「それはご勘弁を。すぐにでも玄武館に行きとうございます」

鉄太郎がいきおいこんで答えたので、井上が大笑いした。

「冗談だよ。明日とは言わず、今日、これからお玉ヶ池に行ってみよう」

神田に、お玉ヶ池という池がある。

池のほとりの茶店にいたお玉という美人が身投げをしたのでそんな名がついたらしい。もとは大きな池だったというが、埋め立てられて小さな水たまりになってしまった。

町家ばかりがならぶ神田だが、その界隈《かいわい》だけ武家屋敷がある。千葉周作の玄武館はそこにあった。

「なぜいままで行かなかったのだ？」

さきに立って歩く井上清虎がたずねた。鉄太郎が江戸に出てすでにまる三月がたっている。

「弟たちの面倒を見るのが忙しかったのです」

鉄太郎は答えたが、嘘《うそ》である。

「おまえでも怖じけたか」

ふりむいた井上が目をほそめて笑っている。心底を見すかされてしまったようだ。

「……じつのところ」

無理をして行こうと思えば、行けぬことはなかった。行きたくてうずうずする一方で、江戸に来てからというもの、柄にもなく自分のまわりに越えにくい垣根があるのを感じてしまい、腰がひけていた。そのとおり、井上に話した。

「郡代の若様から、部屋住みの居候となっては、たしかに不自由が多かろう。しかしな……」

井上は歩いたまま話をつづけた。

「人のまわりには、そもそも垣根なぞあるものか。垣根をつくるのは自分。こわすのも自分だ。自分でがんじがらめにめぐらせた垣根は、自分でこわさねばならぬ」

「はい」

鉄太郎は素直に返事をした。井上の言葉には、いつも正しい響きを感じる。

「垣根とおもえば垣根だ。石の壁とおもえば石の壁だ。なにもない野原と思って進むがよい。おまえにはそれが似合っているよ」

「わたし……には、ですか」

井上が立ち止まった。

「そうだ。うまく言えぬが、おまえは、どうにも人とちがうところがある。自惚《うぬぼ》れるなよ。ただ鈍いだけかもしれぬ。しかし、大器であるかもしれぬ。いまはまだ荒削りで、どちらなのかは、わしにもわからぬ。いずれにしても、骨惜しみせずにおのれを磨くことだ」

井上の言葉に、竹刀の音がかさなった。

「ここが玄武館だ」

竹刀を打ち合う音が、盛大に聞こえている。道場のなかから、大勢の若者たちの気合いが、表の通りにほとばしっている。

玄武館の奥座敷に通されると、大柄な男が書見していた。

「先生、飛騨から面白い若者をつれてまいりました」

井上清虎が、両手をついて挨拶したところを見れば、その男が千葉周作なのであろう。五十のなかば過ぎか。神経質そうな顔つきで、おぼろな半眼を鉄太郎にむけた。

鉄太郎はおもわず息をのんだ。

視線がねっとり絡みつくようで、こちらの背中まで見られている気がしたのである。

「小野鉄太郎と申します。飛騨で井上先生にご指導いただいておりました。このたび出府いたしましたので、ぜひ門弟の末席におくわえくださいませ」

平伏して挨拶した。

「立ってみろ」

「はっ?」

「立つがよい」

千葉が手で示したので、鉄太郎は立ち上がった。

「六尺二寸（約一八八センチ）はあるか」

「はい。そのとおりです」

「わしより大きいが、大きさに慢心しておらぬのがなによりだ。いっそう精進するがよい」

「ありがとうございます。されど先生、ぶしつけながら、おたずねをお許しください」

千葉がうなずいた。

「わたくしがこの体軀《たいく》に慢心しておらぬと、どのように看破なさいました」

眉根に寄っていたしわがほぐれ、千葉が笑った。存外、少年のような笑顔である。

「気だよ」

「……気でございますか」

気については、井上からも教わっていた。敵のなかに攻撃の気の起こりを感じたら、すかさず打ち込め、と、いつも言われている。相手の気を見極めることが、剣術ではなによりも大切だ。

「人を見るときは、顔や体《たい》を見るんじゃない。気を見るのだ」

言葉にすればたやすいが、それができれば苦労はしない。

「どうすれば、人の気を見ぬけましょうか」

かさねて、鉄太郎がたずねた。

「これ、先生に対して無礼であろう」

井上がたしなめた。北辰一刀流の流祖に、末席の門弟が質問するなど、行儀知らずもはなはだしい。

「かまわぬ。教えてやろう」

千葉は、愉快そうに笑っている。

「人の気を見ぬくには、まずはおのれの覚悟を定めることだ」

千葉周作の言葉に、鉄太郎はひざをすすめた。

「覚悟とは？」

「死ぬ覚悟よ」

「死なねばなりませんか」

千葉がゆっくりうなずいた。

「生きようとすれば、それが邪念となる。おのれなんぞは、死んで当たり前。そう思っておくがよい。死ぬための稽古だ。生きるための稽古ではないぞ」

鉄太郎はなにも言えなくなった。千葉の言葉が、つぶてのように体に食い込んで痛い。

「生きるために稽古するのだと思うておりました」

「それでは、よく死ぬことができぬ。よく死んだ男が、よく生きた男だ」

千葉周作は、中西忠兵衛《なかにしちゆうべえ》や浅利又七郎義信《あさりまたしちろうよしのぶ》といった一流の剣客にまなび、北辰一刀流を創始した。関東各地を武者修行して歩いたというだけあって、言葉に重みがある。

「北辰の儀はこころえておるか」

それなら井上から話を聞いている。

「存じております。北辰とは天の北極星にて、わがこころの手足頭目《しゆそくとうもく》をつかいて、敵なりに応ずること」

天の北極星は、つねに動かないが、まわりの星をしたがえているという意味だ。

「こころは一身の主宰、万事の根本なれば、こころ定まればほかのことは、みな我が思うとおり自由になりまする」

「それよ」

千葉周作がつぶやいた。

「こころが定まるとは、いつでも死ぬ覚悟ができているということ。これからその稽古にはげむがよい」

「ありがとうございます」

平伏して、座敷からさがった。井上があきれ顔になっている。

「驚いた奴《やつ》だ」

「なにがでしょうか」

「初対面から大先生に質問して、奥義を引き出しおった」

「ありがたいかぎりです」

「大先生も、おまえの太い胆《きも》に感じ入ったらしい」

「わたしは胆など太くありません。いたって器量のせまい小心者です」

鉄太郎はほんとうにそう思っている。広い世の中には、自分などよりよほど偉い男がいっぱいいるはずである。

翌日から、鉄太郎は玄武館に通った。

――一番に行ってやる。

千葉周作の高弟井上清虎に教わってはいたが、本家本元の玄武館では新参者である。だれよりも早く道場に行って、雑巾がけをしようと思った。

夜明け前に起き、防具をかついで小石川から神田お玉ヶ池まで走った。町内ごとにある木戸は、明六《あけ》つ（夜明け）に開くきまりである。霜月《しもつき》の薄明のなかをいきおいこんで走ってくる鉄太郎を、木戸番がおどろいた目で見ている。あとを追いかける弟の金五郎は遅れがちだ。

曲がり角にくると、鉄太郎はふり返って弟を待った。息が白い。下駄履《げたば》きの素足からも湯気がたっている。

待っているあいだも、うれしくてたまらない。

——江戸で稽古ができる。

名にし負う道場だけあって、玄武館の敷地は一町（約一〇九メートル）四方と広大だ。そこに大勢の猛者《もさ》が集まっている。

きのう、千葉周作に挨拶したあとで稽古を見学した。飛驒の修武場とは熱気がまるでちがっていた。数百本の竹刀がいっせいにうなり、ぶつかり合う。その迫力といったら飛驒での陣立にもおとらない。これからは、いつでもそこで稽古できるのだ。

「兄上、さきに行ってください」

追いついた金五郎が息を切らせている。

「いいさ。いっしょに行こう」

鉄太郎はまた駆け出した。弟が追いかけてくる。

江戸の三大道場のなかでも、ことに玄武館に大勢の門弟があつまるのには、はっきりした理由があった。

剣術の修行には、時間と金がかかる。

それを、千葉周作が改革したのである。

それまでの一刀流では、切紙《きりがみ》、目録《もくろく》からはじまって、極意にいたるまで修行の節目にたくさんの段階があった。ひとつ昇段するごとに金がかかる。

北辰一刀流では、初目録、中目録免許、大目録皆伝の三段階しかない。いたって簡便であるうえに、教え方が平明でわかりやすかった。それが評判になって大勢の門弟が集まった。

小石川から駆けに駆ければ、神田はすぐである。まだ閉まっているかと思ったが、玄武館の門は、すでに開いていた。

道場に人の姿が見えた。

——一番ではなかったか。

鉄太郎は、遅れをとったのが歯ぎしりするほど悔しいが、住み込みの弟子たちは、夜明けとともに起きてもすぐ道場に出られるのだからどうしようもない。

すでに、門弟たちが床の雑巾がけをはじめている。

鉄太郎と金五郎は仕度部屋で稽古着に着替え、深々と神座《しんざ》に礼をして道場に入った。

掃除は念入りだ。

なかにひとり年かさの男が、門弟たちにあれこれ指図している。

「そんな水でいつまでゆすいでいる。さっさときれいな水にかえてこい」

命令の口調が厳しい。塾頭だろうか。

鉄太郎は、黙礼して雑巾を手にした。先輩への挨拶は掃除がおわってからのほうがよかろう。腰をかがめて床に両手をつき、足をふんばって駆け出そうとした刹那《せつな》、出鼻をくじかれた。

「君は新入りか」

「はい」

鉄太郎は立ち上がり、あらためて頭をさげた。

「小野鉄太郎と申します。よろしくご指導ください」

男は返事をせず、鉄太郎の頭のてっぺんから足の爪先までじろりと眺めた。

「おう。頼もしい男だ。存分にはげむがよい」

そう言った男も、堅太りの堂々たるからだつきである。なにより不敵な面構《つらがま》えで、色白だが目の光が強烈でぎらりとしている。

「塾頭でいらっしゃいますか」

鉄太郎がたずねた。

「なに、まだ初目録ももらってない初心者だ。そんなに畏《かしこ》まらなくてもよい」

男は、見たところ、二十をいくつか過ぎている。しかし、歳よりはるかに、落ち着いた貫禄《かんろく》がある。

「剣はずいぶんやったのかね」

「九つから真影流を学んでおりますが、北辰一刀流は、まだ去年はじめたばかりです」

「なら、おれと同じだ。よろしくな」

「こちらこそ、よろしくご指導ください」

頭をさげて、床を磨こうとしたが、掃除はすっかり終わっていた。

「朝は自由稽古だ。一手お相手願おうか」

「こちらこそお願いいたします」

性根のすわった強そうな男だ。どんな剣をつかうのか見てみたい。

「おれは清河八郎《きよかわはちろう》。存分に打ち込んでくれ」

ふたりは、胴と面、籠手《こて》をつけた。前に出て向かい合うと礼をした。すぐ、たがいの剣先がふれるほどに間合いをつめた。

清河八郎の竹刀の先が、ぐいっ、とこちらに迫ってくる。

——腹で押してきやがる。

鉄太郎は、面のなかでくちびるを嚙んだ。清河には、なによりも押し出しの強さがある。

上背は鉄太郎におよばないが、全身にはちきれんばかりの気合いがみなぎっている。とても初心者とは思えない気魄で、ぐいぐい踏み出してくる。

つい、あとずさってしまった。

川原の石にとまった鶺鴒《せきれい》が尾羽を揺らすように、剣先が小刻みに上下している。その調子にさえ威圧がある。

北辰一刀流では、その場に踏みとどまらず、相手の隙をうかがいつつ、足をかろやかにさばくように教えている。そのせいで、鉄太郎の足の親指には大きな胼胝《たこ》ができている。

清河の足さばきは、まるで別ものだ。かろやかさには欠けるが、重厚でゆるぎがない。さらに押してきたので、鉄太郎はまた数歩さがった。さがると、踏み込んでくるので、剣先がふれ合う。

——とにかく。

打ち込むべし。考えるより、試してみることだ。鉄太郎は、隙を見せて誘うようにわざと剣先を下げた。

いきなり清河が踏みこんで、喉もとを突いてきた。かわして、すれちがいざま胴を打った。小気味よく決まったが、ふり返ると、清河はもう鉄太郎の面をねらって打ちかかってきた。

二度、三度、竹刀の鍔《つば》もとで受けた。

——なんだ、この男。

体格がよいだけに、竹刀にこもった力が半端ではない。手に強い衝撃がはしる。押し返して、打ち返す。かわされて、面を打たれた。すぐさまふり返って、鳩尾《みぞおち》を突いた。打ち返され、打ち返した。

「まだまだッ」

清河が野太い声で怒鳴った。

どのくらい打ち合ったたか。鉄太郎は野良犬のように息が切れていた。息は、清河もあがっている。

それでも、たがいに間合いをはかり、突き合い、打ち込み合った。からだごとぶつかり、竹刀の鍔もとで押し合った。

——おれが勝っているはずだ。

打ち込んでいるのは、鉄太郎のほうが圧倒的に多い。突きも面も力強く決まっている。

それでいて、押されている気がするのはなぜだろう。打ち込めば打ち込むほど、鉄太郎は自分の未熟さを思い知らされた。

「負けるかッ」

鉄太郎は、気合いを発してさらに打ちかかった。面に決まったと思った刹那、かわされて胴を払われた。

いきおいがついていたので、鉄太郎はそのまま道場の壁に激突して、床にたおれた。

「そこまでッ」

井上清虎の声が、頭の芯に響いた。起きあがろうとしたが、すぐには無理だった。体中が痺《しび》れて血が沸騰している。

臍下丹田《せいかたんでん》で息をととのえて起きあがると、いつの間にか大勢の門弟たちが顔をならべて鉄太郎を遠巻きに眺めていた。ふしぎな生き物でも見るかのような目つきである。

清河が道場の真ん中で竹刀を左手に提《さ》げて立っているので、鉄太郎も進み出て礼をとった。

「化け物だよ、おまえは」

礼を終えた清河の声があきれている。

「ふたりとも化け物さ。新入りのくせに道場ぜんぶ使って稽古するなんざ、腹が太くて頼もしいかぎりだよ」

井上に言われ、すわって面をはずした鉄太郎があたりを見まわすと、すでに百人ちかい門弟が集まっていたが、みな壁のそばによけて、清河と鉄太郎の稽古を見守っていた。

「ほとんど半刻だ。こっちはふらふらだったぞ」

清河が鉄太郎のとなりで面をはずした。

「そんなに打ち合っていましたか。ちっとも気づきませんでした」

鉄太郎は、なにをしていたのか、正直なところよく覚えていなかった。無我夢中で竹刀を振りまわしていただけだった。

「だから、化け物だというんだ」

井上が笑っている。ようやく、門弟たちが稽古をはじめた。竹刀で打ち合う音が、快くかろやかに聞こえる。

「腹が減っただろう。奥の台所で朝飯を食わせてもらうがいい」

井上清虎に言われて、鉄太郎は汗をぬぐった。全身から湯気が立ちのぼっている。

「清河さんは？」

「家で食べて、また来るさ」

すぐちかくに家を一軒借りているのだと言った。

「これから炊くんですか。たいへんですね」

「飯炊き女をやとっている。おれは、飯なんか炊けんよ」

そんなことは武士の仕事ではないといわんばかりの顔である。

「うらやましいかぎりです。うちでは兄弟で食事の仕度と洗濯をやらないといけない。どんなばあさんだってありがたいや」

「なに、清河がばあさんなんか雇うものか。芸者あがりの艶《いろ》っぽいねえさんだよ」

井上が笑っている。清河はよほど金のある男らしい。

鉄太郎は弟たちのことが心配になった。金五郎の下の弟の鎌吉にたのんできたが、幼い弟たちに手を焼いているかもしれない。

「ますますうらやましいご身分です」

鉄太郎は、両手をついて清河に稽古の礼を述べた。

清河もていねいに頭をさげた。

弟の金五郎と、道場の台所に行くと、すでにみな食べ終わったらしく、がらんとしていた。

「朝飯を食べさせていただきたく存じます」

片づけをしていた若い門弟に、ぎろりとにらまれた。

「おまえ、通いの稽古だろ。朝の粥は、住み込みの門弟だけだ」

「だけど、井上先生が……」

金五郎が言いかけたのを、鉄太郎がとめた。

「存じませんで、失礼しました」

頭をさげてひきさがった。

廊下にでると、鉄太郎の腹が大きな音を立てて鳴った。

「どうしてお願いしなかったのですか。井上先生のご許可があると言えば、食べさせてくれたはずです」

「ああ、食べさせてくれただろう。だがな、特別あつかいしてもらっても、うれしくなんかないだろう。おれたちはもう飛騨郡代の若様じゃないんだ。腹が減ったって、稽古してりゃ忘れるさ」

　これから早朝稽古のときは、前の晩ににぎり飯をこしらえておくことにしよう。にぎり飯を思いうかべたら、鉄太郎の腹が、また大きな音を立てて鳴った。

　鉄太郎が道場にもどると、竹刀の音が盛大に響いていた。奥の神座にちかいほうでは、木刀をつかって組太刀《くみだち》の稽古をしている。

「新入り、どこに行っていた」

　野太い声によばれた。見れば、道場のすみに若い門弟たちが集まっている。

「はい。台所へ」

「けっ、井上先生かくべつのご配慮か。それだけ目をかけてもらうっていうのは、よっぽど腕が立つんだろうな」

「いえ、未熟者でございます」

「謙遜せんでもいい。さっきの清河との稽古を見ていた。なかなかのもんだよ」

「おそれいります」

　玄武館には、四天王と呼ばれる猛者がいる。その一人かと思ったが、どうも、人としてそなわっている品格がさほどでもない。ただの威張りたがり屋かもしれない。

「ただし、どうも腰が入っておらん」

「はい」

腰については、いつも井上が褒めてくれている。この男は、どこを見ているのかと不思議だった。

「新入門の祝いをやろう」

「はっ、ありがとうございます」

なにをくれるのかわからないが礼をいった。

「祝いは、稽古だ。しっかり防具をつけるがいい」

稽古なら、いましたばかりだが、また面、胴をつけた。壁際に立つように言われた。

「祝いの稽古だ。存分に教えてやれ」

鉄太郎と似たような年回りの若い門弟たちが二十人ばかり、扇のかたちになって鉄太郎をかこんだ。金五郎もそこに入るように男に命じられた。

「はじめッ」

男が怒鳴ると、一人が飛び出してきた。鉄太郎の面をねらってすばやく踏みこんでくる。振りかぶった竹刀を見切ってかわし、反撃して面に打ち込んだ。

「面ッ、面、面、面、面、面、面ッ」

敵は竹刀で防いだが、遠慮せず、つぎつぎ打ち込んだ。敵の足もとがふらついた。

「つぎ、行け」

男の声で、左から新手《あらて》が飛び出してきた。鉄太郎の喉をねらって突いてくる。かわして面を打ったが、そのまま力いっぱい激突された。踏ん張って受けとめ、足を払って押し倒した。

「つぎッ」

男が怒鳴り、またべつの若者が飛び出してきた。竹刀を突き出して奇声を発し、やみくもに突進してくる。

鉄太郎は、すばやく相手の竹刀を捲《ま》き落としたが、敵はかまわず、素手のまま全力で体当たりしてきた。小兵《こひょう》ながらも、下からすくい上げるようにぶつかってきたので、鉄太郎はよろめいた。

「つぎッ」

よろめいたところに、新手が突進してきた。面をねらって振りかぶっているが、打ち込むよりなにより、はじめから体当たりのつもりらしい。

鉄太郎は、体《たい》をわずかにかわして斜めに受け流し、うまく激突の衝撃からのがれた。

「つぎッ」

こんどは相撲取りのような大男だ。鉄太郎よりよほど目方がありそうだ。

——どうかわすか。

落ち着いて敵を見た。

——足だ。

敵は足さばきに粘りがない。足もとが床から浮いている。こんどは体をかわさず、激突してきた刹那、腰をしっかり落として正面から押し返した。大男がもののみごとにひっくり返った。まわりがどよめいた。

「つぎッ」

また、新手が突撃してきた。体をかわして受け流しざま、竹刀を返し、敵の首に当てて両手で押し倒した。

「つぎッ」

倒しても、かわしても、つぎからつぎへと新手がくり出してくる。二十人の若者が、順番に突進してくるのだ。鉄太郎にかわされるやいなや、体勢を立て直し、果敢に打ち込んでくる者がいる。打たれても打たれても、へこたれず打ち込んでくる者がいる。金五郎も竹刀をかざして打ちかかってきた。右に左に切り返し、押し返した。

さすがに息があがった。

「弱ってきたぞ。行け行け」

鉄太郎は、退きながらも竹刀をふるい、敵の面を打ち、籠手をねらった。退くうちに、背中が道場の壁にぶつかった。頭がもうろうとしている。

——柳になれ。

鉄太郎は、自分に言い聞かせた。つぎの敵を正面からひっくり返して、前に進み出た。あらためて正眼にかまえた。

「しぶとい奴。どんどん行け」

また、新手が突進してきた。

——おれは柳だ。

突進してくる敵は、風にすぎない。右にかわし、左にかわしながらも、隙があれば容赦なく打ち込む。強く打ち返されれば、退きながら隙をねらう。ゆらりゆらり、かわしながら戦っていたが、それでも息がきれる。ときおり、かわしきれずまともに激突されると足もとがふらついた。そうなると、面も胴も打たれ放題だ。

全身が痺れている。頭は熱っぽく、もう、なにをしているのかわからない。

「つぎッ」

その声を、何百回聞いたことか。くだんの大男が体当たりしてくるのをかわしきれず、鉄太郎は床にたおれた。のしかかってきた大男が、鉄太郎の首に腕をまわした。

「どうだ、降参か」

まいった、と言うまでこの稽古は終わりそうもない。

「……まだまだ」

あえぎながらつぶやくと、太い腕に力がこもった。喉をしめて気絶させるつもりだ。首をしめられ、意識が遠のいた。

――もうだめか。

諦めが頭によぎったとたん、腹の底から負けん気がわき起こった。

「うおりゃぁッ」

全身を反らせてはね起きた。意表を突かれた大男が、はじき飛ばされた。

「まだまだッ」

鉄太郎は、大きく手を打ち鳴らし、両手をひろげた。竹刀を持たず、最初から四ツに組んで投げ飛ばしてやる――。

「つぎ、行けッ」

また、敵が飛び出してきた。かわさず、下腹に力をこめて正面で押し返した。

つぎからつぎへ敵が打ちかかり、激突してくる。もうろうとしていた頭に、霞《かすみ》がかかった。ただ、ぶつかってくる男たちの衝撃だけが頭に響く。頭がくらくらして、足もとがおぼつかない。喉がひりついて息ができない。

「突きッ」

竹刀が、鉄太郎の喉をねらってきた。かわすつもりだったが、かわしきれなかった。まともに喉にくらった。

天井が見えた。そのまま床に倒れて気をうしなった。

気がつくと、天井が見えていた。面をはずされ、道場のすみで寝かされていたのだ。

「だいじょうぶですか?」

弟の金五郎が心配そうな顔をしている。鉄太郎は、上半身を起こした。道場では、なにごともなかったように稽古がおこなわれている。

「だいじょうぶだ……」

答えたものの、本当にだいじょうぶかどうか、自分でもよくわからない。まだ全身が痺れて、雲の上を歩いている気がする。

井上清虎がやってきた。

「まったく、おまえが一番だな」

井上が、あきれたようにつぶやいた。

「なにが一番ですか」

「新入り歓迎の数稽古さ。一刻はつづいていた。あれだけもった奴はほかにおるまい。道場はじまって以来だろう」

まわりに集まっている若者たちが、苦笑いしながらうなずいた。

「あそこまで踏ん張ることはない。鬼神のごとき凄まじい気魄だったぞ」

井上が笑ったので、こわばっていた鉄太郎のからだが、ようやくほぐれた。ほぐれたとたん、音を立てて腹が鳴った。腹に力があれば、もうちょっと頑張れたはずだ。

「なんだ、もう腹が減ったのか。粥は食ったんだろう」

鉄太郎はうなずいた。井上に無用な心配をかけたくない。

聞けば、もう午《ひる》ちかいという。両手をついて、井上に稽古の礼を述べた。

「帰るか」

「はい。弟たちのことが気にかかります」

控えの部屋で汗を拭き、道具と袴《はかま》をきちんとたたんだ。玄関でふり返り、深々と礼をして玄武館を出た。

小日向の家にむかって金五郎と走った。ひさしぶりに大汗をかいたので、気分はいたって爽快だ。

「すごい道場ですね。高山とはまるでちがっています」

「まったくだな。こんな熱気は初めてだ」

鉄太郎はわくわくしていた。また剣術の稽古ができる。しかも、強い男たちと稽古できるのだ。こんなうれしいことはない。腹が減っているのさえちっとも気にならない。

小日向に帰ると、家のなかから泣き声が聞こえてきた。

「あれは、留太郎じゃないでしょうか……」

火のついたように泣いているのは、たしかにまだ三つの留太郎らしい。

「ずいぶんひどく泣いているじゃないか」

鉄太郎と金五郎が、泣き声のしているほうにまわると、井戸端に四人の弟たちがいた。まだ赤子同然の留太郎が火のついたように泣いている。

「兄上……」

おぶっている鎌吉の顔がくしゃくしゃにくずれて、わっと泣きだした。そばにしゃがんでいた駒之助《こまのすけ》と飛馬吉《ひめきち》まで泣いて鉄太郎にしがみついてきた。二人ともまだ幼い。

「手を焼かせたな」

鉄太郎は、留太郎を抱きあげた。高くかかげてあやしたが泣きやまない。

「腹が減ってるんじゃないのか」

「重湯を食べさせました」

鎌吉が首をふった。すでに襁褓《むつき》はとれているから、そっちの心配はない。

鉄太郎は、留太郎をぎゅっと抱きしめて頰ずりした。

「寒いんじゃないか……」

体が冷えきっているのだ。

空は青くよく晴れているが、木枯らしが吹いて外は寒い。鉄太郎は、留太郎を自分のふところにすっぽりいれた。

「家に入ろう。熱い甘酒をつくってやるよ」

そのつもりで、帰り道に酒の粕《かす》を買ってきた。

「でも……」

鎌吉が口ごもった。

「どうした？」

「家のなかにいると、うるさいと叱られます」

「兄上か……」

「はい」

「子供は元気なのが仕事だ。すこしくらい騒いだってかまうものか」

六百石の旗本だから屋敷は広い。部屋はいくつもあるのに、鉄太郎と弟たちは、納戸同然の部屋でひしめいて暮らしている。

——なにを遠慮する必要があるものか。

鉄太郎も弟たちも、みな父小野高福《たかよし》の血をひいている。跡継ぎでないとはいえ、小さくなって暮らす必要などさらさらない。

玄関から入ると、鉄太郎はわざと足音を大きく立てて廊下を歩いた。

奥の座敷に行って、声をかけた。

「兄上。ただいまもどりました」

「……なんだ、そうぞうしい」

ふすまを開けると、兄の鶴次郎が寝そべっていた。昼寝をしていたらしい。

「弟たちを家の外に追い出されましたか」

「ん、なんだ？」

無役の兄は、たいてい家でごろごろしている。剣の鍛錬をするでなし、書見をするでもなし、とくになにかの趣味があるわけでもない。向上心がまるでなく、人間としての覇気がいささかも感じられない。

それでいて、理屈と小言がやたらと多い。

父の高福が、老いてなお凛冽《りんれつ》な男だっただけに、異母弟の鉄太郎としては、兄の器の小ささが歯がゆくてならない。

「子供が泣くのはいたしかたありません。なぜ、追い出したりなされます」

「外で遊べというたばかりだ。べつに追い出したわけではない」

鉄太郎は、わざとぶしつけに兄を睨《にら》みつけた。

腕枕で寝そべっていた兄が、さすがに起きあがった。わざとらしくあくびをかみころした。

「兄上」

声がつい恫喝《どうかつ》めいた。弟たちのことを談判するつもりだったが、べつのことが口をついてでた。

「なっ、なんだ」

「人はなんのために生きるのですか」

「いきなり、なにを言いだす」

「兄上の生きる目的をおたずねしております」

「ふん。生まれちまったんだから、死ぬまで生きてるよりしょうがあるまい。おまえはなにか特別な志でもあるのか」

「ありますとも。剣で名を揚げます。天下無双の剣客、いや、天下無双の人間となってみせます」

「ごくろうなことだ。いまの世の中、いくら剣など上達したところで、それで出頭できるわけでなし。まあ、部屋住みのおまえなら、養子の口があるかもしれん。せいぜいはげむがよいさ」

また、ごろりと横になった。

——この野郎。

兄とはいえ、あまりの怠慢、あまりの横柄。じつに人の世をなめきっていること許しがたい。胸ぐらをつかんで引きずりまわしてやろうかと思った。

しかし、思い直した。

――馬鹿馬鹿しい。

喧嘩するにも値しない男だ。よし、これからは、すべてこの兄の反対にやろう。兄が右というなら、おれは左だ。

そう思ったら、愉快になった。

第二章　鬼　鉄

念持仏

鉄太郎は、朝の目ざめがよい。

毎朝、夜明け前にすっきり目がさめる。

起きるとすぐに井戸端で顔を洗い口をすすぎ、固く絞った手拭いで体をぬぐう。

心身ともに爽快になったところで、坐禅《ざぜん》をくむ。

坐禅は、父親にすすめられて、飛驒高山の少年時代にはじめた。宗猷寺《そうゆうじ》に通って参禅したし、屋敷で自分でもくんでいた。

むずかしい禅の公案をとくわけではない。

ただ黙してすわっているだけだが、これも心身がすっきりするので習慣になっている。

ところが――。

ちかごろ、どうにも目ざめが悪い。

「どうなさいました。熱でもありますか」

どうかすると金五郎のほうが先に起きて、弟たちの食事を用意し、稽古に行く仕度をととのえていたりする。

「いや、だいじょうぶだ」

口では言ってみるものの、体が重く、いうことをきかない。

玄武館に行って道場に出ても、なにかを引きずっているようだ。自分が自分でない気がする。

竹刀《しない》稽古をしていると、井上清虎に見とがめられた。

「動きに切れがないぞ。もたついておる」

「はい」

それはわかっているのだが、どうすればよいかがわからない。

「素振りをしてみろ」

言われるままに、素振りを百回ばかりした。

しばらく首をかしげていた井上がつぶやいた。

「首がふらついて、肩があがっている。腹になにか不満でも溜《た》めているのではないか」

　井上は、素振りを見ただけで、こころの状態まで見ぬくようなことを言った。

　鉄太郎は、思いあたることがない。

「いえ、そんなことはなかろうと思います」

　稽古でたっぷり汗をかき、体内のもやもやはすべて発散させているつもりである。

それでも、まだなにかをひきずっている。

「家はどうだ。兄さんの鶴次郎とはうまくいっているのか」

「ご懸念にはおよびません。兄は反面教師。すべて兄の逆にやればよいと思いさだめました。稽古のときは、相手が兄だと思って打ちかかっております」

「それは、了見の狭いことだ」

　井上が苦笑している。

　了見が狭いと言われて、鉄太郎は愕然《がくぜん》とした。

「しかし、先生は稽古のとき、いつも親の仇《かたき》を殺すつもりでかかって来いと、おっしゃるではありませんか」

「そうだ。たしかにそう言っておる」

「では、なぜ、相手を兄とおもうてはいけないのですか」

井上清虎が笑った。丸顔の井上は、剣をかまえると名のとおり猛虎のごとく凄《すさ》まじい顔つきになるのだが、ふだんの笑顔には、いたって愛嬌《あいきょう》がある。

「なぜかな。それがわからんか」

「さて……」

鉄太郎は首をかしげた。

剣は憎むべき敵を倒すためにあるはずだ。ならば、憎むべき兄を倒すつもりでかかってなにが悪いのか。

「戦国の世ならば、兄弟で殺し合うのは当たり前。兄が仇ともなりましょう。兄の鶴次郎は、われら弟の面倒をみるべき家長の立場にありながら、いっこうに手をさしのべようとはいたしません。それは許すにしても、日々ただ惰眠をむさぼり、侍としての本分をまるでわきまえておりませぬ。ゆるしがたい俸禄《ほうろく》泥棒ゆえ、憎んでおります」

井上がため息をついた。

「こまった奴《やつ》だ。そんなことでは、ますます肩があがってしまうであろう」

それだけ言い残し、井上はほかの門弟たちの指導にまわった。

――なぜいけないのだ。

やはり、鉄太郎にはわからない。

わからないときは、竹刀を振るのがなによりだ。大勢の門弟たちとともに、切り返し、掛かり稽古を交互にたっぷりとやった。木刀の組太刀《くみだち》でも、力を抜かず汗をかいた。

飛驒にいたときなら、それですっきりした。気分は晴れ晴れとして、一点の曇りもなくなった。

しかし、いまは、なお、こころになにかを引きずっている。井上に言われたせいか、腹のなかに重い物がわだかまっている気がする。

帰り道、鉄太郎はいらいらしていた。このごろは、いつもそうなのだ。

「男なら、もっと堂々と歩け」

つい金五郎を怒鳴りつけてしまった。

いらだちは夜まで持続し、寝付きがわるかった。布団のなかでいつまでも寝返りを打ちつつ腹を立てている。そのせいで、また、朝の目ざめがわるい。

屋敷に帰って、弟たちの面倒を見ていても、腹が立ってくる。

「おまえはどうしてそんなに愚図なのだ」

幼い子を叱ってもしょうがないのはわかっているのに、つい怒鳴ってしまう。自分でも止めることができなかった。

玄武館の稽古は熾烈《しれつ》である。

早朝から大勢の門弟たちが竹刀をふるっている。

「なんだ、そのへっぴり腰はッ」

井上清虎の怒声に、鉄太郎はおもわず首をすくめた。小柄な井上だが、稽古をつけるときの気魄《きはく》はすさまじい。

鉄太郎がなんど打ちかかっても、かわされ、切り返される。

井上は、容赦なく、面、胴に打ち込んでくる。とてつもない衝撃に息ができないほどだが、鉄太郎はそれでも打ちかかっていく。

「とりゃぁッ！」

するりとかわされた鉄太郎は、そのまま道場の羽目板に激突した。

「まだまだッ」

鉄太郎は、竹刀をかまえ直したが、井上はそっぽを向いてしまった。

「つぎッ」

言われれば、頭をさげて次の門弟に代わるしかない。

肩で大きく息をしながら、鉄太郎は奥歯を嚙《か》みしめた。

――なぜだ。

ちかごろ、稽古をしていても、まるで思うように打ち込めない。師匠の井上に太刀打ちできないのはもちろん、互角の新参者と稽古しても、しきりと打ち込まれてしまう。

――おれのほうが、強いはずだ。

飛驒高山の道場でなら、鉄太郎は圧倒的な強さをほこっていた。

鉄太郎は上背があり、膂力《りょりょく》がある。

竹刀をかまえれば、たいていの相手は、見おろすことができる。相手の隙は、いくらでも見つけられた。思うままに打ち込めた。

ところが、玄武館に来てからというもの、どうにも調子が出ない。

――あんな小兵《こひょう》。

自信満々でかまえても、どうしても打たれてしまう。

――なぜだ。

考えれば考えるほど、わからなくなってくる。

井上に言われた言葉がなんどもよみがえる。

兄に腹を立てている鉄太郎を、井上は「了見が狭い」と断じた。

――いけないのは兄だ。

怠け者の兄を非難して、なにが悪いのか。鉄太郎には納得がいかない。ふつふつと、腹立たしい気持ちばかりが、胸の底から湧きあがってくる。

「先生、なにがいけないんでしょうか」

稽古のあと、鉄太郎は、井上の前で両手をついてたずねた。

いつもは、にこやかな井上の顔に、苦みがさしている。

「それを真っ正直にたずねるのか」

「いくら考えてもわかりませぬゆえ、おたずねするしかないと思いいたりました」

「さて、困った奴だ」

井上が手拭いで汗をふいている。

朝いちばんの道場は、足が凍るほど冷たかったが、門弟たちが稽古にはげむにつれて、いやがうえにも熱気が満ちてくる。

「ぜひ、ご教示ください」

鉄太郎は、深々と頭をさげた。

「素直なのは、おまえのよいところだ」

「ありがとうございます」

「しかしな、素直なだけでは、道は切り開けぬ。ことに、すぐ人にたずねたがるのは、悪いくせだ」

「……はい。申しわけありません」

井上が口をへの字に曲げた。すぐに教えてくれそうにはない。

「おまえが高山で書きつけた修身二十則があったな」

「あれを、ご存じですか」

「父君に見せていただいた」

二年前の正月のことだ。元服の祝儀をむかえるにあたって、鉄太郎はおのれの身をどうやって修めればよいかを考え、二十の鉄則を書きならべた。どういう大人になりたいかを書いたつもりだ。

父に見せると大いに褒められた。

――これはよい。わしにくれ。

そのまま父にわたし、自分のためにもう一枚同じものを書いた。

「なぜ、あのとおりにしない」

「あれは……」

自分が理想とする生き方を書きならべたものである。
一、うそ言う可《べ》からず候《そうろう》
にはじまって、君（主人）、父母、師、人の恩を忘る可からず、幼者をあなどる可からずなど、人として生きる道をまとめたのだ。

「あれを見せられたとき、わしは正直なところ、舌を巻いた。読みかじった論語をあやふやな知識でまとめたものではない。おまえの心根の広さとやさしさが、そのまま言葉になってほとばしっていた。なぜ、あのとおりにせんのだ」

鉄太郎はうなだれた。江戸に来てから、修身二十則のことはすっかり忘れていたのだ。

「あの二十則は、十五歳の小僧が書いたにしては、ただの上《うわ》っ面《つら》だけの修身でなく、地に足のついた実感があるのがなによりだ」

井上が眉をひそめた。いま目の前にいる鉄太郎とは、別人が書いたと言わんばかりの顔つきである。

鉄太郎が書いた二十則はこう続いている。
八、己れに心よからざることは、他人に求む可からず候
九、腹を立つるは、道にあらず候

十、何事も不幸を喜ぶ可からず候

十一、力の及ぶ限りは、善き方につくす可く候

さらにそのあとには、好きなことばかりしてはいけない、食事のたびに農家の苦労を思え、草木土石も大切にせよ、ことさら着物をかざりうわべをつくろう者は、こころににごりがある者だ、といった戒めが続いている。

「あのなかで、わしが感心したのはな……」

井上が、そこで言葉を切った。

「いや、やめておこう。おまえが自分で考えなければならぬことだ」

すっと立って、行ってしまった。

鉄太郎は、ひとり取り残された気分である。道場では竹刀の音がかまびすしいが、いつもはこころを沸き立たせる音が、今日はかえってわずらわしい。

――ちくしょう。

江戸に来てからというもの、すっかり歯車が狂ってしまった。やることなすことうまくいかない。

道場の稽古をぼんやりながめながら、鉄太郎は二十則のつづきを思い浮かべた。ちゃんと覚えていたのが、まだしも救いである。

十七、己れの知らざる事は、何人にてもならう可く候

そのつもりで、大先生の千葉周作にも、遠慮なく質問した。こちらが虚心坦懐《きょしんたんかい》にたずねれば、だれもがこころを開いて教えてくれるはずだ、というのは、あつかましすぎる考えなのだろうか。

十八、名利の為に、学問技芸す可からず候

いまの鉄太郎に、名利などもとめられるはずがなかった。そんなことは、もっと学問が進み、剣術の腕が上がってからの話だ。

十九、人にはすべて能不能あり、いちがいに人をすて、或《ある》いはわらう可からず候

これは、すこし思いあたる。

ちかごろの鉄太郎は、兄の鶴次郎を覇気のない男としてさげすんでいる。

——さげすむにしか値せぬ男も、世の中にはいるのだ。

それこそが、兄だと思えてならない。

二十則の最後は、こうしめくくっておいた。

二十、己れの善行をほこり顔に人に知らしむ可からず、すべて我が心に恥じざるに務《つと》む可く候

手柄を人に自慢してはいけない。自分のこころに恥じるかどうかだけが、生きる規準だということだ。

飛騨の山里にいたころは、これこそが、男子として重大な生き方の指標であると思っていた。

べつだん、なにかで読んだり、だれかに言われたりしたわけではない。元服前の鉄太郎が、まわりの大人たちを観察して、感じたことだ。

善行や手柄を声高にほこる男は、はたで見ていても、まったく尊敬できない。むしろ、いやしい人間に見えてしまう。そんな男にはなりたくないと考えていた。

江戸に来て四ヵ月がすぎ、鉄太郎はいささか考えがかわった。

江戸には大勢の人間がひしめいている。だれもが、なんとか頭角をあらわそうと必死で生きている。おのれの手柄を自慢げにほこらなければ、周囲はみとめてくれない。人を蹴落とさなければ、自分がのし上がれない——そう考えている人間が多い。

あの二十則は、どれも、世間知らずの小僧が考えたたわごとだ。江戸では、とても通用しない——。鉄太郎はいま、そう思いはじめている。

「めずらしくぼんやりしているな」

竹刀稽古を終えた清河八郎が、鉄太郎のとなりで正座した。防具をはずし、汗をぬぐっている。

「ええ……」

そうだ。この清河は、どんなふうに思っているのだろうか。

鉄太郎は、ぜひ聞いてみたくなった。

清河は、出羽庄内《でわしょうない》の郷士《ごうし》で、玄武館のとなりにある東条一堂《とうじょういちどう》という儒者の塾にかよっている。東条から塾頭になれと勧められたのに、清河が断ったという話は、玄武館でも評判だった。六つ年長の清河は、尊大に見えるほどいつも自信たっぷりにふるまい、生きているようだ。

「清河さん」

「なんだ？」

「清河さんは、なんのために剣と学問にはげんでいるのですか」

「あらたまって、どうした」

「いささか思うところがありまして……」

「はは。道に迷ったか」

「そういうわけではありませんが」

首をふる鉄太郎を、清河がまじまじと見すえている。

「そもそも、男子の一生は、なんのためにあるのかね」

清河八郎の言葉が、鉄太郎の耳にするどく刺さった。

すぐ目の前では、門弟たちの甲高《かんだか》いかけ声や竹刀の音がやかましいのに、清河の声はみょうに透きとおっている。

「それは……」

剣術が強くなりたいという少年めいた希望以外に、鉄太郎は大きなのぞみをいだいたことがなかった。

「孝経《こうきょう》は学んだか」

清河は物言いまで老成している。

鉄太郎は、飛騨にいたころ、父の手ほどきで漢籍の素読《そどく》を身につけたが、正直なところ暗記するのは苦手であった。

「はい……」

返事も、つい小声になる。

「孝経にこうある。——身を立て道を行い、名を後世に揚げ、もって父母を顕《あら》わすは、孝の終わりなり」

それなら、鉄太郎も知っている。「孝経」は、孔子《こうし》が孝の道を説いた書である。

「立身ですか……」

清河が深々とうなずいた。

「身を立て、名を天下にとどろかさなければ、男子として生まれてきた甲斐《かい》がない。そうではないか」

清河の実家は、郷士とはいえ、酒造などをいとなみ、そうとうな分限者《ぶげんしゃ》であるらしい。長男であるのに富貴な家を継がず、剣と学問をもとめて江戸に出てきた清河は、それを梃子《てこ》に身を立てる所存らしい。

話していると、清河の全身にみなぎっている自負が、鉄太郎にまでのりうつってきそうだった。

「男だ。天下に乗りださずしてなんとする。剣と学問はその方便だ」

「ではなぜ、清河さんは、東条塾の塾頭就任をおことわりになったのですか」

鉄太郎は、聞きたかったことをまっすぐにたずねた。

「あはははは」

清河が呵々《かか》大笑した。

「鶏頭になるつもりはない。龍《りゆう》となって天を駆けるおれに、東条塾は小さすぎる。

昌平黌《しようへいこう》の塾頭なら引き受けるがね」

鉄太郎は、清河の言葉に奮い立った。

——男なら、そうあらねばならぬ。

清河のもつ自信が、とても好ましく感じられた。

鉄太郎は、気持ちが昂《たか》ぶってならない。からだのなかで火が燃えているようで、顔まで火照《ほて》っている。

——身を立て、名を揚げる。

飛驒にいたとき、そんな志は、微塵《みじん》ももったことがなかった。

栄達などのぞまない。名誉などほしくない。純粋にただひたすらおのれの剣技を磨きたいとねがっていた。

——強くなりたい。

それは、自分という人間を大きくそだてるためであって、名利とは無縁の願いであった。

だが、玄武館に集まった若者たちは、どうやらまるで違っている。

いみじくも清河が言ったように、剣術にはげむのは、おのれの身を立て名を揚げるためなのだ。それを望めばこそ、死にもの狂いで稽古にはげんでいるのだ。

江戸にもどってから、ずっと感じていた居心地のわるさの原因がようやくわかった気がした。

「ありがとうございました」

鉄太郎は、清河に頭をさげた。

「あらたまってどうした？」

「わたしは、思い違いをしていたようです。いにしえの戦国の世から、武士は、おのれの功名を第一に考え、領地を増やすために命を賭けてきた。名をもとめるのは、けっして悪いことではありませんね」

「当たり前だ。それこそ、男子一生の事業だ。剣だけ強くなったところで、世に知られなければなんとする」

清河が不思議そうな目で鉄太郎を見ている。

鉄太郎は、もういちど礼を言って、頭をさげた。なんだか、とてつもなく新鮮で意気揚々とした気分である。

玄武館から小石川にむかって、肩で風を切って歩いた。

「どうしたんですか、兄上。なんだかいつもとご様子がちがいます」

いっしょに歩いている金五郎が、不思議そうにたずねた。

「おれは、考えを変えた。男は名を揚げなければ生まれてきた甲斐がない。そう思ったら、あらためて剣術の修行に意欲が燃え上がってきたのだ」

うなずいてくれると思ったが、金五郎が首をかしげた。

「そうでしょうか。そんな名なんて、兄上にはちっとも似合わないと思います」

弟の言葉に、鉄太郎はおどろいた。

「似合わない？　世に出て名を揚げるのが、おれには似合わないというのか」

往来のまんなかで立ち止まり、鉄太郎は金五郎にたずねた。

「はい。そんなの、ちっとも兄上らしくありません」

「おれらしくないなんてことはあるまい。男子たる者、じつは、だれしも世に出ることを望んでいる。おれはいままで自分のこころの奥底に眠っていた野心に気づかなかっただけだ」

金五郎が首を横に大きくふった。

「飛騨での兄上は、むしろ、名を誇る風潮を軽蔑しておいででした。大勢の見物人が押し寄せる名所の桜など、ちっともありがたくない。たとえ、人に知られずとも、ひっそり咲いている山桜のほうが気高く美しい——。そうおっしゃっておいででした」

そういえば、そんなことを言った気もする。若者らしい気負いだった。

「ああ、たしかにそう言った。だがな、おれたちはもう郡代《ぐんだい》の若様ではない。六百石の家督は、兄上のものだ。おれたちのような部屋住みが、生きて飯を食うためには、武名を揚げるのがいちばんよいのだ」

金五郎があきれた顔をしている。

「兄上が、そんな俗な考えに染まるなんて、ちっとも思っていませんでした」

「俗か……」

「鶴次郎兄さんが怠け者なら、鉄太郎兄さんは、変節漢ですね。いい兄弟ですよ。わたしは弟として鼻が高い」

「なんだとッ」

鉄太郎の声が、つい荒くなった。往来の人たちがふり返ってながめていく。

「変節漢とはなんだ」

「変節漢を変節漢と呼んで、なにがわるいんですか」

二つちがいの弟は、幼いころから、いつも鉄太郎のあとをついてきた。ちび助だとばかり思っていたが、いまは怖《お》じけることなく鉄太郎をにらみつけている。

「兄上は、ちかごろ行者様《ぎょうじゃ》の仏像なんか、ご覧になったことがないでしょう。あのお顔のままに微笑《ほほえ》んでおられる兄上が好きでした。いまの兄上は、こころがねじくれて、鶴次郎兄さんの悪口ばっかり言って、なんだか、ちっとも尊敬できません」

そういえば、飛騨でもらった役行者《えんのぎょうじゃ》一刀三礼《いっとうさんらい》の仏像は、どこかにしまったきり、ちかごろまるで取り出したこともなかった。

弟の金五郎に言われて、鉄太郎はひさしぶりに仏像のことを思い出した。

「たしかに、ちかごろ拝んだことがなかったな」

「そうでしょう。飛騨では毎日、朝晩拝んでらっしゃいました。とてもおだやかでよいお顔の仏様です。こんな笑顔があればこそ、生死《しょうじ》一如《いちにょ》のこころになれるのだと、教えてくださったではありませんか」

「…………」

弟の言葉に、鉄太郎は絶句した。

そんなことは、江戸に来て以来すっかり忘れていた。

——生死一如。

とは、文字通り生と死が、じつはひとつのものであるということだ。

高山の陣屋で仏像をわたすとき、父にそう教えられた。

「生に執着するがゆえに、人は死ぬのが怖くなり、苦しくなるのだ。生きること、死ぬことは、紙の裏と表にすぎぬ。生きていようが死んでしまおうが、仏様の笑顔になんのちがいがあるものか」

鉄太郎は、そのまま仏像の前で坐禅をくんだ。高山ではいつもそうしていた。

言葉にしてしまえば簡単だが、生死一如の心境になることはむずかしい。少年にとっては、ほとんど理解不可能な境地であった。

ただ、その仏像のおだやかな微笑を見ていると、たしかに生きていようが死んでしまおうが、たいしたちがいはない気がしてきた。

江戸に来てからの鉄太郎は、生死一如の教えなどすっかり忘れてしまい、生きることに執着していた。おのが一生を誉《ほま》れあるものにしたいと強く望むようになっていた。

生き馬の目を抜くほどの江戸である。

往来にも、道場にも、どこを見まわしても大勢の人がいる。みなが必死の形相で生きている。

——おれが。

と、自分から飛び出していかなければ、だれも認めてくれない。人から取り残されてしまうのではないか——。そんな焦りが生じて、ついいらいらと、弟たちにさえ顔をしかめ、怒鳴りつけるようになっていた。

「いかんッ」

声高に叫ぶと、大勢の人たちが行き来する神田の大通りの真ん中で、鉄太郎は真上に顔を向けた。

「どうしたんですか、兄上」

金五郎がたずねたが、鉄太郎は上を向いたまま、大きく目玉を見開き、足を踏んばって仁王のように立ちつくした。

「こんな往来に立っていたら、通る人の邪魔になりますよ」

金五郎が困惑した声で鉄太郎の袖をひいた。

鉄太郎は、顔を上げたまま身じろぎもしなかった。道を歩いている人たちが、鉄太郎を避けるようにして通りすぎていく。

「同じだ」

「なにがですか」

鉄太郎は、真上を向いたまま、しきりと感心している。金五郎には、鉄太郎がなににに感じ入っているのか、さっぱりわからない。

「なにも、変わりゃしないじゃないか。まるで同じなんだよ」

鉄太郎は、大きな声で言った。

「なにが同じなんですか」

「見てみろ」

金五郎が、言われるままに上を向いた。

見えるのは、青い空と白い雲だ。

「どうだ、同じだろ」

「はぁ……」

「飛騨の高山だって、江戸だって同じ空の下にあるんだ。おれは、それを忘れていた。なんて馬鹿野郎だ」

鉄太郎は、自分の月代《さかやき》を掌《て》でたたいた。気持ちのよい音がひびいた。

「まったく、なんてことだ。どこにいたって同じなのに、江戸に来て、大勢の人間に酔ってしまったんだ。おれは江戸に来てすっかり舞い上がっていた」

鉄太郎は、まだ空を見上げたままだ。

白い雲がゆったりと流れていく。

山こそ見えないが、空の青さと雲の白さは、飛騨とかわらない。

「空と雲が同じなら、生きてる人間だって同じさ」

「そうですよ。兄上は、江戸に来てから、なんだか、とってもへんでした」

「かもしれん。いや、そうだ。よくぞ、あの仏様のこと、思い出させてくれた」

おだやかに微笑む仏像の顔が、鉄太郎のまぶたの裏にうかんだ。

「こうしてはおれぬ」

鉄太郎は駆け出した。

「待ってください。いきなりどうしたんですか」

金五郎が、あとを駆けてきた。

「仏様を出して、ちゃんとお参りするのさ」

こうと思ったら、すぐにやらなければ気のおさまらないのが鉄太郎のよいところであり、悪いところでもあった。

駆け出した鉄太郎はもう、仏像のことしか考えられなくなっていた。

「ただいまもどりました」

玄関で大声を出すと、鉄太郎はそのまま屋敷の廊下を駆け抜け、ずっとはずれにある自分たちの部屋に走った。

陽《ひ》の当たらない北向きの部屋で、兄弟六人が寝起きしている。

ふすまを開けると、小さな弟たちが遊んでいた。今日は、鎌吉がめんどうを見る当番だった。

「お帰りなさい。どうしたんですか、あわてて」

「たいへんなことだ。生死一如さ」

鉄太郎は、押し入れを開けた。

竹を編んだ小行李《こごうり》は、押し入れの下の段にしまってあった。

取り出して蓋をひらくと、たくさんの紙の束が目についた。どれも、飛騨高山での書道の師匠岩佐一亭からあたえられたものだ。入木道《じゅぼくどう》五十二世の許状や、点画をどう書くかの使筆法の秘録、一亭の手本などである。

その束をそっくり外に出した。

底に入っていたのは、子供時分に山で拾った大きな水晶と、彫りもなにもない無愛想な鍔《つば》、研ぎ減りしてもう使い物にならない小刀だけであった。

——おかしい。

ないはずはない。

江戸に着いた日、この押し入れにしまう前に、行李のなかをあらためた。そのときは、黄色い布につつんだ仏像がちゃんとあったのだ。

紙の束をめくってみた。

高さ七寸（約二一センチ）あまりの木彫りの像である。如来《にょらい》の立ち姿だから細長いが、紙の束にまぎれこむようなものではない。

「兄上の信心が足りないから、お隠れになったんじゃないですか」

金五郎が行李をのぞき込んだ。

「まさか……」

「どうしたんですか？」

鎌吉ものぞき込んでいる。

「役行者様の仏像が見あたらないんだ」

「和尚さんが、鐘の代わりにくださったという仏像ですか」

鎌吉の言うとおり、その像は、飛騨高山の宗猷寺の梵鐘《ぼんしょう》を持って帰ろうとした鉄太郎に、寺の住職がからかった詫《わ》びとしてくれたものだ。

ただ、鉄太郎は、住職からは、けっして受け取らなかった。

「あのときの兄上は、ほんと意固地でしたね」

金五郎が、仏像をもらったときのことを思い出したらしい。

「馬鹿を言え。だいたい、言い訳や詫びに仏像をもらったって、ありがたみなんかあるものか」

寺の梵鐘をながめていた鉄太郎に、それを持って帰ってよいと切り出したのは、住職である。鉄太郎からたのんだわけではなかった。

それなのに、鉄太郎がほんとうに人足をつれて鐘を取りに行ったら、住職はあわてふためいた。

冗談だったと頭をさげられても、鉄太郎は聞かずにはねつけた。

「男なら、いちど口にした言葉は必ず守らねばならぬ」

十一歳の少年の頑なな意地であった。

「男子は片言《へんげん》に生き、隻句《せつく》に死ぬ。冗談にせよ、やる、と言ったのなら、たとえ一国といえども、いさぎよくわたすべきだ」

少年ながら堂々とそう突っぱねて、住職を困らせた。弟たちをひきつれての騒ぎだった。

「そりゃ正論ですが、あのときの御住職の困りはてた顔は、よく覚えてますよ。気の毒でなりませんでした」

「困るくらいなら、最初から口にせねばよいのだ」

「もっともです」

金五郎がうなずいた。

鉄太郎がどうしても鐘を持って帰ると言い張ったので、住職は郡代屋敷に来て、父に仲裁をたのんだ。

住職は、梵鐘の代わりに詫びとして如来像をくれると言ったのだが、鉄太郎は断った。

「嘘《うそ》つきの仏様はいただきません」

結局、父があいだに立っていったん仏像をもらい、それを鉄太郎にくれることになった。

鉄太郎は、父からその仏像をすなおにもらった。住職とのあいだに立った父を困らせたくなかったからである。

陣屋の縁側で、父が、布包みをひらき、小ぶりの仏像を立てた。

その姿を見て、鉄太郎は、おもわず両手をついた。

「ごめんなさい」

なぜか、仏像に謝っていた。なぜ謝ったのかは、自分でもよくわからない。

小さくてざっくりとした木彫りの如来像は、おだやかに微笑んで立っているだけであった。

立ち姿の如来像は、じつは円空仏《えんくうぶつ》であった。美濃から飛騨にかけては、鉈《なた》でざっくり切ったり、はつったりした荒々しい円空仏が多い。

「役小角《えんのおづぬ》一刀三礼の作だ。これくらいの宝物でなければ、からかいの詫びはかなうまい」

小角は、修験道《しゅげんどう》の開祖である。臨済禅の寺には縁のない仏像だが、いつの時代かに、だれかが預けていったものだろう。

頭をさげて、和尚は帰った。

そのとき、鉄太郎は、縁側で両手をついたまま、仏を見つめた。すでにあめ色に古びていたが、材は檜《ひのき》であろうか。粗く刻まれた衣のひだが、縦に大胆にながれている。ちょこんとのった丸いお顔は、目と口もとに、かすかな微笑みをうかべている。

見ていると、なにか、自分がとても悪いことをしている気がした。

鐘を持って帰ろうとしたことではない。意地を張ったことでもない。

その仏像の微笑みを見ていると、生まれて、生きて、ここにこうしてあることがとてもありがたく、それを感謝していない自分が悪いことをしている気がしてきたのだ。

さらにしばらく見つめていると、仏の微笑みが、限りのない慈《いつく》しみに見えてきた。どんな困難があっても、死ぬほど苦しい境涯に立たされても、その微笑みがあるかぎり、自分は大丈夫だと思えた。

「こんなすばらしい像をいただいてよろしいのでしょうか」

「もらっておけ。返すといっても、こんどは和尚が受け取るまい。おまえの意固地さが招来した仏様だ。大切にするがよい」

そう父に言われた。それ以来、鉄太郎の大切な念持仏《ねんじぶつ》となったのである――。

その仏像が、あるはずの行李のなかにない。

「江戸に来てから、お忘れになっていたので、仏様が怒ってらっしゃるのですよ」

金五郎の言葉に、鉄太郎はうなずいた。

「まったくだ」

「鶴兄ちゃん……、持ってったよ」

口をはさんだのは、下から二番目の飛馬吉《ひめきち》だ。

「なんだって？」

「部屋で遊んでたとき、鶴次郎兄ちゃんが来て、そこから仏様、持ってったよ」

「いつだ？」

「今日の朝」

鉄太郎はくちびるを噛んだ。江戸に来て以来うわずっていた自分が、なにか大きな力に試されている気がした。

「よろしいでしょうか」

仏間のふすまの外から、鉄太郎が声をかけた。なかに兄の鶴次郎がいるはずである。

「おう」

返事を聞いて、ふすまを開けた。仏壇にむかって、鶴次郎がすわっている。鉄太郎が入っても、ふり向こうとしない。

鉄太郎は、兄の背中に話しかけた。

「今朝方、わたしたちの部屋においでなさいましたか」

「ああ、行った」

鶴次郎が背中越しに答えた。

「ちがいましたらお許しねがいたいのですが、わたしの行李をお開けになりましたか」

「ああ、開けさせてもらった」

鉄太郎は黙した。

「……なぜでございましょう。兄弟とはいえ、礼を失したおこないと存じます」

「まこと、礼を失しておるのはおまえだ。無礼きわまりない」

ふり返ってすわりなおした鶴次郎が、鉄太郎をにらみつけた。

鉄太郎はむかっ腹が立った。

「ご自分のことを棚に上げて、人を非難するとは、いかなることでしょうか。返答しだいでは、兄上といえども許しませんぞ」

「ふん」

鶴次郎の目が、鉄太郎を蔑んでいる。

「大事な仏様を行李のなかにしまったままにしておるほうが、よほど無礼ではないのか。あまりに気になったゆえ、わしがおまえに代わって仏壇に御動座《ごどうざ》ねがった。感謝されこそすれ、悪く言われる筋はなかろう」

見れば、たしかに仏壇のなかの須弥壇《しゅみだん》に如来の木像が安置されている。

「どうだ。仏様は、よろこんでおいでだ。お顔のつやつやしたこと。行李から出したばかりのときは、怒ってらしたぞ」

鉄太郎は、仏壇ににじり寄って、手を合わせた。

木像は、父母の位牌《いはい》の真ん中に置いてある。丸い小さな顔が、鉄太郎には微笑んでいるようには見えなかった。

怒っている顔に見えた。

——叱られている。

素直に頭をさげた。

「申しわけありませんでした」

「わかればよい」

兄に言われて、鉄太郎はむかっ腹が立った。

「おめぇに謝ったんじゃやねぇや」

腹を立つるは、道にあらず候——。自分で決めた掟《おきて》など、すっかり忘れて、言葉を荒らげた。

「なんだと。恩を忘れて逆恨みか」

兄の目がつり上がった。さすがにぞんざいな口を利きすぎたと反省した。しばし瞑目《めいもく》して呼吸を整え、居ずまいを正した。徹底的に冷徹に、おだやかに話すことに決めた。

「父母の恩義はいつも感じておりますが、兄上の世話になった覚えはありません」

「おまえが忘れていた仏様を、こうして祀《まつ》ってやったではないか。この罰当《ばちあ》たりめ」

「それは……」

それを言われると鉄太郎には返す言葉がない。

「しかし、そのことと、わたしの行李を勝手に開けた無礼はべつでしょう。じつは、なにか、べつなものを探してらっしゃったのではありませんか」

鉄太郎は、兄をにらみつけた。

兄鶴次郎の瞳が、宙をおよいだ。

「あて推量をぬかすでない。なにを探したというのだ」

——図星だろう。

と鉄太郎はひとり合点した。

兄が、鉄太郎の念持仏を、気にかけていたとは思えない。

おそらくべつの探し物があって、行李を開けたのだ。念持仏を探したというのは、その口実に過ぎまい。

——兄上は鍵を探していたのでしょう。

と言おうとして、鉄太郎は言葉をのみ込んだ。

その話を、もちだしたところで、兄がすなおに認めるとは考えられない。

父の遺産の小判三千五百両のうち、兄に五百両をわけた残りは、二つの千両箱に入れたまま、屋敷の蔵にしまってある。

鍵は鉄太郎が持っている。べつの場所に隠してある。

三千両は、弟たちの身を立ててやるためのたいせつな金だ。兄に散財されてはたまらない。

「おまえ、おれが千両箱の鍵を探していると疑っておるのではあるまいな」

兄の目が、ねっとりと鉄太郎を見すえている。

「そうです。そのとおりでしょう」

「馬鹿なことを。幾三郎《きさぶろう》兄さんの具合が、今朝から急に悪くなった。なんとか本復せぬものかと父母の位牌に念じていて、あの仏様を思い出したのだ。おまえが拝まぬのなら、わしが幾三郎兄さんのために拝んでやろうと思って借りただけのこと」

幾三郎は、父高福《たかよし》の先妻の連れ子で鶴次郎の異父兄だ。病弱のため、屋敷の一室でずっと寝たきりである。

――ほんとうか。

疑いの目で、仏壇を見た。

如来のおだやかな顔が、鉄太郎の猜疑心《さいぎしん》を叱っている気がした。

容態がかなり悪くなっていた兄の幾三郎は、年がおしつまって亡くなった。

葬儀のあれこれが終わったあと、鉄太郎は仏壇から如来像をもちだし、縁側に置いた。

木彫りの如来と向き合って、坐禅をくんだ。暖かい日和《ひより》の午後である。

半眼ですわっていると、如来像が大きく見えた。威圧感さえ感じてしまう。

——鶴次郎兄さんは、千両箱の鍵を探していたのではないでしょうか。

たずねてみた。

むろん、返事などあるわけがない。おだやかな如来の顔が、むっつり不機嫌に見える。

——邪推か。

不機嫌な顔の如来像を見ていると、人を疑ったやましさで、こころが苦しくなってくる。

——いかん。

江戸に帰ってきてからというもの、鉄太郎は歯車が狂ったままだ。

なにかがおかしい。なにかがうまくいかない。いつも、そんなもどかしさを感じながら、日々を過ごしている。

——どこで、なにを間違えてしまったのか。

ふり返って考えてみるが、よくわからない。

自分では懸命に励んでいるつもりだ。弟たちの面倒を見ながらも、玄武館に通って、剣術の稽古に精を出している。

玄武館の連中は、腕の立つ者が多い。

しかも、雄々しくも身を立て、名を揚げる志をもっている。

——負けてはいられない。

飛騨の田舎《いなか》で、ずいぶん遅れをとってしまったと、悔いることの多いこのごろである。

——それが、まちがっているのか。

こころの焦りを、如来像に見すかされている気がした。

おだやかな陽ざしのなかで、坐禅をつづけた。

「おまえ自身のためになることをしろ」

臨終のきわに、父は鉄太郎にそう言い残した。

「それが、天下の役に立つ」

きれぎれに、そうつづけた。

正直なところ、よくわからない。どうすれば、自身のためであって、天下の役に立つことができるのか。

如来の顔がきびしい。声がきこえた。

——迷え。迷うがいい。

迷って、迷って、なおさんざん迷った果てでなければ、おまえは、本物のおまえになれぬぞ——。

そう叱られている気がした。

黒船

「それはすごいもんだ。いや驚いたのなんの、あんな船から大砲を撃ち込まれてみろ、江戸はひとたまりもないぞ」

玄武館道場の一隅で、一人の門弟が声高に話している。

嘉永六年（一八五三）六月である。

夷狄《いてき》の黒船が四隻もいっぺんに、相模《さがみ》の浦賀《うらが》沖にやって来たというので、江戸は大騒ぎになった。

物好きな連中が何人か、わざわざ浦賀まで見に行ったのだ。道場は、その話でもちきりである。

耳のはしで話を聞きながら、鉄太郎は防具をつけていた。

「おい、こんなすごい船だとよ。日本はこれからどうなってしまうんだ」

瓦版《かわらばん》が目の前に突き出された。

見れば、いかめしい外輪船と鼻の長い異人の似顔絵が描いてある。アメリカ東インド艦隊の軍艦と司令長官のペルリである。積んでいる大砲は太く、数も多い。

「どうもこうもなかろう。異国船の出入りは長崎にかぎるというのが、幕府の法だ。長崎にまわってもらうしかないさ」

「それがまわらずに、江戸にちかい浦賀で国書をわたしたいというから騒ぎになっている。そんなことも知らぬのか」

鉄太郎とて、それくらいの話は知っている。

知っているからこそ、門弟たちの話の輪にくわわらなかった。

「くだらん」

手拭いで頭を包みながら、鉄太郎はつぶやいた。

「聞き捨てならんぞ。なにがくだらんのだ。きさま、国を憂う気持ちがないのか」

黒船を見に行った男が、立ち上がって鉄太郎をにらみつけた。

「国を憂えばこそ、くだらんと言ったのだ。黒船の話なんぞ、いくらしたって埒《らち》は明かぬ。追い返したいなら、強くなることだ。稽古にはげむことだ」

立った男が、鉄太郎を笑いとばした。

「そっちのほうがよほどお笑いぐさだ。一隻の黒船には大砲が二十門以上も積んである。ぜんぶで百門という数だ。おれはこの目でたしかめた。あんな大砲に刀で立ち向かえるものか」

「なんの。大砲をいくら撃ったって、最後は陸に人が上がってくる。そこを切り捨てればよい。四の五の言う暇があれば、腕を磨くことだ」

鉄太郎の強い目線に、立ち上がった男がたじろいだ。

「まったく、どいつもこいつもッ。黒船ごときに大騒ぎしやがって」

鉄太郎は、腹が立ってならなかった。腹の底から言葉がほとばしった。

「たかが夷狄の船がやってきたくらいで、なにを騒いでいるのだ。どれほど大きくとも、船は船。大騒ぎなんかしていると、尻の穴の小ささが見えるぞ」

あまりに腹が立ったので、先輩たちを、つい罵倒してしまった。

「なんだと。おまえ、これがどれほどの国難かわかっておらぬな。危急存亡の秋《とき》とはいまのことだ。蒙古《もうこ》襲来には神風《かみかぜ》が吹いたが、あの黒船は、風ごときでは沈まぬぞ。合戦になったらいかに戦う」

べつな男が、いきり立って鉄太郎をなじった。

「そうだ。おまえ、家を守りたくないのか。家族を守りたくないのか。江戸を、いや、直参《じきさん》旗本のくせに徳川将軍家をお守りするつもりはないのか」

輪になって黒船を論じていた男たちが、立ち上がって鉄太郎をとりかこんだ。口々に鉄太郎の不見識を責め立てる。

鉄太郎は、すわったまま、激昂《げっこう》した一同を見上げた。

じっとにらみ合った。如来像の顔を思い出して、こころがうずいた。悪いのは自分だ。

鉄太郎は両手をついて頭をさげた。

「申しわけございませんでした。ご無礼、お許しくださいませ」

「ふん。謝るぐらいならば、最初から大きな口はたたかぬことだ。もの知らずが、時勢へのうとさを露呈するだけだ」

鉄太郎は首をふった。

「いえ、頭をさげましたのは、先輩方に横着な口をきいてしまったお詫びでござる。ものを知らず、時勢にうとく、腹がすわらず、頭が悪いのは、やはり先輩方のほうだと存じまする」

言葉こそ丁寧にあらたまったが、言っていることは、さっきよりなお悪い。

「なんだと。それこそ無礼であろう」

「いえ、頭のお悪い方に、なすべきことを教えてさしあげるのは、ちっとも無礼だとは思いません」

「この野郎。好き放題ぬかしおって」

鉄太郎の胸ぐらがつかまれた。

「外につれだして、こてんぱんにのしてしまうがいい」

道場の騒ぎは、ますます大きくなるばかりである。

胸ぐらをつかまれた鉄太郎は、男の手を払った。

「こやつ、言葉ばかりでなく、態度まで無礼だ。許してはおけぬ」

「胸ぐらをつかまれれば払うのは当然でありましょう」

鉄太郎が一同をにらみ返すと、男たちがさらにいきり立った。もう歯止めがきかないほどの勢いである。

「それっ」

と、一同が鉄太郎を押さえつけようとした刹那《せつな》、道場に大声がひびいた。

「騒々しいッ。なにをやっておる」

太い声にふり返ると、井上清虎が立っている。

そのむこうに千葉周作がいる。玄武館の助教たちがずらりとならんでいる。

「あっ」

騒いでいた門弟たちが、あわてて礼をとって正座した。

「道場でさわいでなんとする」

「申しわけありません。小野鉄太郎があまりにわれらを侮辱しましたので、外につれだし制裁をくわえるところでした」

ひとりが説明した。

井上が一同をながめわたしてたずねた。

「黒船の話だな」

「そうです。小野は、自分の時勢知らずを棚にあげて、われらの尻の穴がちいさいと罵倒しました。武士として許しがたい恥辱です」

井上がうなずいた。

「道場では先輩への礼節を守らねばならぬ。わしは、あっちのかげでしばらくようすを聞いておった。小野鉄太郎の無礼は、はなはだしい。明日から十日間、稽古差し止めだ。そのあいだ、ゆっくり反省せよ。よいか」

鉄太郎は奥歯をかみしめた。言いたいことは山ほどあったが、師の井上にさからうつもりはない。

「かしこまりました。申しわけありませんでした」

両手をついて頭をさげた。

「しかし、無礼はさておいて、小野が言ったことは正しい。おまえらは、みんな大間抜けだ」

間抜けと言われて、一同がざわめいた。

「黒船のことについて、ただいま千葉先生からお話がある。謹聴せよ」

千葉周作が道場の正面にすわった。

門弟一同が頭をならべて正座した。

「大事に臨んで、なにより大切なのは、冷静にして沈着なこころである。なにが起ころうが、騒ぐ必要はない」

千葉周作の言葉に、鉄太郎は溜飲《りゅういん》をさげた。

「そもそも、武はなんのためにある？　士《し》たる者はなんのために禄《ろく》を食《は》んでおる」

千葉周作のおだやかな声が、道場にひびきわたった。

玄武館で稽古にはげんでいるのは、かならずしも幕臣やその子弟ばかりではない。全国から集まった若者たちのなかには、郷士《ごうし》や町人も混じっている。

しかし、みな、千葉がなにを言おうとしているのかは、痛いほどによくわかっているはずだ。

――技《わざ》は千葉。

と謳《うた》われるほどの玄武館では、他の道場で三年かかって学ぶ技が、わずか一年で会得できる。

それほど技術の修得に重きを置く千葉の道場だが、技だけ上達したところで、人間としての心構えができていなければ、底が浅くて話にならない。

千葉の声がつづいた。

「士たる者がみだりにさわげば、民がおののき、世の安寧がたもてぬ。士たる者、落ち着いて、冷静沈着にことにあたるべし。武は世の安寧のためにみがけ。諸君はなおいっそう日々の稽古にはげむがよい」

それだけ言うと、千葉は立ち上がった。

頭をさげた門弟一同が顔をあげたとき、千葉はもう奥に消えていた。

もともと多くを語る男ではない。

ただ、黒船の来航で、あまりに門弟たちに動揺がひろがっているので、ひとこと釘《くぎ》を刺しにきたのだ。

実際のところ、黒船が来てから数日のうちに、玄武館には新規入門者がやたらと押し寄せてきた。

黒船は、それほど、江戸の町に恐怖をもたらしたのだ。

「おい、稽古をつけてやろう」

鉄太郎が帰り仕度をしているところに、さきほど言い合いになった男がちかづいてきた。

「ありがとうございます。しかし、わたしは井上先生から十日間の稽古停止を言いわたされましたので、本日はこれにて帰らせていただきます」

「なんだ、逃げ出す気か」

男がせせら笑っている。

鉄太郎は男をにらみつけた。

「それこそ無礼のきわみ。わたしは、師の言いつけを守るまで。口をつっしまれますように」

言葉こそていねいだが、鉄太郎は、相手を刺すほど鋭く見すえた。

「兄上、だいじょうぶですか」

弟の金五郎が心配げにやってきた。

鉄太郎にからんだ男たちは、なにやらひそひそ話しているが、あんな奴らを気にすることなどあるまい。

「なにがだ?」

「いえ、なんだか意趣返しでもされはしないかと……」

「もともと悪いのはおれだ。先輩たちに無礼な口をきいたんだからな。制裁したければ、するがいい」

「わたしもいっしょに帰ります」

「いや、おまえは稽古をしろ。こういうときにこそ、ふだんどおり稽古するのがたいせつだと千葉先生がおっしゃったではないか」

「わかりました」

深々とうなずいた弟をのこして、鉄太郎は道場を出た。

お玉ヶ池の縁までくると、案の定、連中が追いかけてきた。

「待て待て」

声にふり返ると、五人ばかりが稽古着のままやって来る。

「まだ新参のくせに、腹にすえかねる若造だ。先輩への口のきき方を教えてやる」

そう言いざま、飛びかかってきた。

鉄太郎は、竹刀と防具を置くと、大きく脚をひらいて四股足《しこあし》で踏んばった。

胸ぐらをつかまれそうになったが、体をかわした。

「ちくしょう」

かわされた男が地面にころがった。

「池にほうりこんでしまえ」

男たちが、いっせいに飛びかかってきた。

鉄太郎は腰を落としてさらに踏んばった。五人がかりで帯を持たれたが、石になったつもりで動かなかった。

「この野郎」

腹を立てたひとりが、鉄太郎のあごを拳で殴った。

「ごぞんぶんに」

鉄太郎は、意地でも顔色ひとつ変えなかった。

腹を殴られた。背中を殴られた。目を殴られた。頭を殴られた。どこを殴られても、鉄太郎は動かなかった。

反撃するつもりはない。

そもそも無礼な口をきいたのは自分である。

「なんだ、こいつ」

「化け物か……」

殴られても、殴られても、鉄太郎はじっと耐えて動かなかった。腰を落とし、ただ、まっすぐ相手をにらんでいた。

「おい……」

ひるんだのは、殴っているほうの男たちである。

勢いこんで襲いかかったものの、鉄太郎は転びもせず痛がりもせず、逃げるでも、防ぐでもなく、ただ殴られている。

男たちは、顔を見合わせて唾を呑みこんだ。

人間でないものを見てしまった顔つきだ。

いつの間にか、腕をおろしてあとずさっている。

「なかなかいい根性していやがる」

いちばん大きな男が、にぎり拳を撫でながらいった。拳が痛いにちがいない。

「ありがとうございます」

鉄太郎は口のなかがぬらりとしている。切れて血がたくさん出ている。

「これに懲りたら、先輩にむかって横柄な口はたたかぬことだ」

「申しわけありませんでした。反省しております」

やはり、いけないのは自分だと思った。

——腹を立つるは、道にあらず候。

自分でそう決めたのに、誓いが守れなかった。そのことがなにより悔しい。

腹を立ててしまっては、ものごとの本質が見えなくなる。たいせつなものを見失ってしまう——。

今日のことにしたってそうだ。腹など立てず、ただ粛々と稽古をしていればよかった。そうすべきだったのだ。

立ち去る男たちの背中に、鉄太郎は一礼した。

――いいことに気づかせてもらった。

本気でそう思っていた。

世の中、どんな愚劣なことからでも、学ぶことがある。

――おれは、思いこんだら、つい、わき目もふらずに突っ走ってしまう。

しかし、そんなことでは、大きな人間になれまい。

腹が立ったら、まずは息を深く吸って、気持ちを落ち着けることだ。

でなければ、道をあやまってしまう。そのことに気づいたのがうれしくて、鉄太郎は殴られた痛さなど、まるで感じなかった。


十日間の稽古停止のあいだ、鉄太郎は、屋敷で弟たちの面倒をよく見た。

庭で短い木刀を持たせれば、四つの弟留太郎でも楽しそうに打ちかかってくる。

掛かり稽古をやったあと、六つの飛馬吉と、幼い弟同士で稽古試合をさせた。

打たれた留太郎が、悔しがって泣きわめき、木刀など捨てて、つかみ合いになった。

「こら。撃剣は喧嘩《けんか》じゃないぞ」

口にして、自分ではっとした。

——喧嘩じゃなければなんだ？
撃剣のむかしを考えてみれば、それは命のやりとりであったはずだ。
一所懸命——。
おのが領地を守るために、武士は命がけで戦った。
命がかかっているならば、喧嘩と同じだ。なにをしてもよいのではないか。
策を講じ、敵の裏をかく。領地と家族を守るためなら、なにをしてもかまわない。
卑怯《ひきょう》もくそもあるものか——。
と思ってから、首をひねった。
——いや、そんなことはない。
それでは、人として、男として誇るものがないではないか——。
どうしても、そう思えてくる。
では、どうすればいいのか——。
それは、まだ鉄太郎にはわからない。ただ、美しく生きたいとは考えている。
泣いている弟をなだめ、いまいちど木刀をにぎらせた。
「泣くんじゃない。泣きたくなかったら、相手を打て」
幼い子に、通じるか通じないか、そんなことはわからない。ただ、教えるべきことは教えてやらなければならない。

「もういちど礼からはじめろ」

飛馬吉が木刀を左手に提《さ》げて礼をとった。

泣いていた留太郎が、いきなり木刀で飛馬吉の頭を叩いた。

「こら、卑怯だろ。戦いは、礼をしてからだ」

叱ってから、鉄太郎はため息をついた。

——おれが見失っていたのは、礼かもしれぬ。

幼い子の相手をしていたって、学ぶことはいっぱいある。

江戸に来てから、おれはどうかしていた。先輩への礼さえわきまえぬ男になってしまっていた。

——初心にかえろう。

そう思ったら、夏空の青さがやたらと気持ちよく見えた。

夜明け前に目ざめると、鉄太郎は、弟たちが折り重なって寝ている寝間をそっと抜け出し、屋敷の縁側で坐禅をくんだ。

呼吸をととのえ、落ち着いてわが身をふり返った。

——江戸に来てからのおれは、すっかり自分を見失っていた。

そのことは、大いに反省した。

しかし、では、いったい、本当のおれとはなにものなのか？　これからいったいなにをよすがに生きていけばよいのか？

ゆっくり息を吐いて考えた。

空がすこし明るくなってきた。朝の空気がすがすがしい。

いろいろな思いが、頭をかけめぐる。

——おれは、名を揚げたいのか？

自分に問いかけてみた。

剣が強くなりたいとは、ひしひしと願っている。

しかし、剣で名を揚げて誇ったり、出頭して禄を得ようという望みはない。

もういちど問いかけた。

——ほんとうに、それでよいのか？　おまえは、なんのために強くなりたいのだ？　ほんとうは、名を揚げたいのではないのか？

庭の松で油蟬《あぶらぜみ》がやかましく鳴きはじめた。

——それは……。

いささか、ためらった。

人に認められ、褒められればうれしいに決まっている。玄武館で一番強い男だと賞賛されれば、天に舞う気分だろう。できうることなら、江戸で一番、いや、日本で一番の剣客として、名を馳《は》せたい——。

その欲がまったくないといえば嘘になる。

古来、武士は功名をたいせつにしたではないか。名を揚げて、なにが悪いのか？虎は死して皮を残し、人は死して名を残すというではないか。おれが死して名を残してはいけないのか？

もういちど、ゆっくり息を吐いて考えた。

なにかがちがう気がした。

強くなるのは、名を揚げるためではない。

すくなくとも、飛騨にいたときには、そう思っていた。

——名利の為に、学問技芸す可からず候。

三年前、元服のときに、自分でそう決めた。

いまは——。

よくわからない。

十八歳の鉄太郎の体内には、方向のちがう強烈な思いが渦巻いていて、なかなか形になってはくれなかった。

坐禅をくんだままじっと考えていると、縁側に人の気配があった。

「……また坐禅か。まあ、撃剣よりは腹が減らずによいかもしれんがな」

兄の鶴次郎が、あくびをしながらあらわれた。

無役の兄は、たいてい家にいて、盆栽をいじったり、くだらない読本《よみほん》を読んでいるだけだ。

黒船が来てから、ときに素振りなどしているが、時勢についてなにか見識があるわけでもない。

「黒船が来ているというのに、若者が坐禅をくんでるようじゃ、この国も先がないな」

つぶやきを残して厠《かわや》に消えた。

——ちくしょう。

鉄太郎は勢いよく立ち上がった。怒りをあらわにはしなかったが、やはり腹立たしい。

木刀をにぎって、庭で素振りをはじめた。

無為徒食の自分を棚に上げての、兄の言い様だけに、腹が立つ。

忠孝と長幼の序こそ、人間が生きるためにもっともたいせつな指針だと思っているが、この兄ばかりは、とても敬う気になれない。

素振りをして汗を流し、くしゃくしゃする気持ちをふりはらった。

——腹を立つるは、道にあらず候。

なんどそう思いなおしても、腹が立ってしょうがなかった。

屋敷は広いが、家にいると、どうしても兄の存在が目障りでならない。同じ空気を吸っているのさえ、むしゃくしゃした。

鉄太郎は、ちかくの寺の境内に弟たちをつれだして、撃剣の稽古をした。

兄とべつの場所にいて汗をながしていれば、爽快だった。

十日の謹慎期間をそんなふうにすごして玄武館道場に行った。

井上清虎に挨拶した。

「過日、道場の先輩諸氏を面罵いたしましたこと、大いに反省いたしました。ぜひまた稽古の御指南をおねがいしたく存じます」

「なにを反省した」

「はい。わたしには、なにもわかっていないということが、よくわかりました」

「そりゃいい。十八やそこらで、わかったつもりになられたほうが、よほどやっかいだ。なにがいちばんわかっていなかった？」

「はっ、自分の頭の悪さです」

「ほう」

つぶやいた井上が、真顔になった。

「自分の愚かさに気がついたとあれば本物だ。人はなかなかそれに気づかぬものだ」

井上が感心した顔で鉄太郎を見ている。

「稽古を再開させていただいて、よろしいでしょうか」

十日間の道場出入り差し止めのあいだ、鉄太郎は弟たちとしか稽古をしていないので、互角以上の相手と打ち合いたくて、うずうずしていた。

井上は答えず、じっと鉄太郎を見すえたままだ。

――許してくれないのか。

不安がよぎったとき、井上がちいさくうなずいた。

「よかろう。今日は、わしが教えてやる」

願ってもない話である。

さっそく仕度して、道場に立った。

謹慎のあいだ、道場に立って竹刀をにぎったら、ああも打ちたい、こうも攻めようと思いをめぐらせていた。

――腹が立ったら、こころの内で剣をにぎるのがいちばんだ。

それが十日間の結論だ。

こころのなかで剣をかまえ、相手を存分に打ちすえるところを思い浮かべれば、怒りがおさまる。平静でいられる。

防具をつけて礼をとり、正眼《せいがん》にかまえた。

井上の竹刀が、鉄太郎をねらっている。

竹刀剣術は、なによりも踏み込みの間合いが肝腎だ。

鉄太郎は、思い切って踏み込んだ。面をねらって打ちかかった。

井上に切り返されたが、ひるまず、すぐまた打ちかかった。

面を打たれた。

胴を打たれた。

それでもなお打ちかかった。井上の竹刀が容赦なく鉄太郎を打ちすえた。

「まだまだぁッ」

打たれても、打たれても、鉄太郎は井上に打ちかかっていった。息があがって喉がひりついたが、そんなことはおかまいなしだ。

どれぐらい打ちかかったかわからない。鉄太郎の竹刀は、面にも胴にも決まらない。

「そこまでッ」

一歩後ずさって、井上が声をあげた。

礼をして、すみにもどると、道場が森閑としていた。大勢の門弟たちが、井上と鉄太郎の稽古を、じっと見守っていたのだ。

「まったくおまえは、化け物だよ」

防具をとった井上が、ほとほとあきれた顔つきでつぶやいた。

「化け物ですか……」

「ああ、とんでもない力を秘めていやがる。精進しろよ」

「はい。ありがとうございます」

頭をさげた鉄太郎のなかに、大きな喜びがこみあげていた。剣をにぎり精進する――。そのことそのものが、なにものにも代えがたい大きな生き甲斐なのだとようやく気がついた。

槍術

嘉永七年（一八五四）の年が明けて、鉄太郎は十九になった。

「そろそろ竈《かまど》をべつに分けたほうがよかろう」

井上清虎にすすめられ、鉄太郎は、小日向の屋敷を出ることにした。

異母兄の鶴次郎が、あまりに弟たちを邪険にあつかうため、井上に相談すると、もう、べつに一家を立てたほうがよいとの結論に達したのである。

さっそく井上が見つけてくれたのは、小石川同心町《どうしんちょう》の小さな屋敷である。

六百石取りの小野家は、広壮な屋敷に住んでいたが、鉄太郎は無禄《むろく》だ。父の遺産こそあれ、贅沢《ぜいたく》なくらしができるわけではない。

屋敷とは呼びにくい小さな家だが、鉄太郎に不満はない。弟たちをつれて、同心町に移った。こちらも丘の上の気持ちのいい場所である。

「城ができましたね」

弟の金五郎がうれしそうだ。

「ああ、小さくとも、おれたちの城だ。立派なものさ」

鉄太郎は、ほっと安心していた。異母兄のそばにいると、鉄太郎はいつもいらだってばかりだった。

小野家の中間《ちゆうげん》たちに、布団とわずかの着物などを運ばせると、引っ越しはすぐに終わった。

下男の三郎兵衛は、鉄太郎についてこちらに住むことになった。本人がどうしてもついて来たいというのであった。

「金は払えぬぞ」

「いいえ。そんなものいりません。なんとか、おそばに置いてくださいまし。坊ちゃんのおそばにいると、あっしは、気持ちが大きくなるんです」

頼まれると、鉄太郎は弱かった。どのみち、下男には、飯を食わせて、盆と正月にこづかい程度の銭をわたすほどの出費しかかからない。

家の中を片づけ、兄弟でとなり近所にあいさつして、あたりを散歩した。春ののどかな日和である。

同じ江戸とはいえ、なじみのない界隈《かいわい》である。初めての町でのくらしには、こころを浮きたたせるものがある。

あたりは似たような普請《ふしん》の家が多い。小禄《しょうろく》の侍たちが住んでいるようだ。長い塀があると思えば、たいていは寺院だった。

一軒の家の前をとおったとき、塀のなかから奇妙な音が聞こえた。

——なにかが風を切る音だ。

剣ではない。

「なんの音でしょうか」

弟の鎌吉がたずねた。

「はて……」

聞いたことはあるのだが、釈然としない。かなり激しくなにかを振っているのはたしかだ。

気合いの強烈さが、塀越しに伝わってくる。

年少の駒之助が、板塀の節穴から庭をのぞこうとした。

「こら、行儀の悪い真似《まね》をするんじゃない」

鉄太郎は止めたが、そのじつ、のぞきたくてたまらなかった。

人生には、その人間の一生を左右する出会いがある。このとき、鉄太郎が、激しい風音に足を止めなかったら、運命的な邂逅《かいこう》はありえなかった。

その風音に、激しさ以上のなにかを感じたからこそ、鉄太郎は足を止めた。

運命の扉は、その人間が求めたとおりに開く――。

こころを研ぎ澄まし、強く求めていればこそ、またとない出会いにもめぐまれるのだ。

なにも求めていない人間には、すばらしい出会いなど望むべくもない。

ただならぬ風音は、塀のうちから、くり返し聞こえてくる。だれかが武技の鍛錬をしているのは間違いない。

そこは、おそらく百石に足らぬ小身の御家人《ごけにん》屋敷だ。それでも敷地は二百坪以上あり、庭は広い。塀越しに、松や槙《まき》などの植木が見えている。

鉄太郎は、塀にちかづいて耳を澄ました。

ビュッ、ビュッと風を切る音が短い。衣《きぬ》ずれの音が鋭い。

――槍《やり》か。

しかし、ただ槍を突き出すだけならば、さほどの音は立つまい。

――とてつもない槍にちがいない。

そう思えば、鉄太郎は、もう我慢できなかった。ついいましがた弟の行儀の悪さをとがめたことなど忘れて、自分が板壁の節穴から庭をのぞいた。

「兄上、ずるいですよ」

駒之助がむくれたが、それよりなにより、音を立てている主を見たかった。

小さな穴に顔を寄せてのぞくと、庭に大柄な男がいた。腰を落として槍をくり出している。

背中が見えていたが、鉄太郎が穴をのぞいたつぎの刹那、くるりとこちらに向きを変え、大股で踏みこんでくる。

鉄太郎がのぞいている穴にむかって、すばやく槍を突き出した。

まっすぐのびてきた本身《ほんみ》の槍の穂先が、穴の前で、ぴたりと止まった。あと五分（約一・五センチ）のびていれば、鉄太郎の瞳にずぶりと突き刺さっている。

「はしたない真似はやめなさい。見たければ、門からまわってくるがよかろう」

太い声がひびいた。

鉄太郎は、尖《とが》った槍の穂先に気圧《けお》されて、まるで身動きできなかった。

門にまわってなかに入ると、藍染めの刺し子の稽古着を着た長身の男が、槍を立てて待っていた。面長だが、品のよい顔をしている。

「たいへんご無礼いたしました。あまりにきびきびとした音が聞こえますので、つい恥を忘れてのぞいてしまいました。平《ひら》にお許しください」

鉄太郎が頭をさげると、男が顔をしかめた。ついてきた弟たちが、おどおどしている。

男は二十五、六だろうが、落ち着いた風格があった。よほど厳しく武芸を鍛錬しているにちがいない。おのれを厳しく鍛えることで、人格の芯が磨かれているようだ。

「いかに武芸好きとはいえ、他人の家をのぞいてよいという法はない。正面から堂々と案内《あない》を請うがよかろう」

「たしかにそのとおりです。お恥ずかしいかぎりです」

「わかったらそれでよろしい。以後、気をつけなさい」

「はい。気をつけます」

鉄太郎がまた頭をさげると、男はうなずいて、むこうを向いた。

「お稽古を拝見させていただいて、よろしいでしょうか」

「かまわんよ」

男は、裸足《はだし》の足をすって腰を落とし、槍をかまえた。

やはり尋常の槍ではなかった。

長さ一丈（約三メートル）はともかくとしても、柄《え》がずいぶん太い。十文字の穂先とはべつに、柄から鉄の鉤《かぎ》が、左右に突きだし、片方は、途中で直角に曲がっている。そこで敵の刀や槍をからめてひねれば、攻撃力は絶大だ。

ただし、ずいぶん重そうだ。あつかいは容易ではなかろう。

男は、その槍をいとも造作なくあやつっている。右手で石突《いしづき》のちかくをにぎり、すばやくくり出しては引き戻す。

そのしごき具合がきびきびしていて、十文字の穂先と鉤が鋭く風を切る。まぢかで聞く風を切る音に、鉄太郎の肌に粟《あわ》がたった。それほどに凜冽《りんれつ》な突きである。

——なんと凄《すさ》まじい人だ。

木刀をにぎったときの井上清虎もすさまじい迫力があるが、目の前の男の槍は、もっと激烈だ。命のぎりぎりの際で稽古をしている気魄があった。

男はただひたすら、槍をしごいては、突き出している。単調なその動作を、熱心に延々とくり返している。

足を開き、すっと落とした腰には、どっしりした安定感があった。右腕をくり出すと、樫《かし》の柄が、にぎった左の手のうちをすべる。

——あの音か。

塀の外まで聞こえた音は、ひょっとすると柄のすべる音かと思った。目を閉じて、耳をすました。どうにも、ちがう。

——風だ。

槍の穂先と鉤が起こす風の音にまちがいない。

閉ざしたまぶたのむこうに、鉄太郎が見たのは、一匹の鬼であった。おのれを鍛えることに取り憑《つ》かれた鬼である。

——鬼が風を起こしている。

鉄太郎はそう確信すると、まぶたを開いて、あらためて男を見つめた。

槍をしごくたびに、右の肩胛骨《けんこうこつ》と肩の下の筋肉が力強くうなっている。道着の上からでもそれがわかる。張りつめた背中に命の強さがみなぎっている。

男は眦《まなじり》をつり上げて大きな黒目を見開き、前を見すえている。

——なにを見つめているのか。

男の視線の先にはなにもない。左ひざを心もち前に突き出して、ひざそのものまで敵をとらえるようにかまえ、虚空をにらみつけ、満身の力で右腕をくり出す——。

ただそれだけの動作に、男の人生のすべてが凝縮されている。男が突いているのは、虚空ではない。敵でもない。

――自分のこころだ。

鉄太郎には、そう見えた。幼い弟たちも、男の素突きに引き付けられ、見守っている。だれも騒がない。

――すごい人だ。

鉄太郎は、素直に感心した。

数百回の突きをくり返し、男が槍を立てて手拭いで汗をぬぐった。春の陽ざしのなか、道着の背中がびっしょり濡《ぬ》れている。

「わたしを門弟にしてください」

鉄太郎の頭がしぜんにさがっていた。口から、勝手に言葉がもれていた。名前と身分を告げ、ちかくに引っ越してきたばかりだと話した。

手拭いをふところにしまうと、男が鉄太郎を見すえた。背中まで突き貫くほどじっと見てから、口を開いた。

「入門の請願書を書きなさい。手本は道場でわたそう」

ふり返って見れば、敷地のなかにちいさいながら道場がある。

「わたしは山岡紀一郎《きいちろう》。号は静山《せいざん》。槍は刃心流《じんしん》だ」

面長な男の目に、初めて微笑みがうかんだ。

翌日の朝、鉄太郎は目ざめるとすぐ山岡家に稽古に行った。

門は開いていたが、道場に、人はいなかった。壁にかけてある門弟の名札は、百枚ばかりだろうか。

稽古用の木槍を見ておどろいた。

槍の長さが不揃《ふぞろ》いなのである。もとは、同じ九尺（約二・七メートル）の稽古槍だったであろう。激しい稽古のせいで、先が裂けたり折れたりして、何寸か短くなってしまったようだ。

雑巾と桶《おけ》を見つけて床を拭いていると、人の気配があった。静山である。

「本日より稽古にうかがわせていただきます。よろしくご指導ください」

鉄太郎は両手をついて頭をさげた。

静山もまた手をついて深々と頭をさげた。

「おたがい励みましょう」

ぶしつけとは思いながら、鉄太郎には、たずねずにいられない疑問があった。

「先生、きのうの槍はどれくらいの重さがあるのでしょうか」

「あれは二貫三百匁《もんめ》（約八・六キロ）だ」

ふつうの槍ならば、せいぜい六百匁（約二・二キロ）である。四倍も重い槍を自在にふりまわすには、相当な鍛錬を積まなければなるまい。

まだだれも来ない道場で、静山と対峙《たいじ》していると、鉄太郎はみょうにこころが落ち着いた。

大勢の若者が競い合う玄武館には、沸き立つ熱気があるが、この道場では、ひたひたと、閑《しず》かにおのれを見つめ、燃え立たせることができそうだと直感した――。

静山はふしぎな男であった。

すさまじくも興味深い話がいくつか伝わっている。

十九のとき、世に槍の達人が少ないのを憂えた静山は、発心《ほっしん》して刃心流を学んだ。菅原道真《すがわらのみちざね》を祖とあおぐ古い流派である。鍮槍《りんそう》と呼ぶ鉤《かぎ》のついた槍は、戦国のころから伝わっている。

厳寒のころ、静山は槍法《そうほう》の蘊奥《うんおう》をきわめようと、深夜の稽古にいどんだ。

毎晩丑《うし》の刻（午前二時頃）に起き、腹に縄を一本巻いただけで、桶に張った氷を割って水垢離《みずごり》したのち、くだんの重い槍で素突き千本に励んだ。

ある夜、睡魔におそわれ、道場の隅で眠ってしまったことがあった。

目ざめた静山は、深夜の道場の窓に、あやしい妖怪を見た。

道場の窓からのぞいていたのは、顔が牛に似た怪物であった。目がぎらぎら光って、にらまれただけで異界に引きずりこまれそうだ。

窓越しに槍で突こうとしたが、怪物はゆっくりうしろにさがった。穂先は届かなかった。

外に飛び出して探したが、どこにも見つからない――。

そんなふしぎな体験である。

――あれは、おれの弱いこころだ。

静山は、そう得心した。つい懈怠《けたい》の気持ちが芽ばえ、うたた寝してしまった自分を、自分の弱いこころがのぞきに来たのだ――。

――弱いこころは、醜い牛の顔をしている。

自分をつよく戒めた。

それ以来、おのれを奮い立たせて稽古にはげんでいる。

黄昏《たそがれ》から夜明けまで、一晩中ただひたすら、槍を突きつづけたことがある。このときは、素突き三万回に達した。

ふだんでも、毎晩三千回から五千回は突いている。夜明けから日没まで、昼食以外に休みをとらず、黙々と突き続けることもある。

とことんまでおのれを突き詰めないと気のすまない男であった。

槍の礼法とにぎり方、かまえ方を習うと、鉄太郎は素突きをおそわった。

「槍は剣より長い。長さが違えば、なにが違うかね」

静山がたずねた。

「遠間《とおま》でも攻められるのが違います」

長いぶん、間合いを詰めずに攻撃できるので、剣に対しては有利だろう。

鉄太郎がこたえると、静山がうなずいた。

「そうだな。では、欠点はなんだ？」

鉄太郎は首をひねった。

「懐に飛び込まれると、応じるのがむずかしいのではないでしょうか」

「そのとおりだ。では、その欠点を克服するには、どうすればよいかな？」

鉄太郎は考えたが、わからなかった。

静山がおしえてくれた。

「長い槍は有利だが、あつかいにくい。人と槍が一体になることが、なによりも肝腎だ。槍と人がばらばらに動いては、せっかくの長さが、かえって欠点になる」

それが槍術《そうじゅつ》の基本中の基本らしい。鉄太郎が大きくうなずいたとき、道場に人が入ってきた。

「弟の謙三郎《けんざぶろう》だ。おれに負けずに稽古熱心だ」

「ただの怠け者ですが、どうぞよしなに」

頭をさげたのは、役者にでもしたいような好男子であった。

謙三郎は、のちに泥舟《でいしゆう》と号している。兄の静山もすごかったが、弟の泥舟謙三郎もただ者ではない。

生まれるとすぐに、跡継ぎのいなかった母の実家に養子縁組されたから、姓は高《たか》橋《はし》。高橋家は、山岡家のすぐ隣である。

——高橋泥舟。

といえば、書が好きな方は、鋼《はがね》の針金を束ねてキリキリと絞りあげたような独特の書風を思い浮かべるであろう。

精神の強靭《きようじん》さが、そのままあらわれた文字である。

泥舟は、鉄太郎よりひとつ上の二十歳。十七のとき、東照宮《とうしようぐう》、すなわち徳川家《いえ》康《やす》の御霊《みたま》に誓いを立てた。このころ武芸を志した侍たちは、いまの感覚からすれば、とても信じられないほどきびしい誓願を立て、死にもの狂いでおのれを鍛えていたのである。

「これから三年間、正月元日より十二月大晦日《おおみそか》まで一日も稽古を休まない」

そう誓願を立て、そのとおり、毎日きびしい修練に励んだ。

素突き、前進後退をくり返す運身《うんしん》にはじまり、型稽古や防具をつけての槍合わせを、日々熱心にくり返した。

いくら防具をつけていても、堅い樫の木槍でまともに面や胴を突かれれば、息ができず、気を失うほどの衝撃がある。激しい試合のときは、槍の先が裂けて、一寸（約三センチ）も短くなると聞けば、その激しさが想像できるだろう。

日々、ひたすら鍛錬にはげんでいたが、一年半たった夏、払暁から黄昏までぶっとおしの稽古の最中に、泥舟は激烈な腹痛をおぼえた。

防具をはずしてみると、腹が太鼓のようにふくれて、いまにも破れそうだ。

駆けつけた医者が、顔をくもらせた。

「生死のほどはわからぬ」

それでも、煎《せん》じ薬を飲むと、はげしい下痢に襲われ、腹はへっこんだ。

しかし、どうしても足腰が立たない。

「東照宮様に誓願を立てたのですから、たとえ死んでも、休むことはできませぬ」

這《は》って道場に行き、仲間に防具をつけてもらった。よろぼいながらもなんとか稽古試合をした。それから七、八日ばかりも、そんな状態のままふらふらしながらも、死にもの狂いで稽古をつづけたのである——。

海舟《かいしゆう》、鉄舟とならび、〝幕末の三舟《さんしゆう》〟と称されただけあって、泥舟もまた、怖ろしいまでの執念の持ち主だったのだ。

鉄太郎は、静山の道場に通い、門弟仲間とともに槍をにぎって汗をながした。

静山の道場は、なによりも気風がすがすがしい。毎日通ううち、鉄太郎はすっかり静山、泥舟の兄弟に惚《ほ》れ込んだ。

二人とも、武芸者として、人間のかまえができている。

兄弟で槍を合わせていても、互いに気魄がみなぎっている。腹の底から闘志をふるいたたせ、槍を合わせているのがよくわかった。

しかも、気魄ばかりでなく、槍をふるう技がじつに精妙きわまりない。

「泥舟先生は、他流と槍試合をして、まだいちども負けたことがないのだ」

先輩がそう教えてくれた。泥舟は、苦笑いしている。

「それは、すごい」

鉄太郎は、すなおに感心した。

「やはり、槍の場合も、力攻めがものをいうのでしょうか」

泥舟は、鉄太郎ほどではないにしても、立派な体格をしている。力攻めに攻めれば、たいていの相手を圧倒できるだろう。

鉄太郎の言葉に、泥舟が目を光らせた。

「槍にせよ、剣にせよ、力で攻めているようでは、勝ちはとれんよ」

「では、どうやって勝ちますか」

「そりゃ、技に決まっている。技を磨くからこそ、武芸というではないか」

「たしかに……」

納得したふりはしたものの、鉄太郎は、じつのところ、技などなにほどのものか
——と思っている。

技の玄武館——。

といわれているが、師範の千葉周作や助教の井上清虎などは別格として、一般の門弟たちの技など、鉄太郎に言わせればなにほどでもなかった。

鉄太郎が大きな体で力攻めに攻めれば、小手先の技にはまず負けない。

このころ、武芸の試合では、いまのような「一本」のきまりはなかった。

そもそも、判定する審判役の立合人などいないのがふつうだから、勝負は闘って

いる本人たちが判断する。立合人がいても、それは試合の顚末《てんまつ》を見届けるのが役目で、勝ち負けは、やはり本人たちが判断するしかない。そのため、いくら劣勢で打ち込まれてばかりいても、なりふりかまわず向かっていってもかまわない。そうなったらどちらかが「まいった」と言うまで、取っ組み合いになっても試合はつづくのである。

そんな戦場のような試合では、技よりなによりもまず力と気魄が肝要だというのが、鉄太郎の持論であった。

「おまえたちは、なにを言っておるのだ。情けない」

そばで聞いていた山岡静山が首をふった。

「おまえたちの話は、聞いておると、背筋が寒くなってくる。いままで芸術のなにを学んでおったのか」

芸術——とは、武芸のことである。侍たちは、武の道は、とりもなおさず〝芸〟の道であるとみなしていた。芸であればこそ、おのれを磨きに磨いて技の精妙を競いあった。

泥舟は、技こそが大事だといった。鉄太郎はうなずかない。

——技より力さ。

兄弟子をはばかって口にこそせぬものの、それが、ちかごろの鉄太郎の信念である。実戦では、なによりも力だ。戦場で組み合ったら、力があって気力のつづいた奴が勝つに決まっている。

――技か。

――力か。

その議論が、そもそも静山には不快だったらしい。

「力だの、技だの、まことに片腹痛い。そのような了見では、いくら鍛錬を積んだところでたいした人間にはなれまい。世の中の多くの兵法修行者がまちがっているのは、まさにその点だ」

静山の言葉が、槍の穂先のごとく、鉄太郎のこころに深々と突き刺さった。

武芸の鍛錬もさることながら、

――たいした人間になる。

というのは、鉄太郎にとって大きな課題である。どんなに強くなっても、人として立派でなければ意味がない。

「では、いったいなにを心がければよろしいのでしょうか」

鉄太郎は、思わず両手をついて、静山に頭をさげた。

頭をあげると、静山がじっと鉄太郎を見ていた。

「おまえは、ふしぎな男だな」

「さようでございますか」

ふしぎと言われても、鉄太郎にはよくわからない。

「どこがふしぎでしょう」

静山が笑った。

「それ、そういうところだよ」

「……はて」

「無心なところだ。なんのわだかまりもなくおのれの道を求めている。天性の求道者かもしれん」

そう言われても、鉄太郎は首をかしげるしかない。

「芸というのは、そもそも力と技を超えたところにある。それに気づかねば、いかに難行苦行を積んだところで、道は究められない」

静山がおだやかに語った。まわりには、門弟たちが集まっている。

鉄太郎は、いちばん前でじっと静山の顔を見つめていた。

「力と技の根底にあるべきものは、なんだと思う」

たずねられて、鉄太郎は困った。わからないのである。

静山が泥舟をうながした。

「はい。徳のこころでございましょう」

「それを知っていながら、なぜ、力だ技だと議論するのだ」

「申しわけありません。つい……」

泥舟が頭をさげた。

「ことほどさように、口にするのは簡単だが、実際におこなうのが難しいのが、徳というものだ」

門弟一同がうなずいた。

「まずは、人に勝ちたいという気持ちを無くすことから始めよ。武芸の修行は、人に勝つためではなく、おのれの徳を積むためにする。わが道場にいるかぎりは、それを守ってもらう」

いちどうなずいたが、鉄太郎はすぐに首をかしげた。

「されど、どのように徳を積めばよろしいでしょうか」

「徳の積み方がわからぬ者は、おのれを見つめよ。人はだれも、欠点をもっている。怒りっぽかったり、気が弱かったり、嫉妬深かったり。欠点のない人間はおらぬ。

まずはおのれに欠けているものをおぎなうことだ」

なるほど、それならできるかもしれない——と、鉄太郎は納得した。

——しかし、では？

と、門弟一同の顔がたずねている。

——ほんとうの修行とは、いったいなにか？　どうすれば、おのれの欠点を見つめ徳を積む修行ができるのか？

みなが、その具体的な実践法を知りたいのだ。

「さてさて、話しておると、口のなかがこそばゆくなっていかん」

静山は、答えずに立ち上がると、木槍を手に、道場のまんなかで素突きをはじめた。

その気魄たるや、全身から陽炎《かげろう》が立ちのぼっているかと見まがうほどであった。

鉄太郎は、お玉ヶ池の玄武館と山岡静山の槍術道場に交互に通っている。

どちらの道場でも、学ぶことが多い。

千葉周作は、天性すぐれた剣術家である。

ただ、水戸の徳川家に請われてお抱えになっているので、玄武館にはあまりいない。

「技の玄武館といわれるくらいだから、千葉先生の伎倆《ぎりよう》はすさまじいんだろうな」

静山道場の先輩から、そうたずねられることがある。

「それはすばらしい方です」

鉄太郎は、かならずそう答える。

しかし、千葉周作は天才的すぎて、学ぼうとしても、学ぶに学べないところがあった。

しかも、六尺（約一八〇センチ）にちかい大男である。

うそかまことか、六寸（約一八センチ）厚の碁盤を片手でにぎり、大きな蠟燭《ろうそく》の火を扇《あお》ぎ消したとの伝説があるし、大筒《おおづつ》を手で持って煙管《キセル》のようにくるくる回したという話もつたわっている。相撲を取っても、力士にさえ、ひけは取らない。それほどの怪力の持ち主である。

天賦の体格があってこその千葉の技である。

鉄太郎は、その千葉よりさらに二寸高い巨漢である。江戸に来てからは体重も増えて、二十八貫（約一〇五キロ）になっている。

――技より、やはり、力だ。

鉄太郎がそう思うようになったのも、むりはない。

一方の山岡静山は、天下無双と評判の高い、槍の名手である。力量もすばらしいが、なによりも人柄がすばらしい。

しかも、ありがたいことにいつも道場にいて、門弟と接してくれる。鉄太郎は、槍の技もさることながら、人として生きる道を、静山に教わっている気がした。

静山の親孝行ぶりは、筋金入りだった。

鉄太郎も、親孝行な男だったが、静山はその上をいっている。

父親はすでに亡くなっていて、母親が病気がちだったので、静山は、看病を怠らず、一と六のつく日は母親の按摩《あんま》、七のつく日は父の墓参り、三と八のつく日は学問の聴講と予定を決めて、そのとおり実行していた。

稽古のとき、おりにふれて、門弟たちに話をしてくれる。

「修行する者は、寸暇もこころをゆるめてはいけない。風呂に入ったとて、温まって弛緩《しかん》する前に出なければならん」

それを聞いてから、鉄太郎は、カラスの行水をこころがけるようになった。

ある朝、鉄太郎が静山の道場に行くと、高下駄《たかげた》を履いた静山が、庭で七尺（約二一〇センチ）ばかりの竹棒を振っていた。

珍しそうに見ていると、声をかけられた。

「木槍を持ってきなさい。稽古をつけてあげよう」

「ありがとうございます」

九尺の木槍で槍合わせをしたが、短い竹棒が自由自在に動きまわり、いくら突いても打ち込んでも、的確にかわされ、払われてしまう。

まごまごしていると、たちまち間合いを詰められ、さんざんに突きかけられた。

——如意棒《にょいぼう》か。

静山がにぎると、竹棒が孫悟空《そんごくう》の如意棒になるのかと思った。

鉄太郎はとうていかなわない。

「おそれいりました」

息をととのえていると、静山が、こんどは鉄扇《てっせん》を持ちだしてきた。大きな鉄扇だが、それでも、長さはせいぜい一尺。

「どこからなりともご随意に」

静山が、鉄扇をにぎった右手を腰の前にかまえている。

槍をかまえた鉄太郎は、鉄扇を払い落としてやろうと、右手をねらったが、ビシッ、と、はね返され、かえってこちらの腕が痺《しび》れた。
――ならば。

と突きまくったが、槍の動きを見すかされ、簡単にかわされてしまう。突きそこなった槍を、鉄扇で受けながら、静山が間合いを詰めてきた。

気がついたときは、振り上げられた鉄扇が、鉄太郎の頭上で、ぴたりと止まっていた。

寸止めされていなければ、まちがいなく鉄太郎の頭蓋骨が砕かれていた。

静山は微笑みをうかべている。

「よいか。人というのは、骸骨《がいこつ》にすぎぬ。まずは、そのことをわきまえよ」

「骸骨ですか……」

鉄太郎は、恐怖で全身がこわばっていた。

「一休《いっきゅう》やら、白隠《はくいん》やら、むかしの偉い坊さんたちが言うておる。どんな美人も骸骨にすぎんとな。人はみな骸骨。敵がわれよりも強く見えるとすれば、それはおまえのこころがそう見ているだけだ。ただ骸骨に皮をかぶせ、こころをいれたものだと思え。そのこころを槍で突き通すつもりで戦うのだ。敵の動きにかまわず突進し、槍をしごいて敵の胸板を突き通すのだ」

「はい」

返事はしたものの、一朝一夕にできる修練ではなさそうだ。

静山の槍の道場は、いつも静かである。

数十人の門弟が集まって槍を合わせているときでさえ、道場に響くのは、木槍と木槍のぶつかりあう音だけである。

大きなかけ声を発しない分、気魄が満ち満ちている。

「声をかけないと、かえって体内に気が満ちるようです」

休憩のときに、鉄太郎が言うと、静山がうなずいた。

「そうであろう。修行といえば、肉体を鍛えることだと思っておる者が多いが、それがそもそも間違いだ」

言われれば、鉄太郎にも思いあたる節がある。立ち合いとなれば、いかんせん体力のあるほうが有利だから、どうしても体を鍛えることを考えがちだ。

しかし、静山の考えはちがっている。

「まずは、一日中、わずかも気をゆるめずつねに修行のことをこころから離さぬこと。気を錬《ね》るには、それがなにより肝腎だ」

静山の日常は、たしかにそんなふうに見える。

「そのようにこころがけます」

鉄太郎とて、修行のことを忘れたことはないが、静山に言われると、重みがまるでちがっていた。言葉がひりひり伝わってくる。

「そしてもうひとつ」

「はい」

「だれに対しても、なにごとに対しても誠実であること。それこそが修行の極意だ」

「はい」

「兵は詭道《きどう》なり、などというのは、唐国《からくに》の軍師にまかせておけ」

孫子《そんし》の兵法について言っているのだ。詭道とは、人を欺くことにほかならない。

「日本人なら、正直がなによりだ」

静山は、おりにふれて、そんな話をしてくれた。気を錬るには、またとない道場であった。

一日、静山の道場で黙々と槍の稽古にはげむと、つぎの日、鉄太郎は玄武館に行く。こちらでは、何百人もの若者たちが、大きな声をかけて激突しあっている。

静山の道場で、体内に錬った気を、玄武館で竹刀の先から発散させる。そんな陰と陽の稽古を交互にくり返すうちに、季節がうつった。

春が夏になり、夏が秋になった。

ふたつの道場で汗をながすたびに、鉄太郎のなかで、なにかが心地よく変わっていくのがわかった。

——変わってきた。

槍をにぎっても、竹刀を振っても、腹の底から気合いが湧いてくる。

それがうれしくて、鉄太郎はますます稽古に励んだ。

自分でも手応えを感じはじめたころ、玄武館で、鉄太郎にあだ名がついた。

——鬼鉄。

そう呼ばれるようになった。

本名の小野鉄太郎がなまっての〝おに鉄〟だが、鬼気迫る稽古ぶりから、だれ呼ぶともなくついたあだ名である。

口の悪い門弟たちは、

——ボロ鉄。

と呼んでいる。

弟たちと家を構えたものの、一家の暮らしのたつきとなるのは、父の残してくれた遺産しかない。倹約に倹約をかさねての暮らしだから、着物の新調などは思いもよらず、破れれば丹念につぎをあてる。つぎはぎだらけの着物が、鉄太郎の風貌に凄味《すごみ》を与えている。いつの間にか、鉄太郎は、玄武館で、一目置かれる存在になっていた。

ひさしぶりに井上清虎に稽古をつけてもらった。

「驚いたな。ずいぶん動きがちがってきた」

「そうでしょうか」

井上には、静山の道場に通う許可をもらっていたし、静山の指導についいて折にふれて話している。

「足の運びが闊達《かったつ》になった、自分でも気づいておるであろう」

「はい」

たしかに、槍を習うようになってから、からだの運びがずいぶんよくなった気がしている。道場で井上と向き合っていても、臆せず打ち込んでいける。

「攻めが強くなった。前は、ただ打ち込んでいるだけで、攻めていいなかった。いまは、きちんと相手を見て攻めている。その呼吸を忘れるな」

「ありがとうございます」

休むことなく道場に通い続けたので、鉄太郎はめきめきと腕をあげた。

稽古三昧で日が過ぎていく。


年が明けて安政《あんせい》二年（一八五五）、二十歳になった鉄太郎は、北辰一刀流中目録を伝授されるまでになっていた。

その夏、六月の暑い日であった。

鉄太郎と鎌吉が、玄武館の稽古から同心町の家に帰ると、迎えに飛び出してきた幼い弟たちが口々に気ぜわしく騒ぎはじめた。

「山岡先生が死んじゃったんだよ」

「溺れて死んだんだよ」

今日の当番で留守を守っていた金五郎が出てきた。顔がひきつっている。

「死んだとは、どういうことだ？」

「詳しい事情はわかりません。さきほど門弟の方が知らせてくださいました。なんでも隅田川《すみだがわ》で水練をなさって、溺れられたとうかがいました」

突然、山岡静山の死を知らされたのだという。

「あの体で泳ぐなんて、無茶だ」

昨年の秋から、静山は、脚気《かっけ》を患っていた。脚気は、足がむくむばかりでなく、死にいたる病である。

静山はときおり強い目まいと胸の苦しみに襲われていたらしい。そのため、将軍が出かけるときに先駆けをつとめる新御番衆《しんごばんしゅう》から、とくべつな仕事のない小普請《こぶしん》組《ぐみ》への役替えを願い出て許されていた。

重い病ではあったが、精神力の強い男だけあって、調子のよいときは、道場で槍をにぎり、門弟たちを指導していた。

つい昨日とて、門弟たちの槍の二倍も重い稽古槍を手に、元気なところを見せていた。

鉄太郎も槍を合わせたが、病気になる前と大きな違いもなく、息も上がっていなかった。

——これなら、きっと本復なさる。

そう思っていた矢先であった。

師の異変を聞いた鉄太郎は、家に防具と竹刀を置いて駆け出した。

となりの鷹匠《たかじょうちょう》町にある山岡家に行くと、奥の座敷に大勢の門弟たちが集まっていた。

門弟たちの肩越しに、布団に人が寝ているのが見えた。顔に白い布がかけてあった。静山の母と妹の英子《ふさこ》が、すすり泣いている。弟の泥舟は、端座したまま動かない。

「先生のお顔を……」

合掌したあと、声に出さずにはいられなかった。

泥舟がうなずいて、白布をとってくれた。

面長の静山が、真っ白な顔で目を閉じて寝ている。枕元に線香と一膳飯が供えられていても、とても死んだなどとは信じられなかった。

「今朝、顔の色がことのほか白かったんですよ。どうしたのかしらと思うておりましたら、このようなことに……」

静山の母が、二十七の若さで命を落とした息子の死に顔に、じっと見入っている。

いくら死に顔を見つめても、静山の死が、鉄太郎には信じられない。いまにもまぶたを開いて起きあがりそうな顔である。

——師匠は死んでない。

鉄太郎は、そう思った。

——死ぬものか。

ひざを進めて前に出ると、しぜんに手が伸びて、静山の頬に触れた。

むしむしと暑い夕暮れだというのに、師匠の頬は、氷室《ひむろ》の壁ほどひんやりしていた。

頬に触れた鉄太郎の指先から、寒けがはしった。驚いて指をひっこめた。

——これが死か。

もういちど、そっと触れてみた。

——冷たい。

この肉の冷ややかさこそ、死というものであろうか。

——人間はただの骸骨だ。骸骨が皮をまとっているにすぎない。

そう教えてくれた師匠である。

たしかに、いまここに寝ている師匠は、骸骨が冷たい肉をまとっただけの存在かもしれない。

指先から、じわじわ死が伝わってきた。死の冷ややかさが、鉄太郎の腹の底に、ぽっかりと黒い穴を開けた。無明《むみょう》の穴から、ごうごうと風が吹いてきた。骨を切り刻むほど悲しい風だ。

ふいに涙腺がゆるみ、大粒の涙があふれ出た。

「先生……」

鉄太郎は、静山のしかばねにすがりついた。

いくらでも涙があふれた。声だけは、必死にこらえてもらさなかったが、涙はこらえようがなかった。

「わたしが、あんなことを口にしたばかりに……」

鉄太郎の涙に引きずられたように、静山の母がつぶやいた。

「母上のせいではございません」

泥舟が首をふった。なにか事情があったらしい。

「いったいどうなさったのでしょうか」

鉄太郎がたずねた。

「静山の水練の先生がね……」

母が、とつとつと語りはじめた。

「水練の先生が危ないという話を、わたしがしてしまったんですよ」

静山の母が、目頭をぬぐいながらつづけた。

「危ないとは、尋常ではありません。なにがあったのでしょうか」

鉄太郎がひざを進めた。

静山が、かねて泳法（水泳）指南の向井《むかい》流に入門していたのは、鉄太郎も知っている。しかし、脚気を患ってからは、泳ぎになど行っていないはずだ。

「じつは、今日、隅田川で、いくつかの藩の水練師範が集まり、技を競いあったのだ」

泥舟が、静山の死に顔を見つめながらつぶやいた。

静山が入門していた向井流は、御船手《おふなて》泳ぎとも言われ、幕府御船手頭《おふなてがしら》の家につたわっていた泳法である。

水戸に水府《すいふ》流、紀州《きしゆう》に岩倉《いわくら》流など、各藩にはそれぞれ独自の泳法がある。

「昨日、お見舞いに来てくださった向井流の方が、今日の集まりのことを母に伝えたのだ。向井流の師範はちかごろ体調が悪く、技を競えば見劣りするかもしれない。兄の体調がよいなら、ぜひ、みごとな泳ぎを見せてほしい、となし」

静山本人につたえれば、無理を押してでも出て行くのは、わかりきっている。それで、母親に病状の判断をまかせたのだろう。

母親の肩がふるえている。

「今朝になって、わたしが教えたのです。あとで、そんな集まりがあったことを知れば、口にはせずとも悔しがるのはわかりきったこと。昨日は、あんなに元気だったので……」

鉄太郎はうなずいた。おのれを磨くことを至上と考える静山ならばこそ、母は教えたにちがいない。

隅田川まで行けば、静山のことだ、だれが止めても、泳ぎの技を披露するに決まっている。いや、具合の悪いそぶりなど、ちらりとも見せなかっただろう。

「泳いでいると、いきなり水中に没してあがってこなかったそうだ。おそらく心《しん》の臓が麻痺《まひ》したのであろう」

泥舟が手の甲で目尻をぬぐった。

母と妹は、すすり泣いている。

鉄太郎は、静山の白い顔を見つめた。苦悶《くもん》のかげはなく、いたっておだやかだ。

――満ち足りた死ではないか。

おのれを錬磨しながらの死である。病が悪化して布団のうえで果てるより、よほど静山にふさわしい死であろう。

静山が死んでからしばらくして、みょうな噂《うわさ》がたった。

「静山の墓に幽霊が出る」

というのである。

菩提寺《ぼだいじ》の和尚から知らされた弟の泥舟が、どんな化け物が出るのかと、夜を待ってようすを見に行った。

物陰に隠れていると、おり悪《あ》しく雷鳴がとどろいて大雨が降り出した。

雨のなかを走ってあらわれたのは、一人の大男であった。

大男は、墓前でうやうやしく拝礼すると、羽織を脱いで人に着せるように墓に着せた。

「先生、鉄太郎がおそばにおりますから、どうぞご安心ください」

大男は、鉄太郎であった。雷雨が過ぎるまで、師匠の墓に身をすり寄せて守っていたという。

この逸話は、のちに鉄舟が創建した東京谷中《やなか》の全生庵《ぜんしょうあん》三世圓山牧田《まるやまぼくでん》和尚がまとめた『鉄舟居士《こじ》の真面目《しんめんぼく》』という本に書き残されている。鉄舟伝説の多くは、この本によるものだが、いまの話などは、いかにも鉄舟の人柄がにじみ出ていてしんみりとさせられる。

かと思えば、鉄太郎の青春の悶々《もんもん》を語ってあまりある逸話もこの本に紹介されている。鉄太郎がまだ、兄の小野鶴次郎の家に同居していたころの話だ。やはり、墓にまつわる話である。

ある夜、鶴次郎が本所から小石川の家に帰ろうとして、上野不忍池《うえのしのばずのいけ》のほとりを通りかかると、だれかが弁天堂前の石灯籠《いしどうろう》をくずしているのが見えた。

気づかれぬように見ていると、どうやら、力試しをしているようすである。男は、灯籠の竿石《さおいし》を両手で高々とさしあげ、池のなかに投げ入れようとした。

鶴次郎が飛び出して止めてみれば、男は、ほかでもない弟の鉄太郎であった。鶴次郎は、鉄太郎を叱りつけ、灯籠をもとどおりに積ませた。自宅に連れ帰り、朝まで懇々と説教した。

いたく反省した鉄太郎は、左腕を小刀で刺して、二度と粗暴なふるまいをせぬことを、血をもって誓った——。

朝から晩まで玄武館で竹刀をふるっていてさえ、鉄太郎は力がありあまっていた。そのやり場がなくて、石灯籠にぶつけたのであろう。

鬼鉄と呼ばれていただけあって、そらおそろしいほどの力を溢《あふ》れさせた青年であった。

静山の突然の死によって、山岡家には、跡取りがいなくなった。

次男の謙三郎泥舟は、生まれてすぐに、母の実家高橋家の養子となっている。三男がいたが、生まれつき言葉が不自由である。槍の腕は相当なものだったが、残念ながら家督はつげない。

親戚の者が集まり、鳩首《きゆうしゆ》して相談した。

「槍術をもって天下一を称していた山岡静山の跡取りは、武芸の名手でなければなりませぬ」

泥舟の言葉にうなずく縁者が多かった。

「妹の英子《ふさこ》が、静山の門弟のなかから婿をとるのがよかろう」

そう口にした者がいた。一同に異論はなかった。

「そのこと。静山は、脚気にかかってから死を予感していたのか、ときに、跡継ぎのことを話しておりました」

「ほう。そんなことがあったか」

親戚一同が聞き耳をたてた。

「おれが死んだら、小野鉄太郎を迎えて跡目を継がせろ。あの男は、かならずや有為の人物となる――。よくそう言うておりました」

親戚のなかからは、ほかの人物の名もあがったが、首を横にふったのは、当の英子である。

「ほかの人をお婿さんにするなら、死んでしまいます」

十五歳の英子がかたくなに拒絶した。英子は、男勝りの気の強い娘だった。

もとより一日で決する話ではなく、親戚一同は、鉄太郎の父親代わりである井上清虎にも相談した。

泥舟から婿入りを請われた鉄太郎は、英子が熱心だと聞いて了承した。

「そこまで思ってくれるなら、よろこんでまいりましょう」

ただし、問題があった。

「弟たちの身を立ててやらねばなりません」

それは井上が骨を折って、養子先を探してくれた。

父親の三千五百両の遺産のうち、鉄太郎は百両だけもらい、あとは、弟たちと小野の兄にわけてしまった。

同心町の家をひきはらい、養子縁組先の見つからなかった二人の弟飛馬吉と留太郎、下男の三郎兵衛をつれて、鉄太郎は百俵五人扶持《ぶち》の御家人山岡家の鷹匠町屋敷に引っ越し、婿入りした。

山岡家には三男の信吉《しんきち》もいた。

祝言《しゅうげん》の媒酌人《ばいしゃくにん》は、剣の師である井上清虎。

鉄太郎、二十歳の冬であった。


鉄太郎は、英子の婿として、山岡家に入った。

小野鉄太郎——が、いなくなり、
山岡鉄太郎——となったのである。

親戚を集めての祝言の日のことを、英子は晩年になってふり返っている。

英子は、婚礼の日、初めて花婿の鉄太郎を見て、大男で、きわめて無骨なのに驚いたという。

「今日のお嬢さん方が、こんな人をご覧なされましたならば、さだめて異様な感が湧き出《い》でて、こころよく夫婦にはなりますまい。わたしが格外の馬鹿者ですから、黙って夫婦になりました」

と、英子は明治の若い女性たちに語っている。

花婿を「さだめて異様な感」というくらいだから、花嫁はよほど身を縮めて驚《きょう》愕《がく》していたにちがいない。

夫人のこの弁には、信憑性《しんぴょうせい》がある。だとすれば、

「ほかの人をお婿さんにするなら、死んでしまいます」

と、英子が紹介されたこともない鉄太郎に恋していたという話のほうが嘘だったことになる。

英子が恋慕していたというのは、あるいは、鉄太郎をその気にさせるための泥舟の策略だったのかもしれない。

「わたしごとき若輩、槍術天下一の名家をつぐ器《うつわ》ではございません」

鉄太郎は、婿入りの話を、まずはそんなふうに辞退しただろう。

「いや、妹がどうしても、貴公でなければ婿をとらぬ、死んでしまいますと申してな」

そう話をもっていけば鉄太郎が受け入れやすいと見ぬいて、泥舟が上手に話をつくったのではないか。

祝言のあと、白無垢《しろむく》を着た英子が手をついて鉄太郎に挨拶した。

「ふつつかな女でございますが、末長くよろしくお願いいたします」

「ああ、こちらこそ、よろしくお願い申し上げる」

鉄太郎は、正座して、ていねいに頭をさげた。

鉄太郎は、英子の最初の印象にたがわず、まったく異様な夫であった。

なにしろ、家政のことなどはまるで頓着なく、わが道をずんずん進むばかりである。

その勢いたるや、だれが止めても、止まるものではなかった。

新婚家庭に、ご用聞きが来る。家にいると、鉄太郎は、すぐに素っ裸になり、木刀を二本持って飛び出していく。米屋であろうが酒屋であろうが、ご用聞きの若者に木刀をわたしてかまえさせる。

素っ裸になるのは、相手に遠慮させないためだ。

「さあ、どこからでも勝手に打って来い」

元気のよいご用聞きが打ちかかって行くと、しっかり受け、払い、相手の面に打ち込む——。

むろん、防具をつけぬ素人に木刀を叩《たた》きつけるような真似はしないが、打ちすえられるかと怯《おび》えたご用聞きは、二度と山岡家の門をくぐらなくなる。

ご用聞きとの試合は、弟に諫《いさ》められてやめにしたが、ことほどさように、鉄太郎は、剣の修行に励んだ。

妻と同衾《どうきん》していてさえ、むくりと起きあがっては、枕元で小太刀を振ることがあった。

新妻は、ずいぶん呆《あき》れ果てた。

――この人は……。

きっと摩利支天《まりしてん》でも体内に宿しているにちがいない。そうでも思わなければ、理解できない男だった。

厠《かわや》から飛び出していきなり庭で素振りをするなどは、いつものことだ。道を歩いていて竹刀の音が聞こえると、飛び込んで一手の指南を申し込む。

――狂気のごとく。

そうとしか言いようのない熱中ぶりであった。玄武館でもめきめき頭角をあらわし、だれからも認められるようになっていた。

講　武　所

安政三年（一八五六）、春のある日。

玄武館での稽古が終わったあと、鉄太郎は呼ばれて、井上清虎の控え室へと行った。

「ちかごろずいぶん張り切っておるな」

「はい。なにか、こう全身に気が満ち満ちてくるのを感じております」

実際、鉄太郎は、自分が生まれ変わったような気さえしていた。

英子《ふさこ》という妻ができて、夜ごと夫婦の契りを交わしている。無我夢中になって、妻と情を交わせば、人としてこの世に生まれた歓《よろこ》びが、腹の底からあふれてくる。

「けっこうなことだ」

井上がうなずいた。なにか、改まった話があるらしい。静かにきりだした。

「こんど、築地鉄砲洲《つきじてっぽうず》に、幕府の講武所《こうぶしょ》が開設されることになった」

「講武所が、ほんとうにできるのですか」

幕府が講武所をつくる——という話は、鉄太郎もずいぶん前から聞いていた。

しかし、つくる、できる、という話ばかりで、いつまで待ってもなかなかできなかった。

——長くなるのは講武所の噂、無心の文。

と、旗本たちに悪口を言われたほどで、講武所の噂と借金の手紙は、長いばかりでちっとも実現しないと、みんなあきれていたのである。

「ほんとうにできるとも。つくらねばならんさ」

たび重なる外国船の来航によって、幕府のみならず、人々の危機意識は高まっている。

——これから日本がどうなるのか。

剣術の稽古にはげみながら、鉄太郎とて、そのことは、いつも気にかかってならなかった。

講武所は、外国船襲来による国家の危機を想定して、武を鍛え、兵を錬《ね》るために計画された施設である。

「まもなく、築地に建物が完成する。四月には本格的に開所されるだろう」

築地の七千坪の敷地に、建坪千六百坪の建物がほぼ完成している。畳の総枚数が千百六十一畳、長屋が三百二十一畳という大規模なものだ。

そこに、旗本、御家人やその子弟を集めて武を鍛錬させるのである。

教授するのは、剣、槍、砲術の三科。砲術は西洋流だが、剣術、槍術には、いくつもの流派の達人が指導にあたる。

「わたしは、剣術教授方に任じられた」

「おめでとうございます」

鉄太郎は、井上の教授方就任が、自分のことのようにうれしかった。

「それで、だ」

なにか、まだ話があるらしい。

「おまえを剣術世話心得に推挙しようと思っておる」

「………」

鉄太郎は、なにを言われているかわからなかった。

ただ教授方の手助けをする見習い役にすぎないが、それにしても、二十一の鉄太郎には、大役にちがいなかった。


築地の講武所は、安政三年四月二十五日に開場された。

よく晴れた日で、三千五百人分用意した祝いの赤飯と煮染《にし》めが足りないほど大勢の旗本、御家人が集まった。

総裁や重役には、幕閣たちが任命されている。

頭取には勝《かつ》海舟ほか二名がついた。

教授方は、槍術が十名。

剣術が十一名。

砲術が十四名。

式典には、ずらりと教授方が居ならんだ。

「こうして見ると、いろいろな流派があることに、改めて驚かされます」

剣術世話心得として出仕した鉄太郎は、開場式に集まった面々を見て、こころを高ぶらせた。いずれ劣らぬ達人たちなのだ。着慣れぬ裃《かみしも》が緊張を高める。

「まこと、これだけの流派が競うとなれば、存分に錬磨できよう」

井上清虎も襟をただすほど、各流派の腕自慢たちが集まっている。

槍術では、刃心《じんしん》流をつかう鉄太郎の義兄高橋泥舟以外は、みな宝蔵院《ほうぞういん》流であったが、剣術は多士済々《たしせいせい》である。

師範役には、そもそも講武所設立の建議をだした直心影《じきしんかげ》流の男谷精一郎《おだにせいいちろう》が就任した。

教授方は、直心影流、田宮《たみや》流、神影《しんかげ》流、心形刀《しんぎょうとう》流、一刀流、北辰一刀流、神道無念流、柳剛《りゅうごう》流の達人たちである。それぞれが、鉄太郎のような世話心得の弟子を二人ずつつれている。

「公方《くぼう》様は、ご来駕《らいか》なされないのでしょうか」

これだけ立派な施設が新しく開くのなら、将軍の来訪があってもよさそうだ。

「すでにおいでになったそうだ」

開場当日こそ将軍徳川家定《いえさだ》の来臨はなかったが、十日ばかり前、浜御殿《はまごてん》に行く途中ということにして、小袴野羽織《こばかまのばおり》の軽装で立ち寄ったという。それは、そのまま、幕府が講武所にかけている期待の大きさのあらわれである。

式典では、大筒の撃ち方があった。ちかくで聞く火薬の炸裂音《さくれつおん》は、鼓膜が破れんばかりで、ものに動じない質《たち》の鉄太郎でさえ、胆《きも》を冷やした。

一同が道場に移って、槍と剣の試合がはじまった。

「北辰一刀流門弟山岡鉄太郎」

防具をつけてひかえていると、名前を呼ばれた。

腹の底から返事をして道場の真ん中に進み出た。

「心形刀流門弟中條金之助《ちゅうじょうきんのすけ》」

相手も、剣術方教授についてきた世話心得である。面のなかで、大きな黒目がこちらを睨《にら》みつけている。

鉄太郎も睨み返した。

礼を取り、竹刀をかまえた。

ちかごろ、玄武館では、鉄太郎の敵はいない。六尺二寸の体格を存分に生かして、思い切りよく打ち込む修練ができている。

竹刀をにぎって向き合えば、絶対に負けない自信を、鉄太郎はみなぎらせている。

実際、玄武館では、打ち込まれるということが、ほとんどなくなっていた。

それだけの上達があってこそ、井上は推挙してくれたのである。

ところが、いま目の前にいる敵は、まったく勝手がちがう。

――なんだ……。

敵が他流派だから、ということもある。どのように攻めてくるのか、太刀筋が読みにくい。

しかし、それ以上に、中條という敵の竹刀が鉄太郎には、太く大きく見えてならなかった。

――ずいぶん勝手がちがう。

踏みこんで打ち込もうとするのだが、竹刀の先に睨みつけられたようで、まるで身動きがとれない。

――ちくしょう。

踏みこもう、踏みこもうとすればするほど、鉄太郎は、動けなくなった。なんとかして足をすり出し、剣先をしきりに動かして攻めようとするのだが、どうにも打ちかかる隙がない。

剣先をあわせながらも、敵の中條は、いたって自然にかまえている。

触れてくる竹刀の先が、悠然と上下している。

小刻みに竹刀を動かす鉄太郎は、じりじりとこころがはやった。

――なんとかして……。

そう思った刹那、中條がこちらに踏みこんできた。

鉄太郎は、思わず後ずさった。

――見すかされている。

防具のなかの鉄太郎の目の光のなかに、気の起こりを読みとったにちがいない。

中條は、深追いしなかった。

そのせいか、正眼にかまえた中條の剣先が、ことのほか大きく見える。中條は、その陰にいて、とても打ち込めそうにない。

中條の目には、なんの光も読みとれない。全身の感覚を鋭く研ぎ澄ましてこちらの気を読み、鉄太郎が打ちかかれば、すかさず隙をねらってくるだろう。

鉄太郎は右にまわった。

中條も、右にまわった。

そのすり足にさえ、余裕を感じてしまう。からだ全体に気魄をみなぎらせていながら、ゆるりとした印象がある。

——ゆったりしてやがる。

鉄太郎は、こころのなかで舌を巻いた。

広い道場には、大勢の侍たちがぎっしりと詰めかけ、固唾《かたず》を呑んで見守っている。

正面神座《しんざ》前には、幕府の重役たち、剣術各流派の師範が居ならんでいる。

そのなかでの試合だ。

最初は気にならなかったが、打ち込めずにためらっているうちに、鉄太郎は見ている者たちの視線が気になってしまった。

——攻めねば。

思った瞬間、中條が竹刀を振りかぶって踏みこんできた。

鉄太郎は後ずさると、竹刀を払って、すかさず踏みこんだ。

面に打ちかかったが、払われた。

中條が打ち込んでくる。

鉄太郎は左にかわして、面に打ちかかった。

払い、払われ、激しい竹刀の応酬となった。

「どりゃあッ」

鉄太郎が叫んだ。

中條が打ちかかってくる。

たがいに踏み込み、鍔《つば》もとで押し合った。

下腹に力を込め、からだ全体で押した。上背は鉄太郎のほうがある。

ぐいぐい押すが、中條も押してくる。

中條の顔が、すぐ眼前にある。

――仁王か。

面のなかで仁王像のように目を大きく剝《む》いて、鉄太郎を斃《たお》そうとしているかに見えた。

飛び退《すさ》って、突いてかかった。

かわされて、からだごとぶつかった。また鍔もとで押し合った。

左足をひらいて、胴に打ちかかった。

右面を打たれた。

竹刀を合わせるうちに、汗がながれ、息が上がってきた。

鉄太郎には、もうまわりのことなど気にならない。ただひたすら打ちかかり、突きかかった。

自分の息が上がり、喉の奥がひりついていることさえ、鉄太郎は気がついていない。

どれだけ竹刀を合わせたか。二人とも、もはや、わずかの間も踏みとどまることなく、攻めて攻めて攻め合っている。

竹刀が激しい音を立て、からだがぶつかりあって軋《きし》んだ。また、ぐいぐい竹刀で押し合う。

「そこまでッ」

紋付き袴の教授方が、大声で宣言した。気づかぬうちに、ずいぶん長い時間、打ち合っていたらしい。勝負は引き分けということだ。

ひきさがって、礼をとった。控えの場にもどって、防具をはずしても、鉄太郎は肩で息をしていた。

――すごい奴がいる。

玄武館道場で天狗《てんぐ》になっていた自分が恥ずかしかった。

となりで防具をはずした中條は、汗をびっしょりかいている。見れば、鉄太郎よりずいぶん年上だ。三十ばかりだろうか。

「驚きましたよ」

「いえ、こちらこそ」

「道場で天狗になっていた自分が恥ずかしい」

「えっ」

鉄太郎が思っていたのと、まったく同じことを、中條も思っていたのだ。

「お若いのに、悠然とかまえてらっしゃるから、どうやって打ち込もうかと、こころが焦りました」

中條金之助が手拭いで首をぬぐっている。ものの言い方が率直で気持ちがよかった。

「いえ、それはこちらのほうです。あまりに悠然となさっているので、どう攻めてよいのか、まるでわかりませんでした」

鉄太郎は正直な気持ちを答えた。

どうやら、二人ともまったく同じことを感じていたらしい。

「心形刀流の中條です。これから御同輩となりますので、よろしくお願いいたします」

中條は、御小姓組に属する御家人であるといった。

鉄太郎には、人間の人となりを感得する素地がそなわっている。それは、おのれがつねに、春風のごとくすがすがしい人間でありたいと念じていればこそ身についた資質であろう。

この中條ならば、兄として尊敬できるだけの人物だとたちまち見ぬいた。

「北辰一刀流の山岡です。こちらこそ、よろしくお願い申し上げます」

挨拶を交わし、つづく試合を見た。

各道場の猛者《もさ》たちが集まっているだけに、打ち合いは激烈だ。

「みごと」

「いや、まだまだ」

鉄太郎のつぶやきに、中條が異を唱えると、たしかにそのとおりの反撃が始まった。

「踏み込みが悪い」

「見切っておらんのだ」

短くつぶやきながら試合を見ているだけでも、大いに勉強になった。

すべての試合が終わり、鉄太郎は井上清虎とともに講武所を出た。

「どうだ。他流の者との試合は、ずいぶん勝手がちがうだろう」

「はい。なんだか、井戸の外に出た蛙《かわず》の気分です」

「はは。それはよかった」

井上がからから笑っている。

「これだけの逸材がそろっていれば、腕を磨くのも短期間でできます。まったくすばらしいものができたものです」

師の後ろを歩いている鉄太郎には見えないが、井上の顔がすこし曇った。

「さようにうまくいけばいいがな。人が集まるというのは、なかなかむずかしいことだ」

井上の言葉の意味が、鉄太郎には理解できなかった。

江戸で評判の武芸の達人たちが教授方として顔をそろえた講武所の人気は、たいへんなものがあった。

開場して間もなく、錦絵が売り出されたほどである。

講武所頭取の男谷精一郎を鎌倉時代の和田義盛《わだよしもり》に、そのほかの教授方をそれぞれ名高い武将に見立てて、「泰平英雄競《くらべ》」と銘打った錦絵が、たいへんよく売れた。

面白がって講武所が取りあげられることに神経をとがらせた幕府は、版木を没収して、版元を取り調べたが、のちにお咎《とが》めなしとなって、無罪放免、版木も下げ渡された。

世評は高まっていたが、よい評判ばかりではなかった。

ちょぼくれ、という囃《はや》し歌で、講武所の悪口が歌われるようになった。

やんれやんれ、無法がはやるぜ、こまったことだよ、聞いてもくんねい、ちかごろ世の中、おらんだどころか、つまらんだらけで、調練させたり、甲冑《かっちゅう》揃いの、なんのかのとて、諸人を困らせ……、どうすることだよ、治世の世の中、馬具も具足《ぐそく》も、持たぬが人並み、元よりないから、一家親類、借りたり貸したり、損料なんぞで、どうやらこうやら……。

にわかにかき集められて調練された御家人たちの狼狽《ろうばい》ぶりが目に浮かぶようなちょぼくれである。

つまらぬ時節だ、築地が評判、これまた当気で、はじめたところが、稽古にゃなるまい、剣術教授は、大馬鹿たわけめ、なんにも知らずに、勝気が十分、子供に目を見せ、道具はずれを、打ったり、突いたり、足がらかけては、初心をころぼし、怪我《けが》をさせても、平気な面つき、兄弟そろって、たわけを見なせい、稽古に教授だ、飯の菜にもならない総さい、頭取なんとも、いるではないかい、叱ってやらずば、お役がたつまい……。

頭取の男谷精一郎でさえからかわれるほどの悪評ぶりである。

しかし、案外真実をついているのではないかと思わせるところもある。「足がらかけては、初心をころぼし」というところは、じつは鉄太郎の義兄で、槍の教授方に就任した高橋泥舟の実話を歌っている。

講武所の開場式からすぐのことである。

宝蔵院流の槍の遣い手で、井戸金平《いどきんぺい》という修行人に、他の修行人から苦情が出た。

「足搦《あしがら》めで、敵を倒すので困る」

というのである。

井戸は、九尺ある稽古用の木槍を、先のほう二尺ばかりで持って、敵のふところに飛び込んで行く。

その刹那に足を搦めて敵を転ばせるのがうまかった。

教授方さえ、この手でこられると簡単に転ばされて負けてしまった。

苦情を言っても、井戸は取り合わない。

「なんの、実際の戦場でそんな苦情が通じますかな」

そう言われれば、教授方には返す言葉がない。足搦めをつかわなくてもたいへんな伎倆のある男だったので、あつかいに困ってしまった。

教授方のなかには、井戸から試合を申し込まれたが、奥の手の足搦めに勝つ手が見つからず、なんとか試合を断ろうとする者もいた。断りきれず、講武所総裁がなだめてようやく試合をせずにすませたという話もある。

槍術教授方の高橋泥舟にも、井戸はむろん試合を申し込んだ。山岡静山亡きあと、槍術天下一と称される泥舟である。

井戸は、いつにも増して奮い立っていた。泥舟に勝てば、自分が天下一だ。

「いざッ」

試合がはじまると、井戸より早く相手の手もとに飛び込んだのは、泥舟であった。すばやく足搦めをかけて倒したので、勝負はその場で決した。

井戸はしばらく茫然《ぼうぜん》とした顔で倒れていたが、やがて平伏した。

「今日は勉強させていただきました。ありがたい試合でござった」

高慢で奸智《かんち》にたけた武芸者であっても、存外、素直なところがあった。井戸は、しばらくのちに、槍術世話心得に任命されている。

剣術の稽古では、敵の突きで喉を突き破られて絶命した侍もいたが、さまざまな流派の大勢の侍たちが群がり集まった講武所は、人を磨くには、またとない場所であった。


講武所に、剣術世話心得として通うようになって、鉄太郎には新しい知り合いが増えた。稽古の日を重ねるごとに親しさが増し、ざっくばらんなつきあいがはじまった。

一日の稽古が終わったときのことである。講武所の溜まりで、汗をぬぐっていると、食べ物の話になった。稽古のあとで、みんな腹が空《す》いていたのである。

あれが食べたい、これが食いたいという話から、大食い自慢がはじまった。

「納豆があれば、どんぶり飯八杯は食える」

「梅干しをにらんで十杯食ったことがある」

そんなたわいのない話である。

「餅なら二十個食べたことがあるぞ」

「なんだ、おれなら三十は軽い」

話のながれで、世話心得のひとりが、まじめな顔をしてこんなことを言い出した。

「餅ならたしかに二十や三十食えないこともなかろう。しかしな、ゆで卵というのは、そんなに食べられるもんじゃない。このあいだ、なんにも食うものがなくて卵だけあったから、十個ゆでたんだが、とてもじゃないが、八個しか食べられなかった」

それを聞いた鉄太郎は、口をはさまずにいられなかった。

「そんなことはない。五十や百はなんでもない」

べつだん根拠があったわけではない。ただ、笊《ざる》に盛った卵を思い浮かべて、食べられると思っただけである。

「いや、食えるもんじゃない。おれは試したんだ」

「食えんのは、根性がないからだ」

つい言い合いになった。

「じゃあ、貴公、食べて見せるか」

「ああ、食って見せよう」

何人かが面白がって銭を出し、小者《こもの》を呼んで、卵を買いに走らせた。賄《まかな》い方《かた》の大鍋に湯を沸かしてすぐにゆでた。

百個のゆで卵は、半切りの桶《おけ》に山盛りあった。ゆでたてで湯気があがっている。鉄太郎は、殻をむき、塩をつけてむしゃむしゃ食べはじめた。

「なんだ、こんなのなんでもない。みんな食ってやる」

五つめを食べたときには、まだ意気軒昂《けんこう》で、余裕の笑顔を見せた。ところが、十個を食べたころから、その男の言っていたように、だんだん喉を通らなくなってきた。

「なにくそ」

あきれ顔で見つめる世話心得たちの前で、鉄太郎は卵の殻をむいてむしゃぶりついた。

食べても食べても、百個のゆで卵はなかなか減らない。最初は、ひとつを二口くらいで食べていたのだが、だんだん、口のなかがモサモサしてきて、かじった跡の黄身をながめている時間が長くなってきた。

「ほらみろ、そんなに食えるもんじゃなかろう」

十個も食べられない、と言っていた男が得意そうに肩をそびやかした。

まわりで見ていた世話心得の連中も、

「そりゃ、無理だ」

「食えるわけがない」

などと言い交わしている。もう勝負はついたと見切って、帰り仕度をはじめた者もいる。

手にもった卵をにらんでいた鉄太郎は、周囲の声に奮い立った。

「見てろ。食ってやるさ」

つぶやくと、そのまま卵を口に押し込んだ。一口か二口嚙んで、ごくりと飲み込む。熱かった卵が、ころあいに冷めてきたのを幸いに、とにもかくにも口に押し込み、飲み込みつづけた。腹が張ったが、そんなことにはかまわず口に押し込んだ。

そしてとうとう、百個ぜんぶ食べてしまった。

驚いたのは、見ていた連中のほうだ。

「すさまじい……」

「さすが、玄武館の鬼鉄だ」

ほとんど呆れ顔だ。

なにかを賭けていたわけではないから、勝ったところで、得するわけではない。

ただただ意地を張り通すことができたというだけの話である。

そもそも、鉄太郎は、どんなことでも、取りかかったら、絶対にあとに退《ひ》かぬと決めていた。その覚悟をもって、毎日、真剣に生きていた。

晩年の鉄舟は、ガマンのコツについて、若い弟子にこう語っていたという。

「ぐあいが悪いと気がついても、乗りかかったらぐっと目をつむって辛抱するんだ。そのうちにひとりでに片付いてくる」

幼い子供がいやなことを我慢するときに、目をつむることがよくある。案外、あれと似たような心境で、鉄太郎は艱難辛苦《かんなんしんく》のなかを突っ走ったのかもしれない。

たとえゆで卵の大食い自慢といえども、馬鹿にして軽んじることなく、とことん本気で突っ走る——。それこそが、鉄太郎の真骨頂である。

百個のゆで卵を食べた鉄太郎は、三日間、うんうん苦しんだ。

わが身がどうなるかなどには、ちっともかまわず、意地を張り通すのが、鉄太郎という男であった。

若いころの鉄太郎がどれだけ意地っ張りだったか、よくあらわれている逸話がもうひとつある。これも、広く知られた話だ。

二十一歳の鉄太郎が、友人たちとある家で、酒盛りをした。

武芸の自慢話で盛り上がっていると、主人が健脚を自慢しはじめた。

「おれは、明日、下駄履《げたば》きで、成田山《なりたさん》へお参りしてくるつもりだが、だれかいっしょに行く者はいないか」

江戸から成田山までは、道のりにして約十七里（約六七キロメートル）。それを一日で往復しようというのだから、ほとんど走らなければなるまい。

客たちはだれも行きたがらない。

「どうだ、行かんか」

主人のたずね方が、行かない者を見下しているようであった。

鉄太郎はそれが気にくわない。

「拙者、いまだ成田山に詣でたことがないゆえ、明日は足試しにお供しよう」

そう返事をした。

「やあ、ボロ鉄が同行してくれるとは面白い。それでは明朝七つ（四時頃）に来邸されるがよい。かならずお待ちしておる」

話はまとまったが、そのときすでに真夜中の九つ（午前零時頃）をずいぶん過ぎていた。

鉄太郎は家に帰り、机にもたれてわずかな間、睡眠をとった。

目ざめると、外は大雨だった。風も強い。

しかし、鉄太郎は、いちど口にしたら、どんなことでもやり通す主義である。ざあざあ降りの雨のなか、約束の刻限に昨夜の家を訪れた。

健脚を自慢していた主人は、手拭いで頭をしばり、渋い顔であらわれた。

「いや、酒にあてられて、頭痛が激しい。これでは、とてものこと……」

要するに、二日酔いだったのである。

「では、拙者一人でまいろう」

雨の中、鉄太郎は、ゆうゆうと出かけ、その夜遅く、江戸に戻ってきた。

成田山まで、往復約百四十キロを、朝四時から夜の十一時まで歩いたならば十九時間。仮に、休憩や参詣に三時間つかったとして、時速九キロ近い速歩で歩き続けなければ、往復できない。しかも、大雨が降っているのだ。

江戸に帰ると、鉄太郎は成田詣を言い出した男の屋敷をたずねた。

「いま帰った」

眠そうな顔で出てきた男は、ほとほと呆れた。

「行ってきたのか」

「むろんだ」

見れば、鉄太郎の下駄は左右四枚の歯がみんなすり減ってなくなっている。出がけは手にしていた傘もない。邪魔になってどこかに捨ててきたのだろう。着物はずぶ濡れで、全身に泥がはねている。どうやら本当に行ってきたらしい。

鉄太郎は、懐から、成田山新勝寺《しんしょうじ》の御札を出した。

「貴公の武運長久を祈願しておいたぞ」

御札を受け取った男は、さすがに恥ずかしくてうつむき、目が合わせられなかった。

鉄太郎は、たとえ酒の席であっても、口にしたことをちゃんと実行する人間であった。口先だけの人間は、目さえ合わせられず、恥ずかしい思いをするしかない。

こんなふうだから、講武所での鉄太郎の稽古は、激烈をきわめた。講武所には大勢の猛者がいるので、稽古のやり甲斐もある。

しかし、どういうわけか、打たれることが多くなった。

玄武館では、大きな体軀《たいく》を存分に活かし、無敵を誇っていた鉄太郎ではあるが、講武所では、かなり勝手がちがっていた。

他流派の敵に打ち込まれることがままあって、そのために、警戒心が強くなってしまった。敵のちょっとした動きが気にかかってしかたないのである。

敵の竹刀が、こちらを油断なく狙っている。それが怖ろしい。

——動けん。

道場で竹刀をにぎりながら、鉄太郎はしばしば立ちつくした。

こちらがどのように動こうとも、敵の剣先が、あやまたず打ち込んでくる気がしてならないのである。敵の気の起こりに敏感になりすぎて、まるで動けなくなってしまったのだ。足をすりだして進むことも、退くこともできず、ただそこにじっとしているばかりだ。敵に攻めかかられて初めて動くが、そのときは、後手にまわっているので打ち込まれてしまう。

北辰一刀流では、じっとしたまま居付くことを嫌う。剣先をかるく上下させて敵を誘い、軽快な足さばきで踏み込み、敵に打ちかかるのがなによりの戦法だ。

敵のちいさな動きを気にしてこだわれば、どうしても軽やかさがなくなって板に居付いてしまい、敵に打ち込まれやすくなる。

「左足が撞木《しゆもく》になってるぞ」

井上清虎に言われて気がついた。

古い流派では、うしろの左足の先を外に向けて、体を安定させることがある。軽快な動きはできなくなるが、体が安定して剣の打撃力は強まる。

北辰一刀流では、これを撞木足といって嫌った。鐘を打ち鳴らす撞木のように、右足と左足が直角になっているところからの呼び名である。すでに中目録免許を得ている鉄太郎に、初心者につきやすい癖があらわれてしまったのだ。

「おまえらしいのか、らしくないのか……」

井上清虎は、鉄太郎のこころのうちの葛藤を読みとっているらしい。

言われても、どうしようもなかった。道場に出るたびに、敵に対する意識が強すぎて、自分ががんじがらめになっている。動けない。

——ちくしょう。どうしてくれようか。

悩んだ鉄太郎は、飛騨高山の宗猷寺の和尚の言葉を思い出した。

「江戸に行って、参禅したくなったら、武州芝村《ぶしゆうしばむら》に行くがよい」

そこに長徳寺《ちようとくじ》という禅寺があって、願翁《がんおう》という和尚がいると教えてくれたのだった。

芝村（現在の埼玉県川口市《かわぐち》）に行ってみると、どこまでも広がる畑のまんなかに、小高い丘があり、こんもりと森が茂っていた。丘を登っていくと、平野のまんなかにあるくせに、深山幽谷のおもむきがある禅刹《ぜんさつ》だった。

鉄太郎は、案内《あない》を請い、願翁和尚に参禅を願い出た。

「なんのために坐禅したいのか」

四十ばかりの願翁がたずねた。首が太く、剃《そ》り上げた頭にゆるぎない信念が感じられた。

「撃剣の道場で進退きわまりました」

ありのままに話すと、願翁がからからと笑った。

「おのれに縛られておるのじゃな。それなら、たしかに禅がいちばん。在家ゆえ、来られるときに来るがよい。公案をさずけよう。ここでも坐禅をくみ、家でも坐禅をくむがいい」

和尚は、鉄太郎に入室《にっしつ》を許し、公案をさずけた。

「犬に仏性はあるか」

臨済禅では、師について参禅するとき、まず最初にこの問いかけがなされる。無字の公案といい、趙州狗子《じょうしゅうくす》ともいう。中国唐代の禅僧趙州の問いかけであった。狗子は犬のことである。

その日は、禅堂で坐禅をくんで帰った。

何日かして、また歩いて芝村に行き、長徳寺を訪れた。願翁和尚の部屋に入り、公案の答えを述べた。

「犬に仏性はありません」

釈迦《しやか》は、生きとし生けるものすべてに仏性があると説いた。ならば、犬にも仏性はあるはずだが、この公案が求めている答えはどうやらちがう。

「ただ無があるばかり」

鉄太郎がそう答えると、願翁は手もとに置いてあった鈴を鳴らした。不合格だから、帰れという合図だ。

つぎのときは、仏書をひもといて、それらしい答えを用意していった。

「無ではございますが、これは、有る、無い、の無ではございません。有る、無いにこだわれば、それは無ではなく……」

うまく答えたつもりだったが、たちどころに鈴を鳴らされた。

「頭で考えるな。言葉で考えるな」

願翁和尚に言われれば、鉄太郎は、そのとおり、肉体で考える。

玄武館道場で竹刀をにぎりながら考え、なにごとかを感得したと思って、さらに願翁のもとに行く。

「人間は、本来無一物。犬もまたしかり」

また、鈴を鳴らされた。まだまだ、頭と言葉で考えているらしい。

「言葉でわかろうとするな。おまえが体で示して見せよ」

言われて、さらにわからなくなる。

鉄太郎は、何度も、長徳寺にかよい、和尚の室に入ったが、なかなか次にすすませてもらえない。いつも鈴を鳴らされるばかりだ。

つらつら思うに、答えはただひとつ。

――無。

その一字であるはずだが、いくら答え方を工夫しても第一の関門を通らせてもらえない。

――どのように無なのか。

それをかたちにして見せねばならないようだ。そう気づいた。

じつは、師匠は、答えそのものより、弟子の言動をじっと見ている。公案に取り組むことによって、生き方そのものが変化してきたかどうかを観察しているのである。

講武所や玄武館の稽古を終えて家に帰って飯を食うと、鉄太郎は、まず何百枚かの書を書く。

それから坐禅に取り組むのが毎日の日課である。坐禅はかならず丑《うし》の刻（午前二時頃）までくみ、それより早く寝ることはなかった。

それでいて、朝は夜明けとともに起きるのである。

公案の関門はなかなか通過しないが、それでも、全身全霊で取り組んだだけあって、自分でも、気力の充実してくるのがはっきりわかった。

むろん、公案とともに、撃剣のことも考えている。

――敵を意識せず自由自在に動きまわるには、どうすればよいか。

ある夜、考えに考えて結論を出した。

敵を恐れずに動けるようになる方法は、たったひとつ。どこからどう考えても、それしかない。こちらは、老師にたずねずとも、自分で判断できる。

結論が出たので、気持ちがすっきりした。わずかしか寝ていないが朝の目ざめがよかった。

講武所に行くと、井上清虎がたずねた。

「みょうに晴れやかな顔をしているな」

「はい。ゆうべ、よいことを考えつきましたゆえ、こころが爽快です」

「なんだね？」

「剣術の上達法です」

「ほう」

この男は、また、いったいなにを思いついたのかという顔で、井上が見ている。

「どうすれば上達するかね」

「人が一回やってうまくできたのなら、わたしは百回、人が十回やったのなら、わたしは千回。人の百倍稽古に励むことにしました。剣術がいささかでも上達するために、これ以外の道はありますまい」

井上が、腕を組んで鉄太郎の目をじっと見すえてきた。

「おまえは、いつも本気だから面白い」

「はい。本気も本気。どこまでもとことん本気です」

ただ口だけで、人の百倍というのはたやすい。しかし、本当にやるのはむずかしい。いや、ふつうの人間には不可能だ。

「百倍の時間はかけられまい」

「たしかに時間を百倍かけるのは無理です。しかし、死ぬ気で気合いを高めれば、百倍の密度でできないことはありません」

「気合いが百倍か……」

「そうです」

この男なら、まちがいなく百倍の気合いをほとばしらせるだろうと、井上は思った。ほかの男が言えば、「死ぬ気」はただの口先にしか聞こえないが、鉄太郎はまさに本当に死ぬ気で言っている。

——まったくとんでもない男を弟子にもったものだ。

井上とて、子供のころから、剣術の稽古はつねに怠らずやってきた。人に負けまいと、懸命に励んだ。

しかし、人の百倍とは、さすがに考えたことがない。

「やるがいい。おまえならできる。人の百倍の熱をもって捨て身で稽古に打ち込め。どんな達人もおよばぬ境地に到達できよう」

「ありがとうございます」

井上の励ましに力を得て、鉄太郎は以前にも増して稽古に励んだ。

「鬼鉄がすさまじいことになっている」

講武所では、もっぱらの評判だ。

鉄太郎の稽古の激しさは以前にも増してすさまじくなった。素振り一本にしてさえ、鬼気迫るものがある。

「すごい気合いだな」

中條金之助に言われた。

「いや、まだまだです」

「しかし、ここじゃ、貴公ほど熱心に稽古している奴はおらんぞ」

中條の言うように、せっかく開場した講武所だが、時がたつにつれ、最初の志気の高さはいずこかに消え去り、どこか沈滞気味である。

もともと苦労知らずの旗本、御家人の子弟が多いからどうしても厳しさに欠けるきらいがある。教授方には名のある達人が多いが、各流派の寄り合い所帯では、自分の道場のような熱の入った指導がやりにくい。

鉄太郎が初心者に稽古をつけるときでも、じつに手応えがなさすぎる。

ある日、初心者たちに木刀で組太刀の稽古をつけていた鉄太郎は、一同の気合いがあまりにもぬるすぎるので、腹が立った。

なにごとにも腹を立てないと決めている鉄太郎だが、稽古の気合いの足りない連中ばかりは、どうしても腹が立つ。

「盆踊りじゃないぞ。本気で殺すつもりでかかってこい」

組太刀は、形稽古《かたげいこ》だから、その所作だけできればよいと勘違いしている連中がいるのに驚いた。精神がみなぎってこその形《かた》だということが、まるでわかっていないのだ。叱咤《しった》激励するものの、のれんに腕押しで、いっこうに手応えがない。

――活を入れてやろう。

「おまえら、気合いっていうのは、こうやって出すんだ」

一同の前で、鉄太郎は木刀を中段にかまえた。ぐっと前をにらみ、そのまま、まっすぐ走り出した。前方には、なにもない。

足さばきは軽やかで、けっして力がこもっているようには見えない。

そのまま、まっすぐ走って、道場の壁を突いた。

「でゃあッ」

腹の底から気合いを発すると、鉄太郎のにぎった木刀が、壁の羽目板に、すさまじい音を立てて突き刺さった。

「木刀が板を突き破ったぞ」

「あの板、一寸(約三センチ)余りある。しかも欅《けやき》だ」

見ていた者たちがささやきあった。

木刀で硬くぶ厚い欅の板を貫くほど、鉄太郎の気合いは充実していた。

さすがにそれから数日は、講武所の志気も上がったが、やはり、怠惰な風潮はいかんともしがたい。

講武所の志気があまりにたるんでいるので、鉄太郎は、建議書を書いた。

稽古の日課をさだめ、御番士や小普請組などの侍に、槍剣の技を研究して教えてもらえるのはじつにありがたい——、という感謝の辞につづいて、すぐに現状への批判がつづいている。

遊蕩放逸《ゆうとうほういつ》名利に趨《はし》り、粉骨砕身その術を勉強する者は、一組の中、両三人に過ぎず、万一非常の変あらば何をもってこれを禦《ふせ》がん。じつに嘆ずべきなり。

けれども、こんな怠惰な諸士を励ます方法がある——、と意見を述べている。

いわく、いまここに勇士と怯士《きょうし》とあり。試しにこれを深谷の上に誘いていわく、この谷を跳び越えん者には百金を賞与せんと。勇士、百金を得んと欲し、奮いてこれを越ゆ。しかして、怯士は躊躇《ちゆうちょ》進まず。時に、たちまち猛虎の背後にあるを見ば、恐怖、度を失い、賞に係わらずして跳び越えん。

井上清虎に見せると、黙って目を通してから、鉄太郎にたずねた。

「どういうことかね？」

「百金は賞、猛虎は罰です。勇士は賞をもって誘い、怯士は罰をもって叱咤すれば、遊惰の士が勉強の士となり、怯弱の士は勇敢の士となりましょう」

「なるほどな」

「ただ、奮起するのを待つだけでは、いたずらに歳月がたちます。ここで決断しなければ、外国から襲撃されて、臍《ほぞ》を噛むときがやってきましょう」

「よくわかった。取り上げてもらえるかどうかはわからぬが、男谷先生に話してみよう」

井上は、講武所剣術師範役の男谷精一郎に、鉄太郎の建議書をわたして話した。

「なるほど、もっともだが、だれを賞し、だれを罰するかで、大いにもめるだろうな」

井上も、うなずかざるを得ない。

それが、寄合所帯の最大の弱点であった。いくつもの流派が足を引っぱりあっているので、まとめていくのは容易なことではない。将軍の来臨もあったが、それでもなかなか志気は上がらず、関係者たちは頭を悩ませるしかなかった。

講武所に通うようになった鉄太郎は、剣術に夢中になって、新婚の妻のことなど、すっかり忘れてしまった。

それでいて、鉄太郎は他流派の男たちとのつきあいが一気にひろがり、鷹匠町の屋敷には、いつでも大勢の客が出入りするようになっていた。

「おい、晩飯を出してくれ」

家に米があろうがなかろうが、鉄太郎は平気で妻の英子に命じた。

「粗末でございますが」

命じられれば、贅沢な菜はなくとも、英子は食事の膳をだした。鉄太郎と同年配の若い客たちは、腹を空かせていて、遠慮なしに平気で大飯を食べていく。

英子は、屋敷の裏庭で野菜をつくっている。近所の原っぱで食べられる草も摘んでくる。紙をひねって紙縒《こより》をつくる内職をしていたが、そのくらいではまるで追いつかない。

山岡家の百俵五人扶持の百俵は、石に換算すれば四十石。一人扶持が一日に玄米五合だから、五人扶持で一日二升五合、年に約九石。合わせて、四十九石の蔵米が支給される。

裕福とはいえないが、八丁堀《はっちょうぼり》の同心たちが、三十俵二人扶持しかないことを考えれば、どん底の貧乏というわけではない。

しかし、たとえいくらあったにせよ、鉄太郎は、金や衣食にまったくこだわらない性格だったから、困っている者がいて、家にすこしでも銭があると惜しまずにくれてやる。

だから、山岡の家は、いつもいつも、とてつもなく貧乏だった。

「お米を買うお金がありません」

英子が言うと、鉄太郎はうなずいた。

「それならたんすを売りなさい」

着物やたんす、布団など、売れそうなものは、すぐに売ってしまった。

夏冬通して、夫婦ともに一枚の着物しかないから、冬は、夏物の裏にぼろ綿を縫いつけて冬物の代わりにした。

新妻が、一枚きりの着物を洗濯しているときにお客が来た。腰巻き一枚で出るわけにもいかず、ふすまの陰から顔だけ出して挨拶したことがなんどもあった。

着物を売った金などは、すぐになくなる。

「お粥《かゆ》を炊こうと思うのですが、焚《た》きつけにするものがありません」

「では、畳を燃やしなさい。どれ、はいであげよう」

鉄太郎は、畳を平然とはいで、焚きつけにしやすいように裂いてやった。天井板も引っ剝《ぱ》がした。もともと広い家ではない。庭は二百坪ばかりもあって道場が建っているが、母屋は四部屋しかない。

そんな調子でどんどん燃やしてしまうので、居間に畳が三枚あるだけで、あとは床板と屋根裏がむき出しになっている。ほとんど、廃屋同然である。三枚だけある畳もぼろぼろだが、飯を食うのも、書の練習をするのもすべてそこだ。

客が来ると、そこにすわってもらう。いつも同じ場所にすわるから、そこだけ丸く窪《くぼ》んでいた。

夜になって寝るときも、そこに寝る。布団なんかは早いころに売ってしまったので、寒い季節は、夫婦して蚊帳《かや》にくるまって寝ていた。

「寒いか」

「いえ、だいじょうぶです」

貧乏にはまったく頓着せず、家政のことは顧みないくせに、鉄太郎は、妻にやさしかった。声など荒らげたことがないのはもちろん、寒い夜は抱きしめてやる。

「また、焚きつけにする物がございません」

畳も天井板も燃やしてしまったので、つぎは庭の木を一本ずつ伐《き》って斧《おの》で割り、薪《たきぎ》をつくった。

屋敷のちかくに菓子屋があって、柏餅《かしわもち》の季節になると、柏の葉をもらいに来た。その代として、いくらかの銭を置いていく。

庭木が一本ずつ伐り倒されていくのを見て、菓子屋が英子に言った。

「あの柏の木はお伐りにならないほうがよろしゅうございますよ」

菓子屋にしてみれば、貧乏な山岡家に、なにがしかでも銭の入る道があるならば、残しておいたほうがよいと親切に思ったのだろう。

その話を妻から聞いた鉄太郎は、すぐ庭に降りて、柏の木を伐ってしまった。

菓子屋が飛んできた。

「なぜ、お伐りになるのですか」

「枯れ葉がうるさくて勉強のじゃまになるのさ」

そう答えたが、じつのところ、哀れみを受けたのが悔しかったのである。

「もうお米もお金もございません」

英子が言ったとき、家には銭に換えられるものが、もはやなにひとつなかった。

どうしようもないので、鉄太郎は、知人の家に米をもらいに行くことにした。

ところが、履いて行く下駄がない。片方、割れてしまったのだ。

鉄太郎は、雑巾をふところにいれて、裸足のまま知人の家に行き、足を拭いて上がった。

酒を呑《の》ませてもらい、帰りがけに女中が見送ろうとすると、下駄がないので、とまどっている。

——下駄を履いてこなかった。

とも、言いづらく、鉄太郎は腹の底から大声を出した。

「御免ッ」

叫んで知人の屋敷を飛び出し、そのまま帰った。

翌日、その知人から米と新しい下駄が届いた。

そんな貧乏暮らしでも、夫婦仲がよければ、子供ができる。

最初の子のお産のときも、山岡家はむろん貧乏のままだったから、冬だというのに、掛け布団さえなかった。

鉄太郎は、自分の着物を脱いで英子にかけてやった。

「それではお寒うございましょう」

着物は一枚しかない。産褥《さんじょく》の妻にかけてしまえば、鉄太郎は褌《ふんどし》一本である。そんな姿で、臨月の妻の面倒を見ている。

「裸の寒稽古だ。気にするな」

「でも、それでは、あんまりです。せめて羽織なりともお召しになってください」

「そうだな」

言われて裸のうえに羽織だけひっかけたが、妻が寝入ると、その羽織も、妻にかけて、自分はまた裸のまま坐禅している。

鉄太郎はそんな思いやりのある男である。

子供が生まれても、ろくに食べていない英子は、乳が出なかった。

鉄太郎は、どこに行ったのか、昨日から帰って来ない。ちかごろは、だんだん世の中が、攘夷《じょうい》のことで騒然となってきて、どうやらそのことで奔走しているらしい。

屋敷にやって来る客も、どこの脱藩浪人か、あやしい風体の男が増えた。声高な談判が座敷から聞こえることがある。

「さあ、殺せ」

「おお、殺してやろう」

なんともぶっそうでしょうがない。

鉄太郎が留守の日暮れ時、赤ん坊を抱いて、英子が縁側にいると、ガサッと音がして、塀の外から庭になにか白い包みが投げ込まれるのが見えた。

紙を開いてみれば、そばである。三人前ほどもへぎに包んである。

汁《つゆ》も醤油《しょうゆ》もないので、英子はそのまま食べた。水を飲みながら食べたが、空腹だったのでとてつもなく美味《おい》しく感じられた。

つぎの日、帰ってきた鉄太郎が平然といった。

「きのうは友人と家の前をとおったのだが、用事があって寄れなかった。そば屋でもりを包んでもらって通りがけに放りこんだが、食べたか」

「はい。いただきました」

そのときのそばの味は、英子にとって生涯忘れられないほどの美味であった。なによりも、鉄太郎のこころづかいが嬉《うれ》しかった。

それでも、英子は栄養が足りず、乳が出なかった。残念なことに、最初の子は、痩せたまま死んでしまった。

そんな貧乏暮らしのむこうで、時代は、急速に変転していた。

鉄太郎は、どんなに貧乏をしていても、一分銀三粒だけは、いつでも刀の柄糸《つかいと》にしっかり巻きつけていた。

――その銀を……。

とは、どんなに空腹であっても、英子も口にするつもりはない。

どこかで凶刃に斃《たお》れたとき、死体を始末してもらう駄賃の銀であった。

安政五年（一八五八）になると、世間に尊皇攘夷の熱が、急激にたかまった。

大老に就任した井伊直弼《いいなおすけ》は、尊皇攘夷派の志士を、つぎつぎと捕縛し、投獄していった。

鉄太郎は、つきあいの増えた旗本や御家人たちとさんざん議論した。

「この国を、いったいどうするか」

「自分は、なにをすればいいのか」

激烈な議論のあと、鉄太郎は、深夜まで坐禅をくんで考えた。

――日本……、世界……。

――そして、自分……。どうすればいいのか。なにをなすべきか。

そんな根源的な問題を考えるためには、まず自分が立っている場所を、はっきり確認しなければならない。

考えに考えて、宇宙と人間の関係を自分なりに納得できるように解明した。

いちばん大きいのが宇宙界。

そのなかに、日月星辰《じつげつせいしん》などの天体と地世界すなわち地球がある。

地世界には、諸外国と日本国がある。

日本国は、天子の統御したまうところで、公卿《くぎょう》、武門、神官・僧侶・諸学者、農・工・商の民がいる。

これが、鉄太郎にとっての宇宙と世界の認識であった。鉄太郎は、むろん日本国の武門に属している。

鉄太郎は、「宇宙」をいちばん上にすえて、系図のようにして書いてみた。安政五年五月五日、二十三歳の菖蒲《しょうぶ》の節句のことである。

つぎの日、その書き付けを講武所に持参して、井上清虎に見せた。

「こんなふうに考えてみました」

「どれ……」

鉄太郎の書いた宇宙と人間の構造図を、井上はながいあいだ黙って見つめていた。

図には、説明が書き込んである。

宇宙界のところは、こうだ。

漠として、宇宙界と名付くといえども、切言《せつげん》すれば、吾人もまた等しきものなり。ゆえにその源を究《きわむ》れば、地、水、火、風の四原（元）よりなり、而《しこう》して風往雨来、遷転極《せんてんきわ》まりなきに似たれども、またその中に一定不変の道理あるべし

井上は、読んで考え込んでしまった。

——吾人もまた等しきものなり。

との一節である。宇宙とわれわれ人間が同じだと言い切っている。

宇宙界についてならば、漢籍か蘭書の和訳をひもとけば、もっと詳しい説明がいくらでもできるだろう。

鉄太郎は、それをしない。

書物の知識を軽視しているわけではなかろうが、それよりももっと強く自分の見方が、勢いよく前にほとばしり出てくるのだ。

「おまえは宇宙と同じか」

井上は、鉄太郎の目をじっと見つめた。この弟子の目は、なんの澱《よど》みもなくいつもまっすぐこちらを見つめ返してくる。いまも、そうだ。

「はい。人も宇宙も、ここにこうしてあるものは、みな同じでございましょう。そ

う考えました」

考えてみれば、鉄太郎は、屁理屈《へりくつ》をこねたことがいちどもない。いつも素直に真っ正面からものごとを見すえる。

鉄太郎にとっては、宇宙も人間も、ここにこうしてあるのだから、等しいと言いたいにちがいない。

それは、空疎な観念論をはねつける堅固な現実認識であろう。

井上は、また書き付けに目を落とした。

日本国の下には「天子の統御したまうところ」と書いてある。

公卿——天子に陪従《べいじゅう》するもの

武門——天子のもとに治国の職を司《つかさど》るもの

そこからさらに線をひいて、こうある。

不肖鉄太郎はこの班末《はんまつ》に列す

自分は武門の末席にいるという意味だ。

しっかりと大地に足をつけて、自分の立場を認識しているのに、井上はつくづく感心した。

――講武所にかよってくる旗本連中に読ませてやりたいものだ。

口にこそしなかったが、井上は内心そう思っていた。

ちかごろの旗本の子弟たちは、まるで自分たちの立場に自覚がない。

徳川家康が、幕府を開いて二百五十年。そのあいだに、さしたる仕事もせず、威張り散らしていただけの侍は、いまや、ただの木偶坊《でくのぼう》に過ぎない。

いかにすれば、楽をして俸禄《ほうろく》を得ることができるか――。

そんなことにしか興味のない生き物を、たくさんつくってしまった。

気合いのない講武所の稽古を見ていると、井上は、暗澹《あんたん》とした気持ちにならざるを得ない。

議論をする連中もいるが、夷狄が悪い、追い払え、と唱えるばかりで、まるで深まりがない。

鉄太郎の書き付けには、さらにこうあった。

神官・僧侶・諸学者等――人の精神界を司るもの。ときにあるいは治国の科に
参することあり
農・工・商民――一切群生の衣食住の供給を満たすもの

じつに明快な社会認識である。

そのあとに、皇国に生を受けたものは、その意味を考え、君民一体となって忠孝を尽くすべきであると書いてある。

さらに――。


されば、何人によらず、各本来の性《さが》を明らめ、生死の何物たるかを悟り、かたがた吾人現在社会の秩序にしたがい、生死を忘れて、その職責を尽くすべきなり

――面白い。

井上は内心うなった。自分の置かれた立場を自覚して、なすべきことをなせということである。鉄太郎が立っている場所には、なんのゆらぎもない。

しっかりと世の中と自分を見すえ、すっくと立ち上がっている。
――この鉄太郎という男。
きっと、幕府の、いや、日本という国の役に立つ。
井上清虎は、そう確信した。

第三章　攘　夷

虎の尾

時代が動いている。

どろどろと地鳴りを響かせながら、大きく動いている。

ペルリの黒船が、浦賀にやって来てから五年後の安政五年（一八五八）――。

幕府は、日米修好通商条約を結んだ。その後、オランダ、ロシア、イギリス、フランスとも、同様の条約を結んだ。

「いよいよ本格的な開国だな」

講武所の控え室では、世話心得の若い侍が二人集まれば、侃々諤々《かんかんがくがく》の議論がはじまる。

「開国などしてよいものか」

「港を開かねば、奴ら、攻めて来るぞ。江戸が守れるか、日本が守れるか」

「しかし、黒船の大砲が怖くて、港を開いたら、日本はこれからずっと見くびられるぞ」

若者たちのそんな議論とは関わりなく、幕府は条約を結び、下田《しもだ》、箱館《はこだて》に続いて、神奈川、長崎、新潟、兵庫の開港を決めた。

この五年のあいだに、世論は大きく変化していた。

ペルリ来航当初は、単純な拒絶論が多かった。

「夷狄《いてき》追い払うべし」

と、ただ外国人を忌み嫌うだけの論議が横行していた。

しかし、ちかごろ、各藩の藩主たちのあいだでは、

「そうもいかぬ」

との声が増えてきた。

無理に拒んで強大な軍事力をもつ外国と対立を深めるよりは、現状を追認しようという姿勢である。なかには、少数ながら、開港して積極的に交易すべきであるとの意見もある。

若い侍たちの多くは、一方的に国を開けと見下したように接する外国人の無礼を憤っていた。

そして、熱く、国家の尊厳やあるべき姿について語っていた。

鉄太郎も、むろんその一人である。ただし、付和雷同はしない。自分なりにものごとを見ている。それが、鉄太郎だ。

講武所の控え室で、若い旗本が声高に幕府を批判している。

「幕閣は腰抜けだ。なぜ、夷狄の言うままになるのか」

鉄太郎は、断固として首をふった。

「幕閣が腰抜けなら、貴公は、腰抜けの手下ではないか」

「なんだとッ」

旗本が、いきり立った。立ち上がって、いまにも摑《つか》みかからんばかりの勢いである。

鉄太郎は、すわったまま、冷ややかな目で見上げた。

「貴公、そもそも、ここがどこか心得ておるのか」

「講武所に決まっておる」

「貴公のお役目は、なんだ？」

「知れたこと。貴公と同じ、世話心得だ」

「ならば、たとえそれが真実であっても、軽々しく幕閣方の批判などすべきではなかろう。ここは、貴公が批判した幕閣の棟梁公方様《とうりようくぼう》をお守りするために武を錬《ね》る講武所だ。ちがうか」

鉄太郎ににらみつけられて、男が喉をつまらせた。なにも言い返せず、黙ってすわりこんだ。

——まったく。

鉄太郎は、嘆かずにはいられない。

若い旗本や御家人《ごけにん》たちは、血気にはやって、いまにも夷狄との戦争を始めんばかりの勢いだ。

「開国か」

「攘夷《じようい》か」

その議論ばかりがかまびすしい。

正直なところ、鉄太郎には、どちらがよいのか、よくわからない。

国を開くのが、世界の趨勢《すうせい》ならば、そうするべきだろう。

閉ざして日本国の神聖を守るならば、それもひとつの道であろう。

どちらにするかを決めるのは、京にいる帝《みかど》であり、それを補佐する江戸の将軍である。

将軍から禄《ろく》をもらっている旗本、御家人は、たとえ、開国であろうが、攘夷と決しようが、将軍の決断に従うばかりである。

――開国か、攘夷かを論じるのは、幕臣の仕事にあらず。

そう考えて、軽々しく、議論には加わらないことにした。

――そんなことより、稽古だ。

鉄太郎は、自分を戒め、講武所でも、ただひたすら、剣の稽古に打ち込んだ。

それでも、日がたつにつれて、どうにも周りの攘夷熱の高まりがうるさくなった。

これでは稽古に専心できない。

「終日二百面の数稽古を、七日間つづけて行いたいと思います」

年が明けてから井上清虎に願い出たのは、やむにやまれぬ気持ちだった。

「一日二百面の稽古を、七日間だと……。いま、そう言ったのか」

井上は、鉄太郎にたずね返した。聞き間違いかと思ったのである。

「そうです。七日間で千四百面の稽古を行いたいと思います」

「それは……」

正気の沙汰ではあるまい。一日でも、たいへんなのに、それを七日間続けるなど、とんでもない話である――。

数稽古は、その言葉通り、立ったまま休むことなく行う稽古である。かかっていくほうは、十人、二十人の交代だから、休むことができる。しかし、本人は休むことができない。玄武館でやったいじめにも似た稽古に、誓願を立てて取り組もうというのである。

一面は、試合一本。それを一日に二百面。

七日で千四百面。

やはり、正気の沙汰ではなかろう。

井上は、じっと鉄太郎の目を見すえた。

鉄太郎が見つめ返してくる。鉄太郎の目には、まるで邪念がない。どこまでも本気らしい。

――本当にやる気だ。

鉄太郎は、これまで一日二百面の数稽古をなんどか達成している。

かかっていく者たちの力量にもよるが、明け方から始めて、夕刻近くまでかかる。

そのあいだ、休むことなく試合をつづけるのだ。昼飯なんぞは、食べようと思っても、疲労困憊《こんぱい》のきわみにあって、とても食べられない。

「なぜ、七日も数稽古をするのか」

井上がたずねた。口でいうのは簡単だが、そんな無茶な稽古をしたら、本当に死んでしまうかもしれない。

「見るに見かねてのことです」

鉄太郎が平然と答えた。

「なにを見かねたのだ？」

「ここでの稽古でござる」

「ほう」

井上は、鉄太郎の言葉に身を乗りだした。

「稽古ぶりがよくないか」

井上がたずねると、鉄太郎がうなずいた。

「はい。こう申し上げてはなんですが、講武所での稽古は、遊技に似ております。竹刀《しない》での勝負にこだわり、真剣勝負の力を発揮する者がおりません。撃剣とは、そもそも、戦場において死生を決するものと存じます」

鉄太郎の言には、なんのけれん味もない。ひたすら熱を込めて稽古をしたいとの思いだけがある。

「なるほど。もっともだ」

「数稽古二百面は、実地の撃剣です。最初はふつうの試合のように思いますが、続けていくうちに、実際の戦場に立っている気がしてきます。このこころなしに、修行をいくら重ねても、意味はございますまい」

「よくぞ言った。まさにそのとおりであろう。男谷《おだに》先生に相談してみよう」

鉄太郎が講武所で七日間立切り稽古をすれば、志気を高めるには、またとないきっかけになるだろう。

男谷精一郎は、井上の話を聞いて、しばらく考えていた。結局、首を縦にふらなかった。

「ここは、旗本たちを鍛える場である。一人の世話心得の稽古のために、七日も道場を使わせるわけにはいかぬ」

それはそれで、責任者としては、もっともな判断かもしれない。

「玄武館でやるがよい」

井上に言われて、鉄太郎は奮い立った。

場所はどこでもいい。鉄太郎は、渇いた者が水を欲するように、激しい稽古の場を欲していた。それこそが、鉄太郎にとって、まさに、生きることにほかならない。

春のはじめの七日間がその日と定められ、十二人の相手が選ばれた。

——たとえ死んでも、七日間の数稽古を続ける。

鉄太郎は、前の夜、飛騨から持ち帰った念持仏《ねんじぶつ》を前に置いて坐禅《ざぜん》をくみながら、そう誓願を立てた。なにがなんでもやり通すつもりだ。やり通さなければ死ぬ覚悟である。

「行ってくる」

その朝、井戸端で水を浴びた鉄太郎は、いつになく厳しい面持ちで、家を出た。後ろすがたを見送った妻の英子《ふさこ》は、夫が戦場にでも行くような気がした。

朝の五つ（八時頃）である。

玄武館で稽古着に着替えると、鉄太郎は、神座《しんざ》にむかって黙想した。

——やる。

思うのは、それだけである。できるか、できないか、などは問題ではない。やると決めたら、必ずやる。それがこころのうちのすべてだった。

——七日間、死んでもやり通す。

鉄太郎はそこまでの覚悟を決めている。

「先生、よろしくお願いいたします」

井上清虎に、両手をついて平伏した。

相手をする十二人がずらりと一列に並んですわっている。みな一様に不敵な面構《つらがま》えをしている。闘志をみなぎらせている。

「よろしくお願いいたします」

鉄太郎は、向きなおってふかぶかと頭をさげた。十二人も、頭をさげた。いやがうえにも、気持ちが引き締まった。

胴をつけ、頭にきっちりと汗止めの手拭いを巻いた。面をつけ、籠手《こて》をはめた。広い玄武館道場では、すでに稽古をはじめている者たちがいたが、緊張は伝わるらしく、いつになく張りつめた空気があった。

鉄太郎が、道場に立った。

「はじめッ」

井上の掛け声で、鉄太郎と十二人が向き合って礼をとった。

鉄太郎が正眼《せいがん》にかまえると、真ん中の一人が、いきなり飛びかかってきた。

「面ぇぇんッ」

勢いよく踏み込んで打ち込んでくる。鉄太郎は、かわしながら、胴を払った。敵は、それでもひるまず、また打ち込んでくる。

「面ッ、面ッ、面ッ」

鉄太郎は、打ち返した。正確に面に決まった。敵は、連打されてもたじろぐことなく攻め返してくる。打ち込んでいると、敵の息が上がった。後ろに下がった。すかさず、つぎの敵が突進してきた。

また、面の応酬。つぎの敵も、そのつぎの敵も。時間にして、わずか三、四分で、敵は新手《あらて》と交代する。それを一面と数えるが、二百面は、気の遠くなる数である。

鉄太郎は、むろん休みなく応戦しなければならない。

「どりゃぁッ」

十二人の敵がふためぐりしたころから、突きの攻撃が多くなった。敵は、竹刀の柄頭《つかがしら》を胴につけて固定したうえで突き出し、頭をさげ、そのまま体ごと突進してくる。

「目をつぶって行けッ」

怒鳴り声が聞こえた。突き技というより、ほとんど体当たりである。鉄太郎にとっては、そのほうが打撃が大きい。

右に左にかわすが、避けきれないこともある。

「きぇぇッ」

突進してきた敵の足に、蹴手繰《けたぐ》りをかけて前に倒した。その拍子に、敵が、鉄太郎に抱きつき、いっしょに倒れ込んだ。もがく敵を、なんとか組み伏せた。

立ち上がったところに、つぎの敵が突進してきた。つぎも、またつぎも。敵は、体当たりと組み討ちで攻撃してくる。いきおい、鉄太郎の体力は消耗する。

「そこまでッ」

井上の大音声《だいおんじょう》がとどろいた。

「なぜですか？」

「百面だ。休め」

「もう百面ですか……」

鉄太郎は、意外だった。いつの間にそんな回数を重ねていたのか。

「休みなんかいりません。つづけさせてください」

「馬鹿を言え。おまえは平気でも、連中を休ませてやれ」

見れば、十二人の敵は、座り込んだり、へたりこんだり、かなり疲れているようだ。

「わかりました」

控えの間にさがると、弟の金五郎が面をはずそうとした。

「お疲れさまでした」

「いや、はずさなくてもいい」

鉄太郎は立ったままますわろうとしない。

「しかし、それでは、粥《かゆ》が食べられますまい」

見れば、椀《わん》に昼食の粥が用意してある。

——さて、どうするか？

鉄太郎は考えた。今日は、二百面終えるまで、面をはずすつもりはなかった。

「細竹を切ってきてくれ」

「はっ？」

「竹だ。竹を切って、火箸かなんかで節を抜いてきてくれ」

うなずいて駆け出した金五郎が、しばらくして戻ってきた。

「これでいいですか？」

七寸（約二一センチ）ばかりに切った細い竹を金五郎がさしだした。のぞいて見れば、ちゃんと節が抜いてある。

鉄太郎は、面のすきまから竹を差し入れて口にくわえた。立ったまま、椀をつかみ、竹の先を粥に突っ込んだ。

吸い込むと、粥が口のなかに流れ込んできた。金五郎が竹を切りに行っているあいだに、ほどよくぬるくなっていた。とてつもない滋養を取り込んでいる気がした。

「そんなことまでして……」

金五郎が呆《あき》れている。

鉄太郎は、粥を残らず吸い込むと、すぐに道場にもどった。

十二人の敵は、いない。

——まだか。

鉄太郎は、戦いたくてしょうがない。待っているのがもどかしい。素振りをはじめた。

——できる。

一日二百面などなんでもない。七日間続けるのだって、平気だ。誓願通り千四百面の数稽古はまちがいなく達成できる——。

四半刻《しはんとき》（約三〇分）の休憩で、再開した。

鉄太郎にむかって、大きな敵が突進してくる。

「でりゃあッ」

体当たりしてきた大きな敵に、組み伏せられ、面をつかんで引きずり回された。

自覚はないが、鉄太郎はずいぶん消耗していた。

た。

　鉄太郎は、敵の足にしがみついて倒した。馬乗りになって、面の上から殴りつけた。

　そんな乱暴な試合を、くり返すうちに、意識がもうろうとしてきた。なにをやっているのかさえ、よくわからない。それでも、向かってくる敵に打ち返し、組み伏せつづけた。

「そこまで、二百面だッ」

　井上の声がひびいたのは、七つ（午後四時頃）時分であった。

　鉄太郎は、全身が痺《しび》れていた。強い酒でも浴びたようにじんじんする。防具を外し、汗でぐっしょり濡《ぬ》れた稽古着を脱ぐと、金五郎が声をあげた。

「すごい痣《あざ》ですよ」

　たしかに、腕といわず胸といわず、そこここが紫色に腫れている。指の先がむずむずするので見たら、爪が何枚か、剝がれてなくなっていた。

「痛くありませんか」

「ちっとも痛くない。気持ちいいくらいだ」

　じつのところ、鉄太郎は疲労や痛みより、爽快感を感じていた。

朝の五つから夕方の七つまで、昼食にわずかに休むだけで、あとは、十二人の敵と死にもの狂いで格闘したのだった。

二日目、三日目と二百面の数稽古を続けるうちに、鉄太郎のうちから、不思議と疲労感が消えはじめた。

泥のように疲弊した肉体のなかに、透明な水晶のごとき精神が浮かんでいる気がしていた。

四日目ともなると、敵は、かなり意地が悪くなる。むこうも疲れている。なんとか七日間の誓願をくじこうとしている。殴る、蹴る、引きずり回す、と、ほとんど喧嘩《けんか》の取っ組み合いだ。

五日目、六日目を過ぎて、いよいよ七日目になった。

「どんな具合だ？」

朝、井上にたずねられた。

「はい。とても爽快です」

じつのところ、今朝は目ざめがすばらしかった。黄金色に輝く富士山《ふじさん》と大きな日の出の夢を見ながら目がさめた。

——できる。

できると思えばなんでもできる。世の中に、念じてできないことなんか、なにひとつありはしない——。そんな充実した思いで、気持ちよく、玄武館にやって来た。

「今日は、全員死ぬ気でかかれ。この男に、参ったと言わせてやれ」

井上が怒鳴った。

「おうッ」

十二人の叫び声が、異様に大きく聞こえた。

飛びかかってくる相手を、かわし、蹴手繰り、引きずり回す。そして、かわされ、蹴飛ばされ、引きずり回されるうちに、鉄太郎のこころは、ますます清《す》みきっていった。

「やめッ」

夕刻に、井上の声が聞こえたときは、全身の肉が心地よく痺れ、快感でさえあった。

息は上がっている——。だが、苦しい呼吸のなかにも、清々《すがすが》しさが感じられる。

節々や筋肉が痛む——。だが、苦痛を感じているわけではない。

くたくたに疲れてはいても、充実して、気持ちが活き活きしている。股間が元気よく勃然《ぼつぜん》としているのが、我ながら愉快だった。

「よくやった」

井上はひとことだけ褒めた。

「ありがとうございました」

防具をはずした鉄太郎は、十二人の敵に対して、両手をついて深々と平伏した。

生きてここにあることを、こころの底から感謝していた。

数稽古一日二百面。七日間で千四百面達成の快挙は、いやがうえにも、玄武館での鉄太郎の評判を高めた。

——鬼鉄。

のあだ名はそのままだが、つぎはぎだらけのみすぼらしい着物だろうが、だれももう、

——ボロ鉄。

とは呼ばなくなった。門下生たちの目に、畏怖がこめられるようになったのである。

鉄太郎は、自分でも、はっきりした達成感を得ていた。たいていのことなら、目をつぶって突っ切れる。

それから何日かのち、ふだんの稽古を終えて玄武館の外に出ると、立っていた若侍に声をかけられた。

清河八郎のつかいだと名乗った。

「ご面倒ですが、塾までご足労ねがえませんか」

初めて清河と出会ってからすでに六年。清河のほうは、玄武館をやめて、自分の塾と道場を開いていた。

火事早《ばや》い江戸のことで、最初の塾も、つぎに開いた塾も、近隣の火事のとばっちりをうけて焼けてしまった。それでも実家の財力にものをいわせ、また塾を開いたのである。

三度目に開いた塾はお玉ヶ池で、玄武館のすぐ近くだと聞いている。門弟だという若侍について行くと、一軒の家に看板がかかっていた。

経学　文章　書　剣術指南　清河八郎

学問と剣術をいっぺんに教える塾は、江戸のどこを見まわしても、ほかにはあるまい。いかにも清河らしい尊大な字であった。

「貴公、すさまじい偉業をなしとげたな」

ひさしぶりに会った清河は、七日間立切り稽古達成の評判を聞いて、驚いたのだと言った。

「なんの、ただ七日間辛抱しただけのこと。たいした自慢にはなりますまい」

「いや、玄武館きっての豪傑だ。おそれいったよ。祝いをせねばならん」

誘われるままに、鉄太郎は、清河とともに柳橋《やなぎばし》にくり出した。

柳橋は、神田川が隅田川に合流するすぐ手前にかかった橋である。界隈《かいわい》は、花街で、料理屋がならび、風流な屋形船がたくさん繋《つな》がれている。

清河八郎が、船宿ののれんをくぐった。

「あら、いらっしゃいまし」

あだっぽい女将《おかみ》が相好をくずしたところを見れば、なじみの上客なのだろう。あれこれと挨拶をしたあと、女将がたずねた。

「姐《ねえ》さん方、お呼びしましょうか」

「いや、今日は、二人だけだ。大事な話があるので、船頭は、口の堅い年寄をたのむ。肴《さかな》は見つくろいでよいが、酒をたっぷり用意してくれ」

「かしこまりました」

框《かまち》に腰かけて待っていると、しばらくして、叩《たた》き土間から奥に通された。船宿の裏がすぐ船寄せになっている。屋根のついた船の仕度ができていた。たしかに口の堅そうな老いた船頭が頭をさげている。

清河につづいて、鉄太郎が乗りこんだ。

畳にすわると、船頭が竿《さお》をついた。すうっと、船が岸をはなれた。

春の夕暮れのことで、風が気持ちよい。西の空が桜色に暮れなずんでいる。

「まずは、一献《いっこん》」

清河が、底の広い大きな徳利を手に取った。見つくろいと言いながら、膳には、豪勢な料理がならんでいる。

「いただきましょう」

鉄太郎は、遠慮なく、大きな杯を空けた。ちかごろ、酒がじつに美味《うま》いと思うようになってきた。酔いがまわれば、いかにも悠然たる気分になる。
二、三杯、酌み交わすと、やおら清河が切りだした。
「貴公、国のため、人のために、身命を捧《ささ》げる志があるかな」

――なにを当たり前のことをたずねるのか。

鉄太郎は臍《へそ》を曲げたが、顔には出さなかった。大上段からの物の言い方は、清河の癖である。

「さあ、むずかしいおたずねですな」

はぐらかして、杯をかさねた。

「貴公の数稽古は、まさに壮絶の一語。大いに感服した。日夜、修練を欠かさず、坐禅にもはげんでいると聞く。しかしな……」

清河が、堅太りの白い顔で、じっと鉄太郎を見すえてつづけた。

「稽古などは、おのれの身を鍛練するだけのこと。国のため、人のためになることではない。益荒男《ますらお》たる者、国の礎《いしずえ》となってこそ生きている値打ちがある。そうではないか」

立て板に水をながすような弁舌に、鉄太郎は鼻白《はなじろ》んで、また杯をあおった。

――なんの不自由もなく育ったのだ。

鉄太郎は、清河の人生がまるごと透けて見える気がした。

清河が和漢の学問に通じているのは、まちがいなかろう。頭の良さでいえば、鉄太郎のおよぶところではない。剣術の腕だって、かなりなものだ。

しかも、実家の財力といったら、なみたいていではないらしい。自分の開いた塾が二度も火災にあい、おまけに安政の大地震で倒壊の憂き目にあっているのに、平気な顔をしていられるのは、実家の金ですぐまた建て直し、買い直しができたからだろう。

——人間の種類がちがう。

貧乏人のひがみかもしれないが、鉄太郎はついそう思ってしまう。赤貧洗うがごとき鉄太郎の暮らしとは、まったく別の世界に、清河は生きている。

「いかがかな、貴公の本懐をうかがいたい。この国の礎となる志、ありや、なしや」

「ありとも言えるし、なしとも言える」

鉄太郎がはぐらかした。あれこれ問われても、柳のごとくに受け流していたので、やがて清河の顔色が変わった。

「貴公、なぜまともに返事をせぬ」

大声で怒鳴った清河に、鉄太郎は杯をおいて、居ずまいをただした。

「しいてのおたずねならば、まことのところを遠慮なしにお答えしましょう」

「うかがおう」

清河もまた、居ずまいをただした。

「さきほどから先生は、国のため、人のためなどとおっしゃいますが、同じことを、むしろ拙者からおたずねしたい」

「この清河八郎、片時も国のこと、忘れたことはない。むろん、身命を賭して、礎となる覚悟である」

清河の眉間に侮蔑の色が浮かんでいる。

「さようでござるか。しかし、拙者には、それこそただの自惚《うぬぼ》れに思われます。国のため、などというのは、拙者には、ただの、おためごかしにしか聞こえません」

「なんだとッ。人の覚悟を、自惚れと決めつけるか」

清河の声が荒くなった。わきに置いた刀に、いまにも手がのびそうだ。

「しからば、貴公は、日本が大混乱しているいま、侍としてなにをなすべきだというか」

「拙者は、ただ目の前のことを粛々となすばかり」

「それこそ、おのれ一人の我欲ではないか」

「さよう。拙者、まずおのれのためにことをなします。それこそが、天下のため、人のためになると信じておるのです。国のためなどというても、まるで手ざわりがござらぬ。ただの絵空事に思えてなりませぬ」

それは、鉄太郎の父が今わのきわに言い残した遺言であった。その言葉を、鉄太郎は忘れたことがない。

「国のため……は、絵空事か」

清河が、隅田川をながめてつぶやいた。闇がおりはじめている。川岸の家々の灯火が、川面《かわも》にゆれて美しい。

「なんのかのと大儀など不要と言いたいのです。人として、おのれのためになすべきことをなす。それが天下のためになる道を探す。それ以外の道など、考えたこともありません」

「なるほど……」

つぶやいたきり、清河は黙した。

清河がしげしげと鉄太郎の顔をながめた。変わった生き物でも見るような顔をしている。

「貴公は、おのれのためになすことが、天下のためになるというのか……」

「さよう。人間、なにをしたところで、所詮、おのれの欲から離れることはできますまい。いくら、国のため、人のためなどと唱えてみても、拙者には絵空事にひびきます」

「……絵空事か」

「お気に障りましたか？」

清河が首を横にふった。怒るそぶりはなく、まっすぐに瞳を見すえてくる。

「いや、その逆だ。感服した。貴公こそ、本物の侍かもしれぬ。たしかにおのれのためを抜きにして、国家を論じても意味がない」

「なすべきことをなす。それはおのれのためであり、天下のためであるということです」

鉄太郎は、すでに毎晩の坐禅をはじめて十余年になんなんとしていた。つねにおのれとはなにか、天下とはなにかを考えている。それが合一してこそ、はじめて大きな力になるのだと確信をもっている。

――口先だけで、国のため、人のため、と唱えたところで、なんの意味があるものか。

かねてそう結論していたので、そのまま口にしたのだが、清河には、そんな価値観が新鮮だったらしい。

「まったくもっともだ。貴公に目をつけてよかった。天下国家をまともに語れる人間がおらんのだ。どうにもこうにも、くだらん野郎ばかりが多くて困る」

頭の回転がよい清河には、まわりの人間がみんな馬鹿に見えるらしい。

――馬鹿でよかった。

清河の言い様を聞いて、鉄太郎は、心底そう思った。人を悪《あ》し様《ざま》に罵る清河は、豪傑にはちがいなかろうが、やはり見苦しい。

鉄太郎には、人が偉くこそ見えるが、馬鹿に見えるということはない。

むしろ、どんな人間にも、よいところのあるのが見えてくる。だから、自然に謙虚になるし、頭をさげることができる。

「あんまり他人を悪し様におっしゃらないほうがよいでしょう。敵を増やすことになりますぞ」

忠告したが、清河は聞く耳をもたなかった。

「なんの。利口者にむかって馬鹿と言うのではない。馬鹿にむかって馬鹿と言うのだ。それとも、貴公、馬鹿に阿《おもね》り、へつらえと言うのか」

「そんなことは言うておりません。ただ、どんな御仁にもよいところがあるはず。一刀両断に馬鹿と断ぜず、よいところを見ればよいではありませんか」

清河が、また喉を詰まらせた。

「貴公は、忍耐強い男だな。わしは、そこまで人間ができておらぬ。馬鹿を見ると、腹が立ってならんのだ」

「いえ、できておらぬ、というより、こころの根に、虎か龍《りゅう》でも飼っておいでなのでしょう。その龍虎が、いささか短気なばかり」

清河が、強い目で鉄太郎をにらみつけた。鉄太郎はにらみかえした。しばらくにらみ合った。

やがて、清河が大声をあげて笑った。

「貴公、なかなか策士だな。わしを龍にたとえて持ち上げたうえで、短気と切り捨てるか」

――激情をもて余しているのだ。

と、鉄太郎は思った。清河八郎は、激情のかたまりである。

――その底にあるのは、劣等感か。

鉄太郎は、そう見た。

いくら財力があるといっても、清河八郎の実家は武家ではなく、造り酒屋の郷士《ごうし》である。旗本、御家人、あるいは諸藩の武士という生き物に、大いなる憎しみと侮蔑をもっているように見えた。それは、羨望の裏返しではないのか。

夜のとばりが降りた川面に、屋形船が行き交っている。こんな風流な遊びを、鉄太郎はしたことがない。

「わしは、尊皇攘夷党《そんのうじょういとう》を立てる。貴公にもぜひ一枚くわわってもらいたいのだ」

ちかごろ、若い侍たちは、寄るとさわると尊皇攘夷を唱えている。開国をもとめる外国人を追い払い、京の帝を中心とした国をつくるという考えである。それは、とりもなおさず徳川幕府とはちがう新しい武士の国をつくるということだ。清河は、幕政下にあっては郷士にすぎないが、こころは武士以上に武士である。すでに全国を遊説して仲間を糾合しているとの評判だ。この男は、新しい武士の時代をもとめている。

幕府の方針は、開国である。

しかも、井伊大老は、京、江戸で、尊皇攘夷派の志士をつぎつぎに捕縛、投獄している。攘夷党に加盟することは、とりもなおさず、幕府への裏切り行為だ。

鉄太郎は、正直なところ、開国でも攘夷でも、どちらでもよかった。

定見がないわけではない。思考回路がいたって単純にして明快なのだ。

日本が強ければ、鎖国は維持できる。しかし、日本が弱いなら、夷狄のいうままにならざるを得ない——。それが、理であろう。単純明快にそう考えていた。

「開国か攘夷かよりずっと大切なのは、日本が国としての正義と品格を貫くことであると心得ます。拙者はそのためにこそ全力を尽すつもり。その点に御賛同いただけるなら加盟いたしましょう」

鉄太郎が答えると、清河が大きくうなずいた。

「むろんのこと、日本国の正義と品格こそなにより大事との説に異論などあるはずはない」

「ならば、お話うけたまわった。加盟いたします」

「決まった。いずれ、尊皇攘夷党の仲間に会わせるとして、今晩は、前祝いに吉原《よしわら》にくり出そう。おい、船を日本堤《にほんづつみ》にまわしてくれ」

清河八郎が、はずんだ声をかけると、船頭が船の舳先《へさき》を大きくまわした。


清河八郎と吉原に遊んだ数日のち、清河塾の若い者が、玄武館につかいに来た。道場で鉄太郎を見つけると、清河からの伝言をつたえた。

「今夕、塾においでくださいませ。委細はそのときに」

なにか、秘密めかした言い方だった。

稽古を終えて出むいてみると、玄関に色の白いたおやかな女があらわれた。

「いらっしゃいませ」

清河の妻女お蓮《れん》であった。お蓮は、清河が庄内鶴岡《つるおか》の遊女屋で出会った女だった。家が貧しくて、十七のときに売られたのである。

かなりの遊び人であった清河は、いくたの遊女と一夜の契りを交わしたことがある。その清河が選んだお蓮は、美貌もさることながら、貞淑でこころの根がやさしくやわらかな女であった。

豪遊の座興に、清河の友人が座敷に銀をばらまいたとき、ただ一人拾わない女がいた。ひざに手を置いたまま、ゆったりと微笑《ほほえ》んでいる。

それがお蓮だった。

清河は心底、惚《ほ》れて、彼女のもとに通いつめた。

実家ではいろいろやかましくいう者がいるけれど、そなたを家に入れたい、という手紙を清河が書いたとき、お蓮はひらがなばかりの感謝の返事を書いた。

その末尾は、歌で結んであった。

にしきにもあやにもまさることのはを（錦にも綾《あや》にも勝る言の葉を
うれしなみだのかわくまもなく　　うれし涙の乾く間もなく）

こんな歌をおくられた清河は、さらにお蓮に惚れ込んだ。

正式な妻ではなかったが、それは格式を重んじる実家に対してのことで、江戸でふたりで暮らしていれば、お蓮は、妻以外のなにものでもなかった。

鉄太郎は、清河塾の奥にある土蔵に案内された。なかが畳敷きの座敷になっている。

すでに、数人の侍が集まっていた。いずれも不敵な面構えの男たちで、みなおのれを恃《たの》むところ大なるものがありそうだ。

「よく来てくれた」

きちんと羽織を着た清河が、にこやかな顔で鉄太郎を迎えた。

「紹介しよう。山岡鉄太郎君だ」

すわっていた男たちのなかでも、いちばん面構えのけわしい男が、ギロリと鉄太郎をにらみつけた。

「貴公だな、先日、玄武館で立切り稽古を七日もやったというのは」

男ににらまれたので、鉄太郎はにらみ返した。野良犬同士が道ででくわしたのと同じである。出会った瞬間、男としての優劣を決めてしまわなければ、気がすまないのだ。だから、どちらも視線をはずさない。

「こちら、彦根《ひこね》の石坂周造《いしざかしゆうぞう》君だ」

清河が紹介すると、石坂という男が、軽くあごをひいた。会釈のつもりであろう。

「石坂だ」

挨拶は、それだけだ。歳《とし》は鉄太郎より、三つ四つ上か。大柄で骨太で、どっしり腰がすわっているが、目には油断がない。石坂は、彦根藩士で、幕府御殿医石坂宗《そう》哲《てつ》の養子だと名乗っていたが、じつは、どちらも嘘《うそ》であった。ほんとうは、信濃の貧農の生まれで、郷里を飛び出して江戸に来てから、石坂宗哲の弟子の按摩《あんま》・鍼医《はりい》の家に身を置いていたというのが真相だ。

「山岡です。よろしく」

鉄太郎も、あごをひいて挨拶した。こころの内では、石坂と戦う場面を想像している。二の腕の太さと胸板の厚さは、鍛練のたまものだろう。

真剣か木刀を持って戦えば、鉄太郎も無事ではすむまい。

しかし、数稽古七日間を達成したせいか、鉄太郎には自信があった。こころの底から清冽《せいれつ》な泉が湧き出しているように、冴《さ》え冴《ざ》えとした自信がつねに湧いてくる。たとえ、いくたびかは劣勢におちいったとしても、参ったと言わずに戦いつづけていれば、かならず勝機をつかんで勝てる——。

どんな相手に対しても、そんな自信がみなぎっている。

清河が、となりの男を紹介した。

「薩摩《さつま》の益満《ますみつ》君と伊牟田《いむた》君だ」

「益満休之助《きゅうのすけ》です。よしなに」

益満もまた剣術の強そうな男だが、どこか人なつっこいものを感じた。眉が太くて濃いわりに、黒目に愛嬌《あいきょう》があった。

「御昵懇《ごじっこん》に」

伊牟田尚平《しょうへい》は聡明《そうめい》そうな顔立ちをしていた。理詰めの剣をつかいそうな印象だ。

「伊牟田君は、長崎で蘭学を学んだのだ。医学の心得もある」

「それは心強い。斬られたときは、よろしくお願いしたい」

鉄太郎の軽口に、伊牟田がにらみ返した。

「おれが傷を縫うと痛いぞ」

伊牟田が始末に負えぬ乱暴者であることを知ったのは、あとになってからだ。

清河塾の蔵座敷には、ほかにも五、六人の男たちがいたが、いずれも腕に覚えのありそうな脱藩浪士であった。みな、攘夷の思いがつよい。いや、強いどころか、みなぎっていると言ったほうがよい。腕ずくで外国人を追い払いたくてうずうずしている。

話は、いかにすれば夷狄を追い払えるか、に集中した。

「本格的に戦うとなれば、やはり品川台場《しながわだいば》の構築がかなめになる。上陸させてからいくら斬っても埒《らち》が明かぬ」

伊牟田が口をひらいた。

ペルリの来航を契機として、幕府は江戸湾防衛のため、大砲をすえる品川台場を築いた。

海岸から半里（約二キロ）以上沖合の浅瀬を埋め立て、一ケ所に大砲二十門から三十門を配備。火薬庫や兵員の宿舎を設置した。

当初の計画では、沿岸もふくめて十一ケ所つくるはずだったが、膨大な建設費がかかり、五ケ所が完成しただけで、あとは中止になった。その五ケ所だけでさえ、工事人足のべ二百七十万人がかり出され、七十五万両の経費がかかっている。

「しかし、幕府にはもう金がありますまい」

鉄太郎が口をひらいた。台場は、あったほうがいいに決まっている。しかし、いまからそんな大工事はできない。

「ならば、江戸を焼き払って、背水の陣を敷くか」

清河が大胆な策を冷静な声でつぶやいた。

「軍学の基本からいえば、たしかにそうだ。しかし、そんなことはできる話ではない」

鉄太郎が反論した。

戦争をするのは、武士の仕事だ。だから、武士が死ぬのは、武士の勝手である。

しかし、そこに江戸百万の民を巻き込んでよいはずがない。

「まずは、異人を斬るべし。斬って斬って斬りまくり、上陸してきた異人をことごとく斬り殺せば、連中は、怖《お》じ気《け》をなして、二度とやって来なくなる」

益満休之助が興奮ぎみにとなえた。激烈だが、実行がいちばん簡単で、効果的な策にちがいない。

「神奈川の開港場に、異人の居留地ができる。そこを焼き討ちするのがなによりだ」

清河が断じた。

「それはいい。そのこと、いつ実行する」

益満がからだを乗りだした。

「早まらぬがよい。焼き討ちともなれば、もっと大勢の同志が必要だ」

「ならば、手っ取り早く東禅寺《とうぜんじ》を襲うか」

高輪《たかなわ》の東禅寺にはイギリス公使館が置かれている。そこを襲撃すれば、与える打撃は大きい。

議論は紛糾して、ますます熱を帯びた。

「御一同、喉が渇いたであろう。どうだ、座を移さぬか」

清河に言われてみれば、たしかにみんな議論に熱中して大汗をかいている。すでに陽《ひ》は落ちたが、夏の盛りである。機密保持のためとはいえ、狭い蔵座敷に大の男が集まって議論を戦わせていれば、暑くてたまらない。

一同うちそろって、吉原にくりだした。


鉄太郎が、吉原から鷹匠町のオンボロ屋敷に帰ったのは、翌日の昼だった。

「お帰りなさいまし」

玄関に出迎えた妻の英子は、黙って手をついて頭をさげた。どこに行っていたかなど聞かない。

鉄太郎は家に入ると腰の刀を抜いて、破れ座敷の刀掛けにかけた。すでに床の間などと呼べるものはないが、それらしい場所に置いてある。

三枚しかない畳の一枚にすわった。家には茶がないので、妻の英子が欠け茶碗《ぢやわん》に白湯《さゆ》を出した。鉄太郎は、ひとりごとをつぶやいている。

「不思議なもんだな」

「なにがでございますか」

「いや、色情というのは、不思議なもんだと思ったのさ」

「まあ……」

英子があきれて、二の句が継げなかった。なにか重大な用事で帰ってこなかったのだと思っていたのだが、どうやら、夫は、遊女と一夜をすごしてきたらしい。

「どこが不思議なのでございますか」

「ふん。一度交わって満足しても、またすぐに交わりたくなる。そこが妙だ」

癪《しやく》に障って口などききたくないが、黙っているのも英子にとっては口惜しい。

「それなら、お腹《なか》といっしょではございませんか。たくさん食べて満腹したつもりでも、つぎの日は、またお腹がすきます」

「あはは。おまえはおもしろい女だな」

なんの屈託もなく笑っているから、怒るのさえ馬鹿らしい。

それからというもの、鉄太郎は色の道の修行にはげみだした。

家に帰らない夜がつづいても、英子はなにも言わなかった。ひとりで遊びに行っているのではなく、国事に奔走する仲間たちと、会合があって、その付き合いで遊びもするのだから、やむを得ない――と自分を納得させていた。

しかし、鉄太郎は、女遊びもまたとことん本気であった。仲間たちと家で酒を呑んでいるとき、

「おれは、日本中の女郎を撫《な》で斬りにする」

と豪語しているのが聞こえてきたこともある。

――この人は、剣の道を修行するように、色の道も修行するのかしら。

英子は腹立たしくもあり、心配でもある。

その心配は、間もなく現実になった。鉄太郎は、どこまでも遮二無二、色道をきわめはじめた。

男女の色情の不思議を、なんとか解明しようと、ことあるごとに遊里に通った。馴染《なじ》みの遊女もいたが、一人の女に入れあげるのではなく、手当たりしだい、つぎからつぎへと遊女と接したのである。

鉄太郎本人の言葉が残っている。

予二十一歳の時より色情を疑い、爾来《じらい》三十年、婦人に接すること無数。その間、じつに言語に絶する苦辛を嘗《な》めた。

おのれを突き動かす性欲というものが、鉄太郎にはよほど不思議だったのだろう。

苦辛を嘗めるほどに打ち込むために、まずは、父高福《たかよし》の残してくれた遺産から鉄太郎がもらった百両をすぐに使い果たした。

それから扶持米《ふちまい》をもらうとすぐに金に換え、吉原に通った。着物も布団も家にある物はすべて売り払い、天井板を剝いで焚《た》きつけにするほどの貧乏になっても、なお、吉原に通った。

仲間と行くときは、金のある者におごってもらうこともあった。借金もした。

じつは、英子の乳が出ず、鉄太郎の最初の子が、栄養不足で亡くなったのは、この時期である。鉄太郎の壮絶、ここに極まった感がある。なにごとも徹底的にやらなければおさまらない男なのだ。

これに怒ったのは、山岡家の親族であった。義兄の高橋泥舟《でいしゅう》は、鉄太郎のあまりの無軌道ぶりに腹を立て、妹と離縁させようとした。

「いくらなんでも、あまりに無茶苦茶だ。すこしは家のことを考えたらどうだ」

泥舟をはじめ、親族がいくら談判しても、鉄太郎は、おのれの信じる道をあゆむばかりだ。

英子もまた、離縁する気は、起きなかった。女遊びをしているのではなく、とことん本気で色情の不思議を追求しているように見えていた。

高橋泥舟は、なんども義弟の鉄太郎を説教した。

「男のことだ。遊ぶなとは言わぬ。しかし、ほどをわきまえろ、ほどを」

声を荒らげてそう言いたくなるくらい鉄太郎の遊里通いは、はなはだしかった。しまつに困るのは、傍目《はため》からも、鉄太郎のやっていることが、ただの浮気や放蕩《ほうとう》に見えないことだ。

遊びなら、なにかしら止めようがあるだろう。説教だって、耳に痛いはずだ。しかし、鉄太郎は、人間という生き物の根源をさぐるため、真剣に廓《くるわ》に通っている。他人の言葉など、まるで耳に入らない。

――色情とはなにか?

――なぜ、男と女は、かくも抱き合いたがるのか?

――抱き合えば、なにゆえ快楽がほとばしるのか?

鉄太郎は、遊女を抱きながらも、そんな哲学的ともいえる命題を、考えに考えぬいているのである。ただの放蕩ではなかった。

それがわかっているだけに、妻の英子は、苦情を言いたいが言わない。

むろん、妬心《としん》がわかかぬはずがない。腹は立ってしょうがないが、妻は妻として愛《いと》おしみながら、有り余る探求心に突き動かされて遊女を抱いている——、そんな一途《いちず》さが見えるのだから、むしろ、かばってやりたい気持ちがある。得体の知れぬところのある夫だが、英子は、人としてとてつもなく大きなものを、鉄太郎のうちに感じていた。

困ったのは、家の経済にまるで無頓着なことだが、もともと貧乏には慣れているから、その点はさして苦にならない。

泥舟が、なんど説教しても、鉄太郎はまるで廓通いをやめない。離別しろといえば、むしろ、妹の英子のほうが別れないという。

腹にすえかねた泥舟は、鉄太郎に申しわたした。

「おまえの放蕩にはあきれかえった。このまま続けるつもりなら、親族一同絶交すると相談をつけたが、どうだ、それでもまだ廓通いを続けるか」

「そいつは面倒がなくていい。いかようにもご勝手に」

鉄太郎は、平然と言い放った。

そう言われてしまうと、泥舟には返す言葉がない。英子本人は、別れないというのだから、まわりがいくら騒いだところで無駄である。結局は、鉄太郎の好き放題にさせておくしかなかった。

鉄太郎が、剣術修行にはげみつつ、色道修行にも精をだしていたころ、日本をゆるがす大事件が起こった。

尊皇攘夷派の志士たちを弾圧していた大老井伊直弼が、暗殺されたのである。

安政七年（一八六〇）三月三日。

春の雪が降りしきる朝、江戸城桜田《さくらだ》門外《もんがい》のできごとだった。

登城の行列を襲ったのは、十七人の水戸脱藩浪士と、一人の薩摩脱藩浪士である。

もともと水戸藩は、尊皇攘夷の急先鋒《きゅうせんぽう》で、井伊大老と激しく対立していた。

安政の大獄で、井伊大老に処罰された者のなかには、水戸藩の家老や奥右筆《ゆうひつ》、京都留守居役もいた。その反動が、はなはだ過激なかたちで、処罰した当の本人に襲いかかったのだった。

「井伊直弼が殺された」

その変報は、またたく間に江戸から全国に広まった。報に接したほとんどの者は、政情の不安定を憂えたが、なかには、志士たちの決死の行動に快哉《かいさい》を叫び、鼓舞された者もいた。

清河塾の奥の土蔵に集まる強者《つわもの》たちは、大いに奮い立った側である。その話でもちきりだった。

「水戸の連中はさすがだ。よくぞやったもの」

「なによりも、狙った相手がよい」

それが一同の一致した意見だった。反動派の要《かなめ》である井伊大老を殺害すれば、尊《そん》攘《じょう》派に対する弾圧は骨抜きになる。

鉄太郎は、なにも言わず、腕組みして黙っていた。幕臣としては、大老が殺されたのを手放しで喜ぶわけにはいかない。

「われわれも負けてはおれぬ」

「それよ。だれを斬るか」

「いっそのこと、横浜を焼き討ちすべきだ」

すぐに、そんな話になった。

「御一同、待たれるがよい」

いきおい立つ男たちを制したのは、清河八郎である。

「ことをなすに当たって、まずは、血盟を結びたい。ご賛同いただけるな」

清河は、まずは自分がいちばん最初に世の中を動かそうと思っていただけに、水戸の連中に先を越された悔しさがある。なんとかひと働きしたいという顔をしている。

「血盟ですか」

鉄太郎は首をかしげた。

「さよう。血判を押して、尊皇攘夷党の血の契《ちぎり》を結ぼうではないか」

清河八郎が、土蔵に集まっている十人ばかりの男たちをながめまわした。

「それはよい思案だ」

「党として血盟を結べば心強い」

と、賛成の者が多かった。

「くだらんことは、やめましょう」

反対したのは、鉄太郎ひとりだ。鉄太郎の言葉に、清河が、まなじりをつり上げた。

「なぜだ。同志が党をなし、血盟を結ぶのがなぜくだらんのか理由を言いたまえ」

清河が、いまにもつかみかからんばかりに、鉄太郎をにらみつけた。

この男、おのれの才と学問に恃むところが強いだけに、自分がなそうとしていることに横やりを入れられると血相が変わる。

鉄太郎は、首を横にふった。

「男子たるもの、いちど口にした約束は、死んでも守るのが本懐。いちいち血判を押して書き付けにせねば約定《やくじょう》が守れぬなど、侍の言葉も、ずいぶん軽くなりましたな」

一瞬、喉をつまらせた清河が、くちびるを舐《な》めてまくしたてた。

「たしかに、貴公の言にも一理ある。しかし、血判を押し、一同、身命を賭して攘夷にのぞむことを誓い合おうというのだ。漢籍をひもとけば、魏《ぎ》王曹操《そうそう》打倒を期して、劉備《りゅうび》が血判を押した故事もある。血判を押せば、本人の心気いやが上にも高まるばかりでなく、なにごとにも用心を怠らず、精神をつねに尽忠報国《じんちゅうほうこく》の一事にそそぐことができる。これすなわち血判の効用だ。貴公、それでも反対をなすか」

滔々《とうとう》と語られると、鉄太郎は鼻白んだ。

——この男、理屈が多い。

そう思ったが、口にはしなかった。

——理屈の多い男は、いつか理屈に足をすくわれるだろう。

鉄太郎は、天性、理屈がきらいである。清河とは、水と油ほどにも性質がちがっている。それでいて、ふしぎと気脈が通じあうのは、国を思う志の高さが一致しているからである。

ただし、清河は、おのれの名を揚げるために、国事をなそうとしている。いや、清河にかぎらず、日本の武士はみな、おのれの名を揚げるために勲功を立てようとした。

ちかごろの鉄太郎は、自分の名など、どうでもよいと思っている。

なぜ、名など、どうでもよいと思うようになったのか――。そのこころの変容は、うまく説明することができない。

ただ、剣の修行を積み、願翁《がんおう》に参禅しているうちに、大切なのは、言葉ではないと考えるようになった、とは言える。

名を揚げる――のは、所詮、他人の評判を気にすることであろう。そんなものにこだわっていては、人間の器《うつわ》が小さく縮こまってしまう。

宇宙界のなかでは塵芥《ちりあくた》にもひとしい人間だが、宇宙界と対峙《たいじ》して雄々しく生きたい――それが鉄太郎の願いだ。

そのために、なによりも大切なのは、他人の評判ではなく、信《まこと》の気持ちなのだと、強く思っている。

――信のこころ。

おのれに対していつも誠実で、どこまでも本気でありさえすれば、他人がなんと批判しようと、春風のように聞き流すことができる――。そんな風に思うようになっていた。

「どうだ、貴公、血判は押さぬか」

清河八郎が、かさねてたずねた。

「血判など無用。名だけ連ねよう。名にはおのれの信がある」

鉄太郎が言い張ると、清河が折れた。

「わかった。会の名は、虎尾《こび》の会としたいが、これはいかがか」

「虎尾とは、虎の尾か」

「さよう。易経《えききよう》に、天沢履《てんたくり》の卦《か》がある」

文武両道を指南するだけあって、清河はさすがに学がある。すらすらとつづけた。

「虎の尾を履《ふ》むも、人を咥《くら》わず。亨《とお》る――とあるのは、とりもなおさず、咬《か》み殺されることなく志が遂げられるという意味だ。しかも、中正の徳があり、帝位を履《ふ》みて疚《やま》しからず、とある。われらが一党にまたとない卦《か》ではないか」

清河の顔が恍惚《こうこつ》となった。

――この男、野心のかたまりか。

鉄太郎は、清河の白皙《はくせき》の顔を見つめて、いささかあきれた。まるで、自分が徳ゆえに帝位につき、天下を取ると言わんばかりの言い方である。

「その名は、貴公の個人的な会につけてもらいたい。拙者が加盟するならば、これだ」

鉄太郎は巻紙をひろげ、冒頭に一行だけ書きつけた。

——尊皇攘夷発起。

「これならば、いささかの意見の相違など超えて、大同団結できよう」

清河は、しばらく考えていたが、やがてうなずいた。

巻紙の冒頭に、鉄太郎は自分の名前を記した。国家の信をつらぬく尊皇攘夷党の発起人なら、自分が一番に名乗りを上げてよかろうとの自負があった。

暗殺

神田お玉ヶ池の清河塾には、夜な夜な、いかめしい顔をした男たちが集まってきた。いずれも、尊皇攘夷党の発起人として名をつらねた面々である。

清河は清河で、同志の集まりを虎尾の会と称していた。ほぼ同じ顔ぶれであるから、明確な区別はない。

密談は、土蔵のなかの座敷でする。

「さて、だれを殺すべきか」

が、議題の中心だ。

「横浜には、異人がうようよおるぞ。行って、手当たりしだいに斬ればよい」

石坂周造が、乱暴なことを言った。

去年の六月に開港した神奈川の横浜村には、すでに外国人が住まっている。それまでは、横に長い砂洲《さす》にある鄙《ひな》びた寒村にすぎなかったが、幕府は、潟や湿地を埋め立てて運河をめぐらせた。

橋は三本ばかりしかかかっておらず、出入りの門には番小屋があり衛兵がいた。騒ぎを懸念してのことだったが、それでも、事件は起きた。

最初に殺されたのは、ロシア人の水夫と少尉だった。八百屋で買い物をしたあと、侍たちに襲撃されて、頭蓋骨《けんこうこつ》や肩胛骨まで、むざんに断ち割られた。

「水夫なんぞ斬ってもつまらんな」

薩摩の益満休之助がつぶやいた。

「やるならば大物だ。大物でなければ意味がない」

清河の意見にうなずく者が多かった。

井伊大老暗殺――のあとである。どうせなら、それ以上に衝撃的な相手を斬って、名を揚げたい。みな、そんな思いで殺す相手を物色している。

――まずいな。

内心、鉄太郎は、大いに不満であった。鉄太郎のこころの根には、とてつもなく大きな慈《いつく》しみの情があった。

すべて、この世にあるものは、粗末にしてはいけない。まして、命を粗略にあつかってよいはずがない――。それが、鉄太郎の痛切な気持ちであった。

「殺さずともよいではないか」

そう口にしたら、一同から、弱腰だと散々に非難され、罵られた。

それ以来、鉄太郎は、内心、距離を置いて付き合っている。ただ、離れるつもりはなかった。しっかり見守っていないと、血の気の多い連中がなにをしでかすか、わかったものではない。

「おい。うちに酒を呑《の》みに来い」

鉄太郎は、清河のところで知り合った益満休之助や伊牟田尚平たち数人を、小石川鷹匠町の家に誘った。

妻の英子《ふさこ》に、ない金を工面させて、酒を買ってこさせた。畳は三枚しかないが、床板はまだあるから、男たちが車座になって酒を呑むのに不自由はない。

「ときに、アメリカ公使はどうだ。麻布《あざぶ》だからけっこう襲撃がしやすかろう」

アメリカ公使館は麻布の善福寺《ぜんぷくじ》におかれている。益満は、そこが狙い目だと言った。

「それだ。あのあたりは屋敷町で人通りが少ないから狙いやすい」

伊牟田がうなずいた。

「どうでもいいじゃねぇか、そんな話は。まず呑め」

鉄太郎は、大徳利から、大ぶりな飯茶碗に冷や酒をついでやった。薩摩の男たちは、遠慮なく飯茶碗の酒杯をなんども空にした。

酒がまわると、鉄太郎は、やにわに立ち上がった。

「よぉし。いっちょ踊ろう」

着物を脱ぎ、褌《ふんどし》まではずして、素っ裸になった。台所から持ってきた四斗樽《しとだる》を伏せ、二本のすりこ木で、底を叩いた。

「踊れ、えいやさッ」

「なんだ、それは？」

「豪傑踊りだ。さあ、踊れ」

鉄太郎は、すりこ木を益満に持たせて、樽の底を叩かせた。

「えいやさッ、えいやさッ」

素っ裸の鉄太郎は、両の拳骨を勢いよく宙に突き出して踊った。

「へたくそめ。そりゃ、踊りじゃない」

伊牟田や何人かが素っ裸になって踊り出した。輪になって、ぐるぐるとひたすら座敷をまわるのである。くたびれると、酒を呑んだ。呑んでいると、鉄太郎が、また樽を叩き出す。

「えいやさッ、えいやさッ」

そんな調子で、夜明けまで踊り続けた。踊っていれば、暗殺の相談はまったく進まない。


——ちかごろ、幕臣のくせにけしからん男がいる。

そんな評判が、小石川あたりの御家人たちのあいだで立つようになった。ほかでもない、鉄太郎のことである。

「夜な夜な、脱藩浪士たちを集め、密議をめぐらせているらしい」

「大声を発して、攘夷の気勢をあげているぞ」

「真夜中に、殺せ、殺せという声を聞いた」

山岡家の近所では、もっぱらそんな評判だ。

なにしろあばら屋のことなので、酒を呑んで気が大きくなった男たちの声は、そのまま外に漏れてしまう。そもそもが密議や謀議などというものではなく、ただ呑んで暴れて気炎を上げているだけなのだから、あたりをはばからぬ大声だ。

「山岡道場の婿だな。おれが成敗してやろう」

噂《うわさ》を聞いて、そう言い出した男がいた。やはり小石川に住む鷹匠組頭のせがれ松《まつ》岡萬《おかつもる》である。

この時代の侍たちは、思考回路や行動の規範がいまの人間とはまるでちがっていた。

れっきとした侍ならば、おのれのなかに正邪、善悪の規準を明確にもっていた。

――義に悖《もと》る者は、成敗すべし。

おのれのもつ正義の尺度に照らして許しがたい輩《やから》は、たとえ司直が見逃しても、天に代わって成敗せねばならない。腰にさした刀こそが、なによりの法であり、絶対的な正義だと言ってよい。

ただし、この松岡は、そんな正義心のかたまりとばかりは言えぬ乱暴者であった。

じつは、正邪にかかわりなく、人を斬りたがる悪《あ》しき性癖がある。

辻斬《つじぎ》り——をしていたのだ。

いちど斬ってしまうと、癖になってまた斬りたくてたまらなくなり、何人もの無《む》辜《こ》の人間を斬っていた。

後年、明治になってから、松岡は、静岡で民政にあたり、開拓や干拓に取り組んだ。地元では「松岡さま」として神社に祀《まつ》られるようになったほど崇敬を集めたが、若いころは、手のつけられない乱暴者、いや、なんの罪もない人間を斬り殺すのだから、はなはだ極悪の犯罪者であった。

「けしからん御家人は斬ってやろう」

松岡も講武所に出入りしているから、山岡鉄太郎ならば知っている。

「なんの、あれしきの男」

すぐ、斬り殺すつもりになった。

——まずは、敵状視察だ。

夕刻、松岡萬は、いさみたって鷹匠町の鉄太郎の家をたずねた。

——なんだ、この家は。

松岡はあきれた。

静山亡きあと、山岡家は化け物屋敷にもひとしいほどに荒廃しているが、それでも、道場だけは壁板や床板をはいで竈《かまど》の焚きつけにすることもなく、そのまま残っている。

その不均衡が、主人の偏屈さを語っているようであった。

敷地内の道場に人の気配があった。

門が開いていたので、入って入り口からのぞくことにした。道場の真ん中に、木刀を手にした大きな男がただひとり立っている。まわりには、稽古の相手も弟子もいない。

鉄太郎ひとりだ。横を向いている。

右手の木刀をだらりと提《さ》げ、じっと立ったまま、目前の虚空をにらんでいる。

見ていると、とてつもなく長い時間をかけて、木刀の切先《きつさき》が、すこしずつ上がってくる。最初はからだのわきにあったのが、カタツムリが這《は》うよりもなおゆっくりと動き、やはりゆっくりと左手が柄《つか》をにぎり、ついには正眼《せいがん》にかまえたかと思うと、つぎの瞬間、とてつもない大音声を発して、目の前の虚空を突いた。

ちょうど、仮想敵のみぞおちの高さを的確に突いている。

すぐに後ろをふり返って、こんどは、背後の仮想敵の腹を突いた。

さらにすばやく正面に向きなおり、大きくふり下ろした。

どの動作にも寸毫《すんごう》のゆるみもなく、気合いが満ちあふれている。

松岡は、見ていて鳥肌が立った。

——すごい男だ。

講武所では、防具をつけての掛かり稽古を見ていただけなので、さして迫力も感じなかったが、いまは、まるで違って見えた。

「なんの御用ですか」

立ちつくしている松岡に、鉄太郎が声をかけた。

「稽古をつけていただきたい」

さすがに殺しに来たとは言わなかった。木刀でも、本気で頭を叩き割れば、殺すことができる。

——一撃で殺してやる。

松岡は、そう腹に決めた。断られるかと思ったが、道場の真ん中に立っていた鉄太郎は、意外にもあっさりうなずいた。

「どうぞ」

手で道場にあがるように示している。

「ごめん」

松岡は板敷きの道場に上がり、一礼した。

「素面《すめん》木刀でご教授願いたい」

「どうぞ」

あれこれたずねられるかと思ったが、鉄太郎はよけいなことを聞かず、道場の壁を手で示した。何本もの木刀が掛けてある。腰にさしていた二本をはずし、松岡は、壁から長めの一振りを選んだ。

道場の真ん中に歩み出た。どちらも面、胴、籠手《こて》の防具はつけていない。

「お願いいたす」

すぐに向き合った。たがいに正眼にかまえ、しばらくにらみ合っていた。鉄太郎がなにかを見切ったように、そのまま踏み込んできた。

松岡は、つい、後ろにさがった。さらに踏み込んでくるので、またさがった。どんどんさがって、ついに入り口右手の隅にまで追い詰められた。切先が、すでに、松岡の喉もとに迫ってきている。

「……まいった」

つぶやかざるを得ない。あきらかな負けである。それでも、すぐに言葉を続けた。

「いま一手、お願いしたい」

また、ふたりが向き合った。

松岡は、踏み込んで鉄太郎の額を思い切り断ち割ってやろうと狙っているのだが、どうしても、剣先がうごかせない。

鉄太郎に踏み込まれるままに、後ろにさがり、また同じ隅に追い詰められた。

「いまいちど……」

なんとか打ちすえてやろうと、こんどは向き合うなり振りかぶったら、いきなり踏み込んできた鉄太郎の木刀が、みぞおちのほんの一寸ばかりのところでぴたりと止まっていた。

「……まいった」

それから、さらに五度、六度、くり返し立ち合ったが、なんどやっても同じだった。

「くそっ。木刀では本気になれない。ぜひとも真剣で願いたい」

松岡の言葉に、いつの間にか集まっていた門弟や仲間たちがざわめいた。

真剣をにぎって向き合った。

――真剣ならば。

松岡は、内心、大いに自信があった。辻斬りをした経験からすれば、人間など、白刃の前では、ごみみたいな存在だ。強面《こわもて》で強そうな侍でも、真剣勝負となると、腰を抜かして小便をもらす。口がきけず、命乞いさえできずに、ただ凝固して震えている男が多かった。

そんな男たちを、松岡は遠慮会釈なく、何人も斬り捨てた。

罪悪感は感じなかった。むしろ、恍惚感のほうが強かった。

――おれは強い。

その恍惚感から、つい、夜の町を歩いては、獲物を見つけ、勝負をいどんで斬り捨てた。

ところが、いま、ごみは自分だった。

鉄太郎は、ぐいぐい踏み込んでくる。間合いをとって後ろにさがると、どういうわけか、いつも入り口右手の隅に追い詰められてしまう。気がつけば、すぐ喉もとに真剣の切先がある。

「まいった。……いま一番」

くり返しても同じだった。鉄太郎は真剣を向けられてもひるまない。死なんぞ、まるで怖れていないようだ。

意を決して、こちらが振りかぶれば、一瞬早く鉄太郎の刀が、松岡の頭上でぴたりと寸止めされている。

「まいった」
四、五回ばかりも追い込まれると、松岡も伎倆《ぎりょう》のちがいを認めないわけにはいかなかった。つぶやいて、刀を鞘《さや》に納めた。悔しくてたまらないが、あきらかに負けてしまった。
「酒でも呑んでいけ」

鉄太郎に誘われて、門弟や仲間たちとともに家の座敷に移った。

講武所で顔見知りの幕臣中條金之助もいたが、あとは、薩摩やらどこやらから脱藩してきた連中らしい。車座になって酒を呑みはじめたが、松岡は、まったく面白くない。飯茶碗で酒をかさねても、不甲斐《ふがい》なさがつのるばかりだ。

——おれは、山岡鉄太郎を殺してくる。

仲間たちに、そう吹聴してきた。このままでは、どうにも無様で帰れない。

「じつは、おれは、剣術より柔術のほうが得意なんだ。ちかごろよい手を工夫した。よろしければ一手指南させていただこう」

「そんなによい手があるなら、ご伝授願おう。どうするんだ」

「こうするのだ」

茶碗を置くと、松岡は、鉄太郎の背中にまわって首に腕をかけた。本気で喉を締め上げげた。そのまま首の骨を折って殺してしまうつもりである。

まわりで呑んでいた男たちが立ち上がって、刀を抜いた。

「きさま、山岡を殺しに来たのか」

中條金之助が叫んだ。何本もの刀が松岡に突き付けられた。松岡の腕がついゆるんだ。鉄太郎が腕をはらいのけた。

松岡は反撃を警戒したが、鉄太郎は置いてあった飯茶碗をもって、松岡の前に突き出している。

「もうそれくらいでよかろう。呑め」

松岡が茶碗を受け取ると、鉄太郎が大徳利から酒をなみなみとついだ。ふつうの男なら、腹を立てるのが当たり前なのに、鉄太郎は平然としている。ただ、酒盛りをしている当たり前の顔つきだ。

——負けた。完全に負けた。

歳は山岡鉄太郎のほうが二つ上なだけだが、どうやら、武術の腕もさることながら、人間としての大きさが格段にちがっているらしい。

「おれは、あんたを殺しに来たんだ」

両手をついて頭をさげた。

「まあいい。呑め」

なにを気にする風もなく、鉄太郎は、松岡に酒をすすめた。松岡は、鉄太郎の度量の大きさに、すっかり惚れ込んだ。

「弟子にしてくれ」

感極まって、頼みこんだ。

鉄太郎の弟子になっても、松岡は、まだ辻斬りをした。

二人で出かけたある日のたそがれ時のこと、鉄太郎が立ち小便をしているあいだに、松岡が道ゆく武士を辻斬りしようとしたことがあった。

「馬鹿野郎。なにしやがる」

走ってきた鉄太郎に襟首をつかまれ、松岡は引きずり倒された。

相手の武士は、懐手のまま悠然と立っているように見えたが、松岡が倒されると、やはり尻餅をついて倒れた。怖じ気づき、まったく身動きできなくなっていたのだ。

そんな一方、清河塾には虎尾の会の面々が集まり、本気で暗殺を実行しようとしていた。

まさに虎視眈々《こしたんたん》と、外国人の標的をさがしていたのである。

鉄太郎は、日本国の正義と品格を貫く攘夷には賛成だが、暗殺は反対だ。合戦でもないのに人を殺すのは、なんとしても気が進まない。しかも、闇討ちするというのだから、卑怯《ひきよう》この上ない。

いきおい、清河塾から足が遠のいた。夜は、鷹匠町の家に、石坂周造や中條金之助、松岡萬といった面々が集まり、酒を呑み、豪傑踊りをくり返すこととなった。

薩摩の伊牟田尚平と益満休之助は、清河のもとに通い、攘夷の実行を熱心に謀議した。

「できるだけ大物を斬るべし」

清河は、その点にこだわった。

「だとすると、横浜の居留地では不可能だ」

一同は、すでに横浜を下見していた。

このところ、殺傷事件が相次いだので、衛兵の数が多く警備が厳重であった。おいそれと、手出しできそうになかった。

「狙うなら、アメリカ公使館員だな」

清河の提案に、伊牟田と益満がうごいた。麻布に出むき、善福寺におかれたアメリカ公使館を見張り、人の出入りを探った。

公使館から遠くない芝《しば》の増上寺《ぞうじょうじ》の裏手に、赤羽《あかばね》応接所とプロシア公使館があった。応接所は接遇所とも呼ばれ、外国使節との交渉の場であった。使節のための宿舎設備もある。

何日か探索してみると、アメリカ公使館員たちは、馬に乗って赤羽応接所に出かけ、夜になってから帰ることがある。そこで食事したり、酒を呑んだりしているようだ。

帰りに通るのは、麻布の川沿いの道で、夜はほとんど人通りがない。

「攘夷実行すべし」

清河ら七人は、館員を襲撃すべく、夜の麻布で待ち伏せした。

すでに、万延《まんえん》元年（一八六〇）十二月のことで、夜の風は、身を凍らせるほどに冷たい。

夕闇がせまるころになると、麻布界隈は人の気配がまるでなくなる。大名屋敷のいかめしい御長屋の壁と武者窓が、どこまでも続いていて、ひっそり静かだ。

古川とよぶ細い川が、流れている。人が跳び越えられるほど狭い川だが、川原があって、狐狸《こり》でも棲《す》んでいそうな藪《やぶ》や木立がある。

西の空が夕焼けであかね色に染まるころ、清河八郎は虎尾の会の同志とともに、麻布中《なか》ノ橋《はし》のたもとに行った。

川原に、笠《かさ》をかぶった侍が二人いた。昼間から見張りをしていた薩摩の伊牟田尚平と益満休之助である。手に、釣《つ》り竿《ざお》と魚籠《びく》を持っている。ずっとそこにいても、怪しまれないための小道具であった。

「鯰《なまず》が釣れましたよ」

見れば、たしかに大きな鯰が魚籠に入っていた。

「今夜のことがなければ、鍋にして食うんだが」

益満が笑いながら魚籠を逆さにすると、鯰が躍りながら水面に落ちた。暗い川に泳いでいくのを見とどけてから、伊牟田が声をひそめた。

「今朝も、いつものように出かけて行きました。帰りは、五つ（午後八時頃）過ぎでしょう」

アメリカ公使館のそばで、何日か張り込んでみたところ、いつも一人だけで行動している館員のいることがわかった。

朝、出て行くときは、公使やほかの館員たちといっしょに騎乗しているのだが、増上寺裏の応接所に入ってしばらくすると、一人だけ出てきて、馬でどこかに行く。どうやら気晴らしに遠乗りをしているらしい。

夕方には応接所に帰って来る。そこで夕食を摂《と》るのであろう。夜が更けて、公使館に帰るとき、ほかの館員たちは数人でまとまって馬に乗る。警固の侍たちも多く、少人数ではとても襲えない。

ところが、その男は、いつも一人だけ、先に帰るのである。日本滞在が長く、どうやら日本人を見くびっているらしい。

「役職はわかったか」

「通詞《つうじ》です。ヒュースケンといって、本国はオランダですが、アメリカに雇われている。プロシアの通訳もやっているらしい」

益満が得意げに話した。

「よくそこまで調べがついたな」

清河は、驚いた。一見したところ、益満は豪放ではあっても、緻密な男には見えなかった。その益満が周到な事前調査をおこなっている。

「なに、公使館や応接所のまわりには、異人見物のひま人が大勢いますから、すぐ耳に入ってきました。ちょうど手ごろな獲物でしょう」

「通詞なら不足はない。今夜、ぶった斬ってくれよう」

清河がつぶやくと、六人の男たちがうなずいた。

「あの板橋《いたばし》のむこうに、町役人の自身番があります」

伊牟田があごをしゃくって見せた。うす闇のむこうに橋が見える。

古川には、芝増上寺から麻布方面にむかって順に、赤羽橋、中ノ橋、板橋、一ノ橋、二ノ橋がかかっていた。いずれも小さな橋だが、ヒュースケンというその通詞が、気まぐれにわたって道筋を変えてしまうとやっかいだった。

「どこで待ち伏せるか、だな」

「むこうの町家のあたりなら、ひそむ路地があります」

益満が視線を投げたところには、町家がならんでいた。応接所からの道は、そこを通って麻布の善福寺に向かっている。

「あそこを通らず、川沿いの道にまわったらどうする？」

「いや、毎晩かならずあそこを通っています。人家の多いほうが、役人も安心なのでしょう」

騎乗したヒュースケンには、いつも警固の役人が三騎と、提灯《ちょうちん》持ちの徒士《かち》が四人、馬丁《ばてい》が二人ついているという。

清河は空を見上げた。澄みきった西の空に、五日の月がかかっている。間もなく月が沈めば、闇夜になる。

「しかし、どこで待つ。いまから一刻も二刻も、ここで待っているわけにもいくまい」

同志の一人がつぶやいた。七人もの男がたたずんでいれば、目立ってしまう。寒さもひとしおだ。

「案ずるな。よい場所を見つけておいた。煮売り屋だが、酒も呑める」

益満がいたって周到なところを見せた。

町家のなかに一軒、提灯を提げた店があった。

「ならば、二人ずつ交代で見張ることにしよう」

清河の提案に、だれも異存はなかった。

見張りは、ヒュースケンがやって来るのを見つけたら煮売り屋に走る。店の者に怪しまれぬように店を出たのち、すばやく路地にひそみ、通りがかったところを襲撃する――。そう段取りをつけて、煮売り屋に入った。

障子戸を開けると、土間に椅子代わりの樽がならべてあった。五人が土間で酒を呑みはじめた。

体を暖めるのはよいが、酔っぱらうわけにはいかない。大鉢に盛った煮物を肴に、ちびりちびり舐めるように呑んだ。

「来なかったらどうする？」

伊牟田がつぶやいた。応接所からもどらず、そのまま泊まるということもありえる。ほかの館員は、遅くなって帰るのが面倒になると、応接所に泊まってしまうようだ。

「また、明日来ればいい」

そうするしかないのは、伊牟田にもわかり切っている。待つことの辛さに、ついつぶやいただけである。

男たちは、静かに酒を舐めた。

煮売り屋の親父《おやじ》は、べつだん怪しむふうもなく、奥に引っ込んでいる。ほかに客はいなかったが、あとから、職人らしい男が、二人やってきた。

五人の武士を見てぎょっとしていたが、出ていくわけにもいかず、土間のすみで樽にすわって酒を呑みはじめた。押し黙ったまま酒を舐めている清河たちが気詰まりだったのだろう。二人の男はすこし呑んだだけで出ていった。

黙々と酒を舐め続けているのは、不自然な気がしたが、かといって、適当な話柄《わへい》もなかった。やはり、緊張していた。襲撃の話をするわけにもいかず、ときおり、当たり障りのない話をしたが、長くは続かない。

半刻ばかりして、二人の見張りが一人ずつ帰ってきた。入れ違いに、新しい見張りが、一人ずつ出て行った。しばらくして、また表の障子が開いた。

見張りの男が目配せしている。

「親父。勘定を置くぞ」

清河は、銭を置いて外にでた。夜が更けて、外は冷え込んでいる。

手はず通り、左右二手に分かれて、通りの両側の路地に身を潜めた。物陰からのぞくと、提灯が四つ、こちらにやってくる。

馬が四騎。

闇に目をこらすと、どうやら二番目の馬に乗っているのが異人らしい。

——夷狄、討つべし。

念じてから、清河は、手のひらに唾を吹いて湿した。

清河が通りに飛び出すと同時に、ほかの六人も飛び出した。闇に見える四つの提灯が立ち止まった。なにごとかと戸惑っている。

清河と伊牟田、益満は、まっすぐ異人の馬に向かって駆けた。ほかの四人は、徒士が持った提灯を切り落とし、役人の馬を軽く斬りつけて追い払った。

地面に落ちた提灯が燃え上がり、馬上の異人の顔を照らし出した。口ひげを生やした色の白い男が、こちらを睨《にら》みつけている。右手を外套《がいとう》のなかに入れたのは、短筒を撃つ気だろう。

「覚悟ッ！」

大音声を発した清河は、抜き付けると同時に、馬上の異人の腰から脇腹を逆袈裟《ぎやくげさ》に斬り上げた。

肉を斬り裂く大きな音がして、刀の物打ちから切先までが腹に斬り込んだ。そのまま斬り上げ、返す刀で、同じところを逆に斬り下げた。

ヒュースケンは、顔をゆがめながらも、馬の腹を蹴った。

「追え」

馬は、二町（約二二〇メートル）近く走った。

闇のむこうで鈍い音がした。落馬したらしい。

駆け寄ると、馬の走り去った路上に、ヒュースケンが落ちて転がっていた。腹からあふれ出てくるおびただしい血が、土のうえに血溜《ちだ》まりとなっていくのが、闇のなかでもわかった。

とどめを刺す必要はなかった。

一同と顔を見合わせると、清河は刀を鞘に納めて走り出した。しばらく走って、あとは歩いた。辻灯籠の光で確認したが、返り血は浴びていなかった。

暗殺は、成功だった。

清河八郎は、おのれの為した偉業に、酔いしれながら夜の道を歩いた。


こののち、いったん逃げ去った役人たちが現場にもどり、ヒュースケンを戸板に載せて、善福寺にはこびこんだ。

ヒュースケンは、血まみれだったが、まだ息をしていた。意識もしっかりしている。

ただちに医師が呼ばれた。

プロシアとイギリスの公使館から医師が駆けつけてきた。日本人医師も集まった。

しかし、右の腰から腹にかけてざっくり切り口が開き、小腸も切断されていた。

医師は、ヒュースケンの傷口を縫合した。出血がおびただしく、すでに体温が低下している。

「わたしは死ぬのだろうか」

気の毒な通詞は、そんなことをたずね、ワインを呑みたがった。

何口かのワインを呑んだヒュースケンが、神父に看取られながら息を引き取ったのは、夜中の十二時を過ぎたころだった。

ヒュースケン暗殺の波紋は、大きく広がった。

アメリカ公使タウンゼント・ハリスは、犯人を発見した者に、二百五十両の賞金を出すと明言した。

むろん、外交関係にも、大きな影響が出た。

各国外交団は、幕府に強く抗議した。

このころ、江戸にはアメリカとプロシアのほかに、イギリス、フランス、オランダの公使館があったが、英、仏、蘭三国の公使は江戸の危険さを感じて、横浜の居留地に移ることを決めた。

アメリカ公使館は、強硬な姿勢を見せつけるために、そのまま江戸に残った。ハリスは、一万ドルの慰謝料をヒュースケンの母親に支払うよう幕府に要求し、そのとおりに実行させた。

プロシア公使が江戸に残ったのは、条約の交渉中で、江戸を離れるわけにいかなかったからである。

清河八郎の攘夷決行は、大成功だった。

しかし、ことは、手放しで祝えるような性質のものではなかった。

重大な事件だけに、探索の目が、厳しくなった。

お玉ヶ池にある清河塾は、当然のごとく、監視された。

門前に、いつも町人が立っている。どうやら、奉行所の同心に雇われた目明かしらしい。

「これからが本格的な攘夷だ」

奥の土蔵のなかで、清河が言った。

ちかごろは、幕吏の目が光っているので、会合をもつのも気をつかう。

「なすべきことは、ただひとつ」

低いながら、ずっしりと響く声で清河がつぶやいた。

「なにをするつもりだ？」

ひさしぶりに顔を出した鉄太郎は、清河の顔がすさんでいるのに驚いた。なにかに憑《つ》かれたように、目がつり上がっている。

日ごろから坐禅をおこたらず、平常心をこころがけている鉄太郎には、清河の顔が妄執にとらわれているように見えてならない。

「横浜居留地の焼き討ちだ。あそこを火攻めにすれば、攘夷はなる」

清河が、同志一同の前で断じた。

夷狄は、弱い者を侮り、強いものを畏《おそ》れる。こちらが弱いところを見せれば、夷狄はつけあがるが、武威を見せれば、去って行く——。それが清河の持論である。

その実践において、横浜居留地の焼き討ちほど効果的な策はあるまい。

「焼き討ちするべし」

益満休之助と伊牟田尚平が、手放しで賛成した。明日にでも決行しかねない勢いだ。

「しかし、火攻めになどしてみよ、難儀する者が大勢出てくる」

反対したのは、鉄太郎だ。

「居留地には、異人ばかりが暮らすのではないぞ。日本人の店もあれば、異人につかわれている者もおる。巻き添えにしてよいはずがなかろう」

鉄太郎には、関係のない人間を巻き込むのが、どうしても許せない。

「ふん。夷狄のところで働くのがいかんのだ。あいつら、日本人を見下しておる」

益満が吐きすてるように言った。

西洋人の態度が横柄だというのは、そのころ、多くの日本人がもっていた感覚であった。それを毛嫌いし、商売にせよ、雇われるにせよ、関係をもつ人間を忌み嫌ったのである。

実際のところ、ヒュースケン暗殺のあと、西洋人と付き合いのあった日本人が危害をおよぼされる事件が頻発している。

プロシア公使館で商いをしていた漆器商は、命の危険を感じて大坂に逃げたほどである。

西洋人のもとで働いていた女性たちが、はなはだしく忌み嫌われ、唾棄されていたのはよく知られている。

もっとも嫌われたのは、まだ伊豆《いず》の下田にアメリカ領事館があったころ、ハリスの身の回りの世話をしていたお吉《きち》という女性であろう。わずかひと月ばかりいただけなのに、〝唐人お吉〟と呼ばれ、周囲の人々にたいそう嫌われて生活にめぐまれず、ついには入水《じゆすい》自殺をとげたのであった。

ヒュースケンには、四人の日本人女性の愛人がいた。なかの一人おつるは、彼の子を生んだらしいが、その後、どのような生涯を送ったのかは、知られていない。

――おかしい。

ヒュースケンを暗殺してからというもの、清河八郎は、自分のまわりに、怪しい影がつきまとっているのを感じていた。

――気のせいか。

とも思い直すが、どうやらそうではない。

外を歩いていると、つかず離れず、つねに目明かしの監視の目が光っているようだ。その気配をひしひしと感じる。

――まだ、捕まるわけにはいかぬ。

目明かしなど、ぶった切ってやろうかと思ったが、それではかえって幕吏の思うつぼだ。それを理由に捕縛されるにちがいない。

ヒュースケン殺害で大きな波紋が広がったが、たかだか異人を一人殺しただけのことである。そんなことで攘夷が達成できるわけではない。

警戒しつつも、清河塾の土蔵に、虎尾の会の仲間たちが集まってくる。集まれば、清河が演説をはじめる。

清河の言葉に、口をはさむ者はいない。いたって生真面目《きまじめ》。陰陽でいえば、陰の気が横溢《おういつ》して近寄りがたいところがある。

そういう意味では、開けっぴろげな鉄太郎とは、対極的な性格であった。

ただ、志の高さは、二人とも、圧倒的に凡人からぬきんでている。

――人は、なによりもまず、高い志をもたねばならない。

志を大きく強くいだいた人間ほど、強く美しく生きることができる――。その思いばかりは、清河と鉄太郎とに共通していた。

「幕府が開港を許してからというもの、諸般の物価は、急騰して、民草《たみくさ》は困窮しておる」

清河が、虎尾の会の面々を前に話しはじめた。

開港場での貿易は、諸外国の勝手放題に進んでいる。西洋の商人は、ことに絹を買いたがった。その量は、日本での生産が間に合わないほどで、価格の急騰をまねいた。

金と銀の交換比率も大きな問題だった。

日本では、金と銀の交換比率は、一対五だった。金一匁《もんめ》（三・七五グラム）に対して、銀五匁で交換していた。

国際的には、一対十五が相場だった。金一匁に対して、銀十五匁の交換比率である。

これに気づいた外国商人たちは、自国から持ってきた銀貨を、日本の金の小判に換える。それを、上海《シャンハイ》に持って行くだけで、三倍の銀で売れ、たちまち大金持ちになれるのである。

「夷狄どもは、労せずして、日本の金を持ち去り、浮利を得ている。しかるに、幕府はまるで無策だ」

清河の演説はつづいている。

話は、外国への批判から、幕府への批判に移っている。

日本の金と銀の交換比率が国際相場と大きくへだたっていることに気づいた幕府は、対策を立てた。

小判の改鋳《かいちゆう》をおこなったのである。

それまでの天保《てんぽう》小判でさえ、三匁（約一一グラム）しかなかったが、開港後に改鋳された万延小判は、わずか八分八厘《りん》（約三グラム）の軽さである。

大きさは、せいぜい親指の先くらいで、厚さは、紙にも等しい。しかも、金の含有量が少ないため、赤っぽくまるで値打ちがない。

「小判の値打ちを三分の一にしたことで、幕府は、日本の金相場を国際相場に合わせたつもりであろうが、このような小手先のつじつま合わせは、策などとは呼べぬ。ただただおろかさを露呈したに過ぎない」

話すにつれて、清河は激昂《げっこう》してくる。色白の顔が朱に染まる。

「幕府の無策で、日本は混乱している。いまの日本の混乱は、ひとえに幕閣の無能のせいだ。ああいう阿呆《あほう》どもがおるかぎりは、日本はどうにもならぬ」

清河は、幕閣たちの無能をひとしきり非難した。

「諸君、もはや、幕府に期待してはならぬ」

声がさらに激烈さをおびた。

「いまや回天のときだ。攘夷を実行して、回天の魁《さきがけ》となるべし」

回天――こそ、清河の大いなる志であった。

「幕府の天をくつがえし、皇尊《すめらみこと》の天を復活させること。いまや、そのときがきた」

清河は、おのれの人生のすべてを、その一点にむかって、凝縮させつつあった。

「いま尊皇攘夷を実行せねば、日本はまちがいなく滅びる。外国のほしいままに食い散らかされ、二度と取り返しのつかない状態になる」

清河の演説は説得力があった。そもそもが、尊皇攘夷のために集まった虎尾の会である。

そこに、尊皇の重みがさらに大きくくわわった。日本を一新したいという男たちの思いが、大きなうねりになりつつあった。

——横浜焼き討ち。

虎尾の会のなすべきことは、それに決まった。

「いまの人数では、いささか少なかろう」勝負はいちどきりだ。やるなら、徹底して焼き払わねばなるまい。

土蔵での集まりで、そんな意見を述べる者がいた。尊皇攘夷党の発起人には、十人余りの男たちが名を連ねている。しかし、鉄太郎など、焼き討ちに消極的な者もいる。まだまだ人が足りない。

「もっと、多くの力を結集せねばならん。たしかにそれが先決だ」

清河も、認めざるを得ない。

——まずは、同志を糾合することだ。

そこから始めなければならぬ。いや、それこそが、回天の魁としての第一の使命である。

年が明けて、万延二年（一八六一）は、すぐ文久《ぶんきゅう》と改元された。

清河は、同志を求めた。江戸のあちこちで志を同じくするものと会い、水戸にも行った。

しかし、つねに探索の影がつきまとっている。

五月二十日のことだ。

昼間、清河は、書画会の名目で秘密裏におこなわれた攘夷派の会合に出た。鉄太郎や伊牟田尚平ら、いつもの面々もいっしょだった。会には、水戸やあちこちの連中が集まっていた。みなはなはだしく意気軒昂《けんこう》だった。清河は、まもなく全国を遊説して同志を募ることに決めていたから、気分よく酒を呑んだ。

夕刻に会が終わり、虎尾の会の面々と一杯機嫌で神田にむかって歩いていた。路上で、むこうから歩いてきた町人が、清河にぶつかって因縁をつけた。ぶつかり方がわざとらしかったくせに、清河が悪いと難癖をつけてくる。

清河は、刀を抜いた。

「無礼者ッ！」

一刀のもとに、男を斬り捨てた。落ちた首が、瀬戸物屋の店に転がり込んだ。

人が斬り殺されたので、通りに悲鳴があがった。あたりに殺伐とした空気がながれた。大勢の通行人たちが、遠巻きにしてこちらを眺めている。

無礼打ち——とはいうが、実際に武士が刀を抜くことは、きわめて稀《まれ》であった。

鉄太郎は、転がっている首を拾って、死体のそばに置き直した。その場にしゃがみ、死体にむかって手を合わせた。

「この男はあやしい。役人の手先かもしれぬ」

伊牟田がつぶやいた。

鉄太郎も、そうかもしれないと思った。遠巻きにしている町人たちのなかに、密偵らしいのが何人もいる。

「旅の出立を早める。今年のうちに、横浜焼き討ちを決行する。諸君も、それまでに同志を集めてくれ」

清河が宣言して、その場で解散した。

その夜、清河は家に帰らず、尾行の密偵をまいて、なじみの料理屋に宿をたのんだ。弟の熊三郎をお玉ヶ池の塾にやって、旅仕度を持って来させた。

翌日からそのまま、旅に出た。

清河が江戸からいなくなると、虎尾の会は、とたんに求心力を失った。

路上でわざとぶつかってきた町人が、じつは目明かしだったとはっきりわかったのは、そのあとのことだ。幕吏は探索の手をゆるめず、いつか清河八郎を捕縛しようと狙っていたのだ。

清河が江戸を去った翌日、捕り方が清河塾に踏み込んだ。妻のお蓮と、清河八郎の弟熊三郎、安芸《あき》出身の池田徳太郎《いけだとくたろう》らが、役人に捕縛された。男たちは、お蓮を守るために塾にいたのだった。

旅に出た清河も、じつは、自決を考えるまでに、役人に追い詰められていた。同志糾合の旅は、逃避行になった。

鉄太郎も、取り調べを受けた。清河八郎と付き合いがあることは、すでに探索されていた。講武所の取締役に呼びだされ、厳しく詰問された。

「清河と交際があったであろう。なにを謀議したのか」

「国を守る策について議論いたしました。兵事を語るのは、武士の心得と存ずる」

「外国人殺害を画策したであろう」

「この国が横暴な外国人たちに蔑まれているのを憂う者たちが集まって、どうすればよいのか、語り合っていたばかり。それが処分の対象となるのなら罪に処されるがよい」

そう突っぱねた。

もしも捕縛されることになったら、役人相手に斬り死にしてやろう——とまで、鉄太郎は覚悟を決めていた。執拗《しつよう》に取り調べを受けたが、結局、罪は問われなかった。

それからの鉄太郎は、いつものように講武所に行き稽古をしている。

夜は仲間と酒を呑み、素っ裸になって、豪傑踊りをする。

そのあいだにも、世の中は、攘夷にむかって、ますます大きなうねりをもちはじめていた。

上洛

「まったく、人間というのは、ふしぎな生き物だ……」

日に日に大きく膨らんでくる妻の腹を眺めて、鉄太郎は首をかしげた。今朝はまた、ひとしお大きくなっている気がする。

ボロ布のような布団で寝ている妻の英子《ふさこ》を横目で見ながら、鉄太郎は考えた——。

どんなに国が乱れていても、人と人が殺し合っていても、男女が色情にほだされて抱き合えば、女の腹に命が宿る。

宿った命は、月がめぐって赤子となる。

その赤子が大きくなって、大人となる。

——それが生々流転か……。

世にあるいっさいの物は、生まれて、変化して、そして、消えてなくなる。永遠のものなどなにひとつありはしない。

人の変化の最終形は、死であろう。

——死ぬために生まれてくるのか……。

鉄太郎は、首をかしげた。

——そうではあるまい。

生きることの意味は、つねづね考えている。

——なぜ生まれ、なぜ生きるのか？

この世に生を受けて、いつの間にか二十七年。ちかごろ、ようやくそれがすこしわかってきた気がする。

いや、宇宙界のなかで、塵《ちり》にも等しい命を得た理由はわからない。それは、人間が知りようのない神秘であろう。

しかし、どのように生きればよいのかは、いささかわかってきた。

――自分のためになり、人のためになることをせよ。

というのが、父の遺言であった。

無私のこころはすばらしい。

かといって、自分を捨てきって他人のために生きるのはむずかしい。

自分のためになって、なお、他人のためになることこそ、なすべきであろう。

――それも、とことん本気で。

いつ、どこにいて、なにをするときでも、とことん本気でやりとげる。そのこころがあれば、道を踏みはずす心配はない。

「よしっ」

気合いをかけて、庭で素振りをした。

井戸端で体を拭うと、朝飯の仕度がととのっていた。お腹の大きな妻の給仕で食べはじめた。

膳にのっているのは、飯とみそ汁と刻んだ大根葉の煮つけだけである。鉄太郎は、大根葉の皿には手をつけず、具のないみそ汁で飯を食べた。

「召し上がらないんですか」

「おれはいいから、おまえが食べなさい」

一皿の大根葉でも、山岡家では、貴重な栄養源だった。

月がめぐって生まれたのは、女の子だった。

最初の子が、乳の出ないままに死んでしまっただけに、妻の英子にしてみれば、待ちに待った子であった。

「名前はなんといたしましょうか」

「ずいぶん待ったんだから、まつ……、松がよかろう」

簡単に決めた。

鉄太郎は、それどころではなかった。赤子をあやしている暇《いとま》などない。なにしろ、日本があわただしい。国の存続が危ういほどの危機に晒《さら》されている。

外国人の殺傷事件も引き続き起こっている。

アメリカ公使館通詞ヒュースケンが殺害されたのは、すでに一昨年のことだ。

去年、高輪東禅寺にあるイギリス公使館が浪士に襲撃されたかと思えば、また、同じ東禅寺で、イギリス人二人が殺害される事件が起きた。こんどの犯人は、警備にあたっていた松本藩士であった。外国人警備のために、藩が多大な負担を強いられているのを苦にして、外国人を殺せば、警固の任務からはずされると考えてのことだった。

島津《しまづ》久光《ひさみつ》の行列と、横浜に近い生麦《なまむぎ》の狭い街道で遭遇したイギリス人貿易商が殺されたのも、大きな騒ぎになっている。

国内情勢も、はなはだしく不安定だ。

一昨年、井伊大老が桜田門外で暗殺されて世上を騒がせたが、今年は、年明け早々に老中安藤信正《あんどうのぶまさ》が、またしても水戸浪士らに襲われて負傷した。

去年の十一月には、京の朝廷と、江戸の将軍家を合体させようとの狙いから、孝《こう》明《めい》天皇の妹、和宮《かずのみや》内親王が、江戸にやってきた。この二月、江戸城で婚儀があった。

いわゆる〝降嫁《こうか》〟である。

「公武合体のために、お嫁においでになるなんて……」

政《まつりごと》のことはわからないが、英子にも、女の痛ましい胸中は想像がつく。京からやってきた皇女が、江戸城でいったいどんなあつかいを受けているのか、英子は心配でならない。

公武合体派よりも、いまは、攘夷派のほうが、圧倒的な力を持っている。内親王の立場は、かなり微妙である。

「それより、手習いは進んでいるかね」

「はい」

英子は、鉄太郎と結婚したばかりのとき、読み書きができなかった。暇を見つけては、鉄太郎が寺子屋のように教えてきた。ちかごろ書いたものを見せると、鉄太郎がうなずいた。

「これならよかろう。あとは自分で稽古しなさい」

「はい」

返事をしてから、英子は、くすっと笑った。

「どうした」

「いえ、なんでもありません」

この夫は、妻のことをまるで顧みない。撃剣の稽古に行っているか、尊皇攘夷の集まりに出かけているか、ほとんど家にいたためしがない。家にいるときも、道場で稽古しているか、坐禅をくんでいるか、仲間と酒を呑んでいるかである。そんな夫が、あとは自分で……、と言ったのが可笑《おか》しかった。

鉄太郎も、あいかわらず熱心に書の稽古をつづけている。なにしろ、気合いと集中力にかけては、だれにもひけをとらない男である。剣、禅、書のいずれも、渾身《こんしん》の気合いで臨んでいる。

妻の手習いを見てから、鉄太郎も筆をとった。

若いころは、楷書《かいしょ》からはじめたが、ちかごろはもっぱら、草書《そうしょ》にとりくんでいる。王羲義之《おうぎし》の十七帖《じょう》は、いったい何千回臨書したかわからない。草書とはいえ、柔らかさよりも、むしろ力強さと品格のある書で、鉄太郎は畏敬すら感じている。

鉄太郎は生涯に百万枚ともいわれる大量の書をのこした。大らかな丸みをもちながらも、力強く堂々とした書風は、十七帖を徹底的に臨書するところから生まれたものだ。

貧乏はしていても、鉄太郎は、紙を買う金を惜しまず、つねに家に用意しておいた。その紙が真っ黒になって地色が見えなくなるまで、臨書をくり返していく。

そして、あいかわらず、仲間と浴びるほど酒を呑んでいる。

鉄太郎の酒の呑み方は、談論風発、杯を手に国を語る――という類ではなかった。豪傑踊りもそうだが、ただひたすら酒を好み、鯨飲《げいいん》する――。そんな酒である。

あるとき、酒呑みの会ができて、深川《ふかがわ》の料理屋で集まりがあった。猩々《しょうじょう》会という名は、酒呑みの顔が真っ赤になるところからつけられた。

行ってみると、大勢の侍が集まっていた。みんな酒が強そうだ。朱塗りの大杯が、順番にまわっている。一升はたっぷり入る。

「これを下に置かず、いちばんたくさん呑んだ男が会頭だ」

酒呑みの会だけあって、みんな、まず五、六杯はかるがると空ける。

鉄太郎は、九杯呑んだ。

さすがに九升呑むと、頭のなかがぐるぐるまわっている。

「九升呑めば会頭だろう」

まわりでそんな声が聞こえたが、あとのほうで、十一杯も呑んだ男がいた。

その男が会頭になった。

「ちくしょう、負けたか」

負けず嫌いの鉄太郎は、悔しくてしょうがない。

ところが、会が終わって帰りがけ、一斗と一升を呑んだその男は、料理屋の玄関を出るところで、腰がくだけてすわりこんでしまった。開会にさいして、料理屋のなかで倒れ込んだら失格だと決めてあった。

九升呑んだ鉄太郎が、会頭になった。しかし、どこをどう歩いて、深川から鷹匠町の家まで帰ったか、さっぱり記憶がなかった。

鉄太郎の酒は、ただただ豪快で、悲壮めかした憂国の情念は似合わない。

講武所での武勇伝がある。

だれかが、琉球《りゆうきゆう》の強い泡盛《あわもり》を持ってきた。みなで呑んでいるうちに、馬の話になった。講武所の一隅に馬屋があり、将軍家の御料馬がつないである。

「あれはかなりの駿馬《しゆんめ》にちがいない。しかし、惜しむらくは、気性が荒すぎる」

「さよう。馬は、人を見るというが、あの馬には、人間が馬鹿に見えるらしい」

一同がそんな話をするので、鉄太郎は反論したくなった。

「そんなことはあるまい。けだものが人間の自由にならないっていうのは、人間のほうに意気地がねぇんだ」

泡盛をすでに一升は呑んでいたが、それぐらいなら、まだ酔っぱらったうちには入らない。

「それなら貴公、あの暴れ馬が自由にできるか」

いつものとおりの掛け合いである。

——できるか？

と、問われれば、必ず、

——当たり前だ。やってやろう。

と、答えるのが鉄太郎である。

「おお、どんな暴れ馬でも自由にして見せよう」

「ならば、やってみろッ」

「まかせておけ」

一座の者がそろって馬屋に行き、さて、どうするつもりかと見守っていると、鉄太郎は、いきなり馬の尻尾《しっぽ》をつかんだ。

「馬鹿。蹴られるぞ」

馬の後ろ足は力が強い。へたに蹴られれば肋骨《ろっこつ》が折れ、命を失うこともある。しかし、鉄太郎は気にするふうもなく、尻尾をつかんだまま、馬屋から出てきた。馬はといえば、なんの抵抗もせず、悄然《しょうぜん》とずるずる引き出されている。暴れ馬も、鉄太郎の気魄《きはく》の強さには、降参したらしい。

鉄太郎と酒にまつわる話は、たくさんある。いずれも鉄太郎のすさまじい酒豪ぶりを語ったものだが、ひとつだけ、鉄太郎が負けて兜《かぶと》を脱いだ話が残っている。

相手は、池田徳太郎だ。安芸の医者のせがれで、江戸に遊学して、自分でも塾を開いていたが、清河八郎のところに出入りするようになり、清河が幕吏の手先を斬った一件のとき、捕縛されて小伝馬町《こでんまちょう》の牢《ろう》に入れられた。牢名主《ななぬし》らの古参連中から折檻《せっかん》を受けそうになったとき、一人で何人も投げ飛ばしたので、牢内の隅の隠居という役を与えられたという強者である。

四ヵ月ばかり牢に入っていた池田が放免され、しばらくしたころの話である。池田が山岡家をたずねてきた。出迎えてみると、大きな一斗樽を担いでいる。

「今日はすこし金がある。ゆっくり呑もう」

ありがたい話で、鉄太郎とて付き合うにやぶさかではない。

「しかし、なんにも肴がないぞ」

鉄太郎の家の台所には、大根の葉があるばかりで、ほかに惣菜などなにもない。

「そうだろうと思って、来がけにそばを注文してきた」

まもなく、盛りそばが五十枚届いた。妻の英子や義兄、弟たち、下男の三郎兵衛にも食べさせてやり、そばを肴に酒を呑みはじめた。

一斗の酒は、すぐになくなった。池田が金を出して、三郎兵衛に五升買い足しに行かせた。その酒は、一升残った。

二人で七升ずつ呑んだ勘定である。

池田が帰ったあと、鉄太郎は、さすがに頭が痛くなった。めずらしく吐き気もする。けっきょく朝まで苦しんだ。

——池田も苦しんでいるはずだ。

鉄太郎は、夜が明けると、池田の家に行った。むこうが鉄太郎を見舞いに来ると悔しいから、先を越したのである。

家のなかで、声がしている。

——ほらみたことか。

呑み過ぎて苦しんでいるにちがいない。こういうときこそ、悠然とふるまって豪傑ぶりを見せつけてやりたい。

案内《あない》を請うて家に入ると、池田が布団に腹ばいになり、細君に背中をなでさせている。

「どうした。苦しいのか」

「むむ。すこし苦しい」

「意気地がねぇ、しっかりしろ」

「貴公はどうだ?」

池田がつらそうな顔を、鉄太郎に向けた。顔に脂汗がにじんでいる。

「おれなんざ、まったく平気だ」

鉄太郎は、余裕のあるところを見せた。ほんとうは、まだ頭がガンガン痛いし、気持ちだって悪い——。しかし、そんなそぶりは、微塵《みじん》も見せなかった。

鉄太郎に代表されるように、日本の武士は、空意地を張り、弱みを見せないことに生き方の美学を持っていた。

それは、ときには裏付けのない虚栄だったりもするが、根本にあるのは、素朴な自負心であろう。少年同士の、突っ張り合いに似ていなくもない。

それでもその意地が、生きる力の源泉になる。

人という生き物は、じつは、とても単純にできているのかもしれない。見栄《みえ》を張る、面子《メンツ》にこだわる——といえば、いまは悪い意味でしかつかわないが、人間が生きていくための原動力になる場合もある。

——勝った。

たかが、酒の呑み比べであっても、負ければ悔しい。やせ我慢しても、余裕のあるところを見せつけてやりたい——。そんな負けず嫌いの気持ちが、案外、人間の背筋をまっすぐ伸ばすのかもしれない。

池田は、鉄太郎の顔を見上げて、なんどもうなずいた。

「平気なのか。そりゃ偉い」

褒められて、鉄太郎は気分がいい。そのために、辛いのに無理してわざわざ出むいてきたのである。

「おれは、昨夜すこし呑み過ぎたので、気持ちが悪い。さっき、五升買いにやらせて、迎え酒をやったところだ。まだいくらか残っているから一杯呑め」

池田が、枕元にあった茶碗をつかんでさしだした。受け取ってみれば、なかは酒である。

麴《こうじ》の匂いが鼻について、とてものこと呑めない。吐き気がしてきた。

——負けた。

口にこそ出さなかったが、鉄太郎は、こころのなかではっきりと負けを認めた。意地っ張りの鉄太郎が、酒のことで負けを認めたのは、あとにも先にも、この一度きりしかない。

鉄太郎が江戸でそんな日々を過ごしているあいだに、ひたすら全国各地を歩きまわって、遊説している男がいた。胸中には、世の中を大きく変えてやろうとの野心をたぎらせている。

その男は、いま、江戸に向かっている。

文久二年（一八六二）の冬になって、その男が鉄太郎の屋敷を訪ねてきた。夜である。

鉄太郎は、家にひとつしかない机で、王羲之の臨書をしていた。

紙と灯明《とうみょう》の油は銭がかかるが、借金でなんとかしのいでいる。ちかごろは人づきあいの幅が広がり、金を借りられる相手も多くなった。下男の三郎兵衛も、竹とんぼ削りの内職をして助けてくれている。

それでも、墨はどんなに小さくなっても使う。小さくなった墨を二枚の竹でしっかりはさめば、最後の最後まで磨ることができる。

たっぷり磨った墨を筆につけて、鉄太郎は王羲之の十七帖を書き写した。

鉄太郎の字は、ちかごろ、丸みに特徴が出てきた。草書にしばしばある丸みをおびた筆づかいが、ことのほか大らかに丸くなるのである。

――これが、おれかな。

丸く書こうとして、そうなっているのではない。たくさん書いているうちに、自然とゆったり丸くなってくるのだ。王羲之の書の、凛《りん》と張りのある丸みとはちがうが、それこそ自分なのだろう。書く、というより、筆に墨をつけてこね回している気がする。おのれの素《す》があらわれているようで気持ちがいい。

直線は勢いよく筆を走らせ、丸いところはゆっくり筆をまわす。緩急自在のこころは剣の技にも通じる。

ふすまのむこうで、下男の三郎兵衛が声をかけた。

「大谷《おおたに》様とおっしゃるお方がお見えです」

「おう。すぐに行く」

鉄太郎は筆を置いて立ち上がった。

――まったくめずらしい男が来たものだ。

大谷は、清河八郎の変名である。

清河が旅に出てから、一年以上がたつ。

そのあいだ、大谷雄蔵という変名で、ときおり手紙が届いていたが、ちかごろは連絡がなく、身の上を案じていたところだった。

玄関に迎えに出ると、旅姿に深編笠《ふかあみがさ》を手にした清河八郎が立っていた。身分は郷士ながら、大身の侍に見える立派な身なりである。

「よくぞ帰って来られた」

鉄太郎は、門外に出て通りをながめた。尾行はなさそうだ。

座敷にとおった清河は、あいかわらず自信たっぷりな顔をしていた。旅で窶《やつ》れた逃亡者の顔つきではない。むしろ、雄々しい変革者の面貌である。

「まずは一献」

鉄太郎は、茶碗に大徳利の酒をついだ。

「ちょうだいしよう」

清河が、大きな湯呑み茶碗をあおった。喉仏が小気味よく鳴っている。この男も、酒が嫌いではない。いや、かなり呑む。

たっぷり二合は入る大きな茶碗から口をはなさず、最後まで呑み干した。

「久しぶりの江戸の酒は、格別だな」

茶碗を置いたので、鉄太郎はまた大徳利からついでやった。

「どちらを回っておられましたか」

「仙台から九州までだ」

なにごとでもなさそうに言ったが、それなら、ほぼ日本全国をまわったことになる。水戸、会津《あいづ》、越後《えちご》、庄内、仙台、それから西にむかって京、さらに海路九州にわたり、薩摩まで歩いたという。

そのあいだに、鉄太郎はじめ、尊皇攘夷党と虎尾の会の面々は、幕府の開国の方針に反対する者として取り調べを受けていた。

鉄太郎は、知らぬ存ぜぬで押し通した。鉄太郎や松岡萬などの幕臣は、それくらいのことですんだが、池田徳太郎のように牢獄に入れられた者が何人もいた。

波紋は、大きかった。投獄されて、命を落とした者が五人いた。

「お蓮さんのことは、ご存じですか？」

清河の妻お蓮は、清河塾で幕吏に捕らえられて、小伝馬町の牢獄に入れられていたが、この秋、亡くなった。

「聞いている」

うなずいた清河が、くちびるを嚙《か》んだ。

お蓮の話を、鉄太郎は、池田徳太郎から詳しく聞いていた。池田は、幕吏を説得して追い返すつもりでいたが、いっしょに捕らえられ、投獄されたのである。

踏み込んできた捕り方たちに、お蓮は、しばしの猶予をもとめたという。鏡にむかって髪を直し、身づくろいをととのえた。

「それでは、おともいたします」

両手をついて頭をさげ、しずかに引き立てられて行った。

お蓮は、小伝馬町の女牢に入れられた。奉行所では、清河の潜伏先や同志の名前を聞き出すため、お蓮を拷問にかけた。

それからひと月。お蓮がどうしても口を割らないので、奉行所は裁きを言いわたした。

——清河八郎が入牢《じゅろう》するまで、入牢を申しつける。その裁きを、清河は、旅の空で聞いたはずである。しかし、一時、江戸にもどったときも、奉行所に出頭はしていない。

維新回天の大業をなす——という大義名分があるから、だれも非難する者はいない。むろん、維新の大業は、優先されるべきである。

——おれなら……。

もしも、自分が清河の立場だったらどうするか、鉄太郎は考えた。

妻の英子が幕吏に捕らわれて、自分さえ出頭すれば、妻の身が助かる——。そんな境遇に追い込まれているなら、鉄太郎は奉行所に出頭して牢に入る。

維新回天も大事だが、いっしょに暮らす女一人、幸せにできずに、なにが国事か——と思う。

清河を非難するつもりはない。鉄太郎も、ただ思うだけで、妻にはいつも迷惑をかけっぱなしだ。家のことは、ほとんど顧みたことがない。

「はしかだったと聞きました」

鉄太郎は、清河の茶碗に酒をついだ。

お蓮が、小伝馬町の牢内で、病を得たことを知った池田徳太郎は、鉄太郎に、奉行所にはたらきかけるように頼んできた。狭い牢に大勢の囚人が押しこめられている小伝馬町の牢は、環境が劣悪で、獄中で病死する者が多い。そのころ、はしかが全国的に流行していた。体力がなければ、はしかで死ぬ者もいる。

――庄内藩江戸屋敷の牢に移してほしい。

奉行所に熱心にはたらきかけた甲斐があって、お蓮の身柄は、下谷《したや》にある庄内藩邸の牢に移された。お蓮が、移されたのが八月七日。ところが、その翌朝、番卒が牢を見回ると、すでに死亡していたという。まだ二十四の若さだった。

――毒を盛られたのではないか。

と、鉄太郎は疑っている。庄内藩では、お蓮を迷惑な預かり人と考えていたのかもしれない。

人ひとり、救えなかったことが、忸怩《じくじ》たる思いとなって、鉄太郎の胸のなかでわだかまっている。

酒が苦い。

清河が悪いわけではない。清河には、お蓮より、維新回天の大業が大切であった。

――それはそれで、この男の生き方だ。

と、鉄太郎は思っている。

しかし、一人の女のために、みごとに死ぬのもまた、男として、たいへん立派な生き方だと思っている。

ふつうの武士なら、国事と女を天秤《てんびん》にかけて、国事を選ぶであろう。

清河は、そうした。

鉄太郎には、そもそもそんな発想がない。なにが大事で、なにが大事ではないなどという判断を、鉄太郎はしない。

鉄太郎にとっては、目の前のことすべてが重大だ。妻を助けるとなったら、そのことを、とことん本気でやりぬくばかりだ。そのときは、国事さえ忘れているであろう。

「じつは、ひとつ、重大な計画がある」

茶碗の酒を空にして、清河がつぶやいた。目に強い光がある。

お蓮の死は、清河にとって、大きな打撃であろう。それを、この男は、悲しむことではなく、国事に激しく立ち向かうことで、乗り越えようとしている。それもまた、男の生き方だ。

「横浜を焼き討ちしますか」

鉄太郎は、清河の瞳をのぞき込んだ。いったいどんな気持ちで、一年余りのあいだ全国各地を歩き回っていたのかを、知りたかった。

「いや。それよりも、もっと効果的な攘夷の策を考えている」

清河の目には、なんの逡巡《しゅんじゅん》も悲壮も読みとれない。

「よい方法がありますか」

「ある」

清河が、きっぱり断言した。清河は、京に長くいて、在京の薩摩攘夷派たちと大いに語らったのだと話しはじめた。

薩摩の急進派たちは、幕府との協調をすすめる関白九条尚忠《くじょうひさただ》と京都所司代酒井《さかい》忠義《ただあき》の暗殺を計画して、伏見《ふしみ》の船宿寺田屋《てらだや》に七十人もが集まっていた。

そんななかで、今年の四月、島津久光が藩兵千人を連れて上京した。攘夷決行のための挙兵であると喜んだのは、つかのまだった。

久光は、攘夷急進派に、計画を思いとどまらせようとしてやって来たのだった。寺田屋に使者を派遣したが、急進派と斬り合いになり、十人近い者が命を落とした――。

事件そのものは、鉄太郎も知っていたが、そこから導き出した結論が、清河らしい。

「もはや、各地の攘夷派をうごかすだけでは、公武合体派に対抗できない」

「そのような情勢のようですな」

鉄太郎はうなずいた。

――では、どうするか。

鉄太郎もつねに考えているが、妙案はなかった。

撃剣ならば、変幻自在にどんな攻め方でも思い浮かぶのだが、こと徒党を組んでの動きとなると、真正面から正論でぶつかることしか考えられない。だれをどのように味方につけて、どこそこの派閥と連合して――。そんな奇策を弄するのは、いたって苦手とするところだ。

とにもかくにも、目をつぶって遮二無二ぶつかっていく――。それこそが、鉄太郎がいちばん得意とする戦法である。

「いまの日本で、動かしていちばん面白いところは、どこだと思うかね。わたしは、妙手を思いついた」

清河がたずねた。

「はて……」

薩摩、水戸、京の公家《くげ》たち……。いろんな名前はうかぶが、だれを動かしても妙手とはいえまい。

「幕府だよ。いまさらどこの藩を動かしたところで、時勢はどうにもならぬ。動かすべきは、徳川家《とくせん》さ」

清河は、こともなげにつぶやいた。徳川家のことをわざわざそんな風に呼ぶのが、ちかごろの志士たちの流儀である。

「それは……」

そうにちがいあるまい。

幕府は、ちかごろ大いに揺れている。諸外国と条約を結んで開国してみたものの、国内の風当たりがやたらと強い。

朝廷からも、しきりと攘夷を要請してくる。勅使が江戸城を訪れては、攘夷の督促をしていくのである。

そのせいで、幕閣たちの意見は錯綜《さくそう》し、江戸城内でおこなわれる議論は、いつもはなはだ紛糾していると聞く。それにくわえて、各地で騒ぎを起こしている攘夷派浪士たちにも、大いに手を焼いている。

「わたしは、江戸の攘夷派の領袖《りようしゆう》をもって任じている」

清河が、また酒をあおった。

江戸の攘夷派浪士の多くの者が、清河に信頼をおいているのはまちがいない。

「わたしが、野《や》でさわいでいる攘夷派をたばねると建言すれば、幕府はうごくと思わないかね」

鉄太郎は、酒を呑むのを忘れてうなずいた。

たしかに、そんな奇手がある。攘夷派浪士たちを、清河八郎がしっかり掌握するというのであれば、幕府は、清河を捕縛せず、有効に利用しようとするかもしれない。

「そのために、献策書を書いた。読んでくれ」

清河が、着物の腹のあたりから胴巻きを抜き、なかから油紙の包みを取りだした。それを開くと巻紙があった。鉄太郎にさしだした。

「急務三策」と書いてある。

鉄太郎は、巻紙を開いた。びっしりと書き込まれた清河の字は、けっして達筆とはいえない。気持ちばかりが先に立っているせいか、あちこちが気負って反り返っている。

書き出しは、こうだ。

臣《しん》聞く。国家の将《まさ》に興《おこ》らんとするや、必ず大《おおい》なる機会あり。その将《まさ》に亡《ほろ》びんとするや必ず此《こ》の機会を失う。

いまや、日本の国が、繁栄するか滅亡するかの瀬戸際だというのだ。このいまこそ、敢《あ》えてなすべきことがある、と清河は説く。

その一に曰《いわ》く、攘夷。

現在の天下の不穏は、外国との交易が開けたからである。朝廷は、攘夷の令を発した。これを実行するべきは、まさに、いましかないとの趣旨が、激越な文章で書いてある。

さらに——。

その二に曰く、天下に大赦す。

公武合体に反対した人々のなかでも、地位の高い人たちは許されているが、草深い野原のような民のなかにあって活躍している草莽《そうもう》の志士は許されないままだ。これでは、上下の人々のこころが通わず、天下の異変を起こしかねないと説く。

その三に曰く、天下の英材を教育す。

非常事態に対処するには、非常の士《し》を用いるべきだ、と続いている。非常の士とは、この場合、尊皇攘夷の志士にほかなるまい。

鉄太郎が読み終えると、清河が口を開いた。

「どうだね？」

「おみごとです」

まったくもって、鉄太郎は素直に感服した。要するに、朝廷の意を奉じて攘夷を実行するにあたり、自分たち尊皇攘夷急進勢力の罪を許すばかりでなく、非常の士として、活用せよという進言である。

じつは、幕府では、朝廷からの要請によって、将軍家茂《いえもち》が上洛《じょうらく》するという話がもちあがっていた。

将軍が留守のあいだ、江戸で、尊皇攘夷の志士たちが勝手放題にふるまっては、じつに具合が悪い。

「この策なら、幕閣もうなずくかもしれません」

鉄太郎は、あらためて、目の前にすわっている清河八郎の顔をながめた。

一口に勤皇の志士といっても、じつにいろんな男がいる。ろくに主張などなく、ただ腕っ節だけで、外国人を追い払おうという連中も多い。いや、むしろ、そんな連中がほとんどだろう。

しかし、清河はちがう。なんといっても、頭脳が明晰《めいせき》で、つねに理を考えている。その理が、いま、鉄太郎の目の前で、軽業《かるわざ》を見せた。

——理というのは、こうやってつかうものか。

鉄太郎は、感心せざるを得ない。

もっとも、では、自分が真似《まね》をするかといえば、首をふる。理をもてあそべば、理に首を締められるだろう。

鉄太郎は、頭の先から足の爪の先まで、理とは違う次元で生きている。清河の本質が理ならば、鉄太郎の本質は、生命の息吹を感じる力にあるだろう。

いのちが、そこにあって息をしている。それを、大きな両の手のひらで、そっとやさしく包むのが、鉄太郎の生きる姿勢である。その命を助けることに、どういう理があるのかなどとは考えない。考えるよりも、先に体が動いている。

天地の息吹さえ、鉄太郎は全身全霊で感じて受けとめる。この天地が、自分ににをさせたがっているのかを感じとって動く。けっして、理では動かない。

清河が書き上げた「急務三策」は、まずは自分をふくむ浪士の罪を許させ、その面々を取り立てよという奇策である。

しかも、この策が実行できるのは、日本にただ一人、清河八郎以外にいないことを前提とした建言である。清河は、それだけ熱心に各地を遊説してまわり、同志をつくっている。

鉄太郎はうなるほど感心した。

「これを幕閣に渡してもらいたい」

清河にそう言われても、鉄太郎とて、お目見《めみえ》以下の御家人である。とてものこと幕閣の中枢に知り合いはいない。

「渡して欲しいのは、松平春嶽公《まつだいらしゆんがく》。講武所の剣術教授方松平忠敏《ただとし》殿を通じれば、お手渡し願えるであろう」

「なるほど」

鉄太郎は、思わずひざを叩いた。松平春嶽は、前の越前《えちぜん》福井藩主だが、幕府の政事総裁職に就任して、人事や職制など、さまざまな改革を手がけている。松平はかねて春嶽公の知遇を得ている。

清河は、どこをどう動かせば、自分が世に出られるかを熟知しているようである。

時まさに、十四代将軍家茂が、京に上ることになっている。

徳川将軍の上洛は、三代家光以来、じつに二百年以上も絶えてなかったことである。

このたびは、朝廷からの勅使にうながされてのしぶしぶの上洛だが、それにしても大ごとにちがいない。

京に上って天皇に拝謁すれば、まちがいなく攘夷の実行を確約させられるだろう。世の趨勢《すうせい》は、なんといっても攘夷にかたむいている。

幕府では、すでに九月から上を下への大騒ぎで、上洛の準備をすすめていた。

――諸事格別お手軽に遊ばされ。

と幕閣たちはいうものの、それでも三千人からの旗本御家人が供としてついて行くのである。供の役割と人数はどうするのか、どこをどう通って行くのか、どこに泊まるのか――ということに始まって、決めなければならないことが山ほどある。

そのなかでも、江戸を留守にするあいだの不逞浪士のとりあつかいは、はなはだやっかいな問題であった。

清河八郎が起草した「急務三策」は、まさに、幕府が直面している問題の、微妙にして重大な部分を、あっさりと解消する奇策である。

鉄太郎は、その書面を、直属の上司である井上清虎とともに講武所剣術教授方松平忠敏に渡した。

書面は、忠敏から幕府政事総裁職松平春嶽に提出された。春嶽は、このたびの上洛の筆頭責任者でもある。

書面提出から、ひと月ばかりたった十二月のはじめ——。

講武所に行った鉄太郎は、松平忠敏に呼び出された。井上清虎も同席している。

「くだんの策、お取り上げになったわい」

松平忠敏が、口もとをゆがめて言った。

この教授方が、ふだんなにを考えているのか、鉄太郎には想像がつかない。いつも無口で、ただ黙々と剣の手ほどきだけをしている男だ。

松平忠敏は、家康の六男忠輝《ただてる》の血筋を引いているから、筋目はただしい。しかし、祖先の忠輝その人が家康の不興を買って配流《はいる》の憂き目にあっている。家康としては、家督争いが起こらぬよう、分家を増やしたくなかったというのが、どうやらことの真相らしい。そんな不遇な血筋の男である。

「ありがとうございます。されば、どのような形でお取り上げになられるのでしょうか」

鉄太郎は、深々と頭をさげてたずねた。

「この危急存亡のときにのぞんで、策にあったごとく、浪士を募集することになった。五十人ばかりも集めて一隊を組織し、来年二月の御上洛に、お供としてくわわってもらう。それでよかろう」

松平忠敏が言った。

よかろうもなにも、それ以上、望みようのない理想的なかたちである。清河の献策は、ただ浪士の活用を願い出ただけで、まさか上洛の供をすることになるとは、思ってもいなかった。

「では、恩赦のことは？」

気になるのは、虎尾の会面々の罪が、許されるかどうかだ。牢で生き残っていた数名は、この九月に仮出獄となったが、肝心の清河八郎は、いまだに幕吏に追われる身である。

「お咎めはないことになった」

「ありがとうございます」

他人事ながら、鉄太郎は自分のことのようにうれしい。人のよろこびが、自分のよろこびとして感じられるのは、鉄太郎が生来もちあわせた天真爛漫《てんしんらんまん》な性《さが》である。

「ついては、わたしが取り扱いを命じられた。むろん、貴君にも手伝ってもらう」

「かしこまった」

鉄太郎は、即答した。こちらからもち込んだ話である。断るわけにいかない。

ただ、やはり、いささか気が重い。

剣の修行なら、どんな難行苦行でも、鉄太郎はいとわない。いざ合戦となれば、みごとに敵と斬り結んで死ぬ覚悟がある。自分だけのことなら、どんなつらいことでも、目をつむって我慢する覚悟ができている。

しかし、浪士ばかりで結成する一隊をまとめる役となれば、ただ正面からぶつかるだけでことはすむまい。

自分が死ぬのはかまわないが、わがまま放題な浪士たちを、無事に京に連れて行けるかどうか。

――ええい。なんとかなるわい。

覚悟を決めた。もう突き進むしかなかろう。こうなったら、なにがなんでもやり通すしかない。

「できなければ、腹を切る覚悟で臨みます」

と言い切って平伏した。

「馬鹿もんッ！」

鉄太郎の頭上に、松平忠敏の怒声があびせられた。鉄太郎は驚いて顔をあげた。ふだん、喜怒哀楽の表情を見せたことのない忠敏が目をつり上げている。

「若い者は、なにかといえば、すぐに、死ぬの、腹を切るのとほざく。聞きたいが、腹を切るなんぞということは、そんな立派なことなのか」

にらみつけられて、鉄太郎は言葉を失った。

切腹こそ、武士の、もっとも武士らしい死に様だと、なんの疑いもなく思いこんでいた。しかし、言われてみれば、たしかにどこが立派なのかよくわからない。鉄太郎は、口ごもった。

「……いえ、ただ、武士が覚悟をあらわそうと思うのならば、いさぎよく死んで見せるのが、名を惜しむ道かと存じます」

忠敏が、眉間に深い皺を寄せた。

「名など惜しんでなんとする？」

意外な問いかけに、鉄太郎は答えられない。

「そうではないかね、井上さん」

忠敏が、同席している井上清虎に顔を向けた。

「まこと、名を惜しんで、死んで見せて、満足なのは、当の本人だけでござろう。それで、ことが成るわけではない。国が動くわけではない」

清虎の言葉が、鉄太郎には重かった。

「大切なのは、なすべきことを、最後までなし遂げることだ。死ぬのは簡単。しかし、死に急ぐのは愚の骨頂だ。汚名を着て、生きてやりぬくのはつらいぞ。どちらが本当の武士の道か、よく考えるがよい」

忠敏のつけくわえた言葉が、鉄太郎の頭の芯にひびいた。家康の血をひく名家でありながらも、一介の旗本として生きている男ならではの、したたかさを感じた。

「お言葉、しっかり受けとめさせていただきました。命も名も捨て、最後までお役目を果たしまする」

忠敏がうなずいた。清虎も大きくうなずいている。

「気負うな。荒っぽい浪士たちを一隊にまとめようというのだ。あつかいにくいのは、知れたこと。騒ぎの起こらぬのが第一だ。奴らを役立てようなどと思うなよ」

「かしこまりました。よくよく胆《きも》に銘じて取り組ませていただきます」

「では、さっそく徴募にとりかかるがよい。人選を誤るな。騒ぎを起こしそうな輩を江戸に残してはならん。しかし、そんな連中ばかりでは、道中が思いやられる。そのところを熟考せよ」

「かしこまった」

忠敏に頭をさげながら、この仕事は、かなり難題だと腹をくくった。

屋敷に帰ると、鉄太郎は、下男の三郎兵衛に命じて、清河のところで知り合った石坂周造と池田徳太郎を呼びにやらせた。

夜になって、二人がやってきた。

「献策がお取りあげになって、浪士を集めることになった。ここはひとつ、二人に尽力してもらいたい」

鉄太郎が頭をさげると、石坂が手を叩いてよろこんだ。

「それはめでたい。三千人ばかり集めて、一軍となそう。貴公が言い出したのだから大将だ。おれは副将にしてくれ」

鉄太郎は苦笑するしかない。

「そんなに集められるものか。五十人だ」

「扶持は出るのか。上洛するとなれば、仕度金もいる。宿の世話は、道中奉行がしてくれるのか」

池田がたずねた。

鉄太郎は、首をふった。

「扶持は出る。お抱えというわけにはいかんから、一時金だ。一人五十両で話をすすめてもらっているが、どれだけ出るかは、まだわからん」

幕閣には、浪士組結成に反対の意見も根強くある。すんなりとことが運ぶはずはない。

「道中も、公方様とは別になるだろう」

将軍家茂公は、軍艦で大坂に入ることになっている。道中の宿泊や警固を考えれば、それがいちばんだろう。

お供の侍たちの多くは別に東海道を歩いて上洛することになるはずだが、大目付や目付たちは、すでに道中の行列について、ことこまかに取り決めている。そこに、浪士たちを入り込ませるのは不可能だろう。

「わかった。そんなことはどうでもいい。攘夷のための上洛ってところが大切だ。とにかく人を集めてこよう」

石坂が大きな声で言った。

「それだ。どんな連中を集めるつもりだ？」

鉄太郎がたずねると、石坂が自分の腕を叩いて見せた。

「腕っ節の強い奴らに決まっている。道場で立ち合えば、すぐわかる」

「それも大切だが、それだけじゃ、困る」

「では、どんな男を選べばよいのだ」

池田がたずねた。

「志だ。命もいらず、名もいらず、金も出世もいらぬという男を見つけてきてくれ」

鉄太郎が力強くいうと、石坂が自分の月代《さかやき》をなでて口もとをゆがめた。

「そんな奴が、世の中にいるものか」

「いるさ。かならずいる。そんな男でなけりゃ、同志にはなれない」

鉄太郎は言葉に力をこめた。

「しかし、命を惜しまないのはともかくとしても、侍っていうのは、名を惜しむもんだよ。それもいけないっていうのかね」

大柄な池田が、あごをなでた。

「名を惜しんで、ことが成らなかったらどうする。名より大切なことが、侍の使命にはいくらでもあるだろう」

鉄太郎のこころには、そんな信念が芽生えはじめていた。

——名を揚げる。

あるいは、名を惜しむというのは、武士として、当然のこころがけだと思いこんでいた。げんに清河八郎などは、おのれの名を揚げるために、国事に奔走している。

それがかならずしも悪いことだとは思わない。

しかし、ひとたび、

――名を惜しまない。

という覚悟を知ってしまうと、そちらのほうが、こころのありようとして、はるかに潔い気がしてくる。

――名などいらぬ。

そう思えば、ありとあらゆる呪縛から解放されて、自由に、ただ目的にむかって突進できるではないか。

――武士は、名を惜しむから不自由だ。

そうとまで思えてくるのであった。

名を惜しむから、小さな面子にこだわって、身動きがとれなくなってしまう。名を惜しむから、おのれの利となることしかできなくなってしまう。

――それが武士ではなかろう。

と、じつは、鉄太郎も、ちかごろ坐禅をくみながら、薄々感じていたところだ。

それを松平忠敏が、はっきり口にしてくれたおかげで、思い切りがついた。

「まあ、そんな連中が大勢おらんことは、百も承知だ。まずは、水戸のうるさい奴らを連れて行かなければならん」

水戸の人間は、鉄太郎にとっては、いささか理解不能なところがあった。頑固一徹――ということでなら、土佐や薩摩、長州なども、頑固で名高い土地柄ではあるし、鉄太郎だって、人後に落ちない。

――水戸の人間は、理屈っぽい。

それが、いつわらざる鉄太郎の印象である。しかし、江戸に残していくとなにをしでかすかわからない。京に連れて行かなければならない。

翌日、さっそく石坂と池田が、浪士の募集に出発した。関八州はもとより、甲斐、越後までまわる勢いである。

鉄太郎は、二人に書き付けをわたした。

文書にしようとすると、「名を惜しまぬ者」とは書きにくい。説明が必要だし、説明すればくどくどと長たらしくなる。鉄太郎は、簡単にこう書いた。

尽忠報国《じんちゅうほうこく》之志《のこころざし》を元とし、公正無二、身体強健、気力荘厳之者、貴賤《きせん》老少に拘《かか》わらず、お召し寄りに相成り候。

忠を尽くし、国に報いる志があって、なお、正義を愛する者で、丈夫ならよいということである。

石坂と池田は、各地の主だった道場を歩いて、浪士募集の話をふれてまわった。

反響は、想像以上にあった。幕府が、大勢の侍を新規に「召し寄る」などということは、絶えてなかったことである。

「志のある者は、来年二月四日、江戸小石川伝通院《でんづういん》に参集されたし」

石坂と池田は、各地の道場をまわって、そうふれて歩いた。

年が明けて、参集期日の文久三年（一八六三）二月四日の朝、江戸小石川伝通院に、浪士たちが集まってきた。

その数、二百三十五人。

大勢の浪士たちが境内に集まったところは、なにか、野伏《のぶせり》か野盗の集会でもあるように見えた。

本堂にいて、鉄太郎から人数を聞いた松平忠敏は、眉間に深い皺《しわ》をよせた。

「多すぎる」

つぶやいたきり、腕を組んで黙り込んでしまった。

「しかし、すでに集まった者を、追い返すわけにもいきますまい。連中が江戸に残れば、治安の乱れのもととなるやもしれませぬ」

鉄太郎の推挙で浪士取締役に任命された中條金之助が言った。

「なによりそれが困る。しかし、一人五十両と触れまわったというではないか。こちらはそのつもりで話をつけた。用意した金は、五十人分。二千五百両しかない」

忠敏は、それで顔をくもらせていたのだ。

「それなら、なんでもありません。わたしが話しましょう」

鉄太郎は心得顔で、本堂の縁に出た。

境内には、大勢の浪士たちがびっしりと頭をならべていた。この年の二月四日は、いまの暦でいえば、三月の下旬。桜のつぼみはもう膨らんでいる。

伝通院の境内に、大勢の男たちが集まっている。

鉄太郎が、本堂の縁に出ていくと、清河八郎がいた。あいかわらず上物の羽織《はおり》袴《はかま》を身につけている。

「見なさい。これだけの男が、国のために働こうと集まってきた。うれしいかぎりではないか」

淡々とした顔つきながら、清河にはやはりこみ上げてくる感慨があるらしい。

年明け早々、清河は遅まきながら町奉行所に出頭して、目明かし斬りの一件を届け出た。庄内の郷士である清河八郎に、無礼打ちの特権が適用されるかどうか、法的には微妙なところだが、罪はその場で許された。尊皇攘夷党のことは、話にも出なかった。

その後、清河は松平忠敏と面談して、浪士募集の一端をまかされた。いわば、浪士隊の別格扱いである。

「清河さん。言いにくいことを言わなければならない」

鉄太郎は、羽織の衿《えり》を正し、深々と頭をさげた。

「どうしたんだね、いったい」

「金の話です。浪士一人につき五十両という約束で集まってもらったが、これだけの頭数となると、一人十両しかわたせない」

清河が腕をくんだ。

「さようなことなら……」

つぶやいて、途中で言葉を切った。清河自身は、実家から金子《きんす》を送ってもらっているから金の苦労は知らない。

しかし、集まった浪士の多くは、五十両の金を期待しているはずである。

「幕閣にかけあっても、もはやどうにもならない。松平忠敏殿は、責任を取って浪士取締役を辞任するとおっしゃっておいでだ」

鉄太郎はひきとめたが、忠敏はかたくなだった。だれかが責任を取らなければ、ことは収まらないと読んでいるらしい。

「これから御一同に話します。よろしいか」

鉄太郎の言葉に、清河が口もとをゆがめた。自分が話すべきかどうか、考えているにちがいない。

「お願いしよう」

言われて、鉄太郎は本堂の正面に立った。

野太い鉄太郎の声で、ざわめいていた一同が静まりかえった。

「静聴ねがいたい」

「集まっていただいたのは、尽忠報国の士と心得る。参集してもらったこと、まことに有り難い。拙者、浪士取締役山岡鉄太郎と申す。爾後《じご》、お世話をさせていただく」

鉄太郎の声は、腹の底から出ているので、聴いている者の耳によく届く。

「御一同には、五十両の扶持がくだされるとの話が伝わっているやに存ずるが、じつは、一人十両の金しか出ないことになった」

鉄太郎は、いきなり結論から切りだした。難題があれば、まずそこから切り崩す。目をつぶってそこに飛び込んでしまう。

一同が大いにざわめいた。

「拙者は、もともと十両と聞いてまいった」

そんな私語が、鉄太郎の耳に届いた。

浪士たちへの触れは、石坂と池田ばかりでなくいろいろな人物がおこなったので、扶持金を十両と伝えた者もいたらしい。

「それは困るッ」

大声で叫んだ者がいた。

「五十両と聞いてまいった。この期におよんで扶持を値切られるなどとは、思いも寄らぬこと。幕閣にかけあっても、五十両出してもらおう」

見れば、真新しい羽織を着た男だ。五十両出るというので、借金でもして仕度をととのえたのかもしれない。

「そうだ。なんとしても五十両出してもらいたい」

同調する声が多かった。

鉄太郎はうなずいた。

「気持ちはよくわかる。しかし、上様御上洛にあたって、いくらでも費《つい》えがかかる。ここはひとつ、無理を呑んでもらいたい」

鉄太郎の言葉に、ざわめきが増した。物価高で諸事高騰して、当今の薄っぺらな万延小判十両は、まったく使いでがない。へたをすると、京に行くまでに使い果たしてしまうだろう。

ざわめく一同に、鉄太郎が大声を張り上げた。

「貴公らは、いやしくも尊皇攘夷の志をもって集まったはずだ。不平を言ってもらっては困る。不満のある者は、即刻立ち去るがよい」

鉄太郎の太い声が響きわたると、男たちが粛然とした。だれ一人、立ち去る者はない。

「御一同、不満があるなら、いまのうちに申し出てもらいたい」

鉄太郎が、集まった一同をにらみすえて、念を押した。


四日後の二月八日の早朝。

二百名を超える浪士一同が、小石川伝通院境内に整列した。

これから、京にむけて出発する。

浪士は、一番から七番までの組に編成されている。それぞれに小頭《こがしら》を二、三人決めてある。

浪士組全体の組頭となる浪士取締役は、辞任した松平忠敏にかわって鵜殿鳩翁《うどのきゅうおう》。五十なかばの旗本である。鵜殿は、ペルリやハリスの応接担当者として幕府のために働いてきたが、井伊大老の就任に反対して免職された。剃髪《ていはつ》して隠居していたところを引っ張り出されたので、いささか迷惑顔である。

鵜殿の補佐をするのが、浪士取締役の鉄太郎と松岡萬《つもる》。

清河八郎や仲間の石坂周造、池田徳太郎らは、世話役である。

鉄太郎は、出発前に整列した一同をあらためた。十代の若者から六十代の年寄りまで入り交じっているが、見るからに、不逞な連中が多い。

いでたちは、それぞれ勝手気まま。髪を伸ばしてたばねた総髪がいるかと思えば半《はん》丸坊主がいる。木綿の無地に割羽織《わりばおり》というのは、いたってまともないでたちで、半纏《てん》に股引《ももひき》という者もいる。立派な金無垢《きんむく》の太刀拵《たちこしらえ》を帯びている者がいるかと思えば、剝げ鞘《はざや》に破れ柄《やぶれづか》をさしている者もいる。鹿革の紋付割羽織を着ている一団は、水戸の連中だ。

そんな男たちが、腰に兵糧をくくりつけ、笠《かさ》や蓑《みの》を背負い、二百人余りも群がっているのだから、やはり尋常ではない。

一斗も入りそうな大きな瓢箪《ひょうたん》を背負っている男がいた。

「なかは酒か」

鉄太郎がたずねた。

「怪我をしたときのための焼酎でござる」

酒臭かったら叱りとばすところだが、さすがにまだ呑んではいないようだ。

なかには俠客《きょうかく》か博奕打《ばくちう》ちめいた者もまじっているらしく、なんにしても、一筋縄ではいかぬ連中の集まりであることはたしかだ。

鉄太郎は、本堂の縁に立ったままさらに大声をあげた。

「あらためて申しわたしておくが、道中はくれぐれもわれら取締役、小頭の指図にしたがうこと。寄り道はいっさい認めない。道の広い狭いにかかわらず、いつでも片側を開けておくこと。しもじもの者に権威がましく接するなどは、言語道断」

一同は、ぼんやりした顔で鉄太郎を見上げている。

とにもかくにも、浪士たちは、伝通院を出立した。

道は中山道《なかせんどう》。急ぎ足である。二百人余りの隊列は、てんでばらばらに、後になり先になり歩いて行く。

一泊目の鴻ノ巣宿《こうのすしゅく》まで、江戸から十二里（約四八キロ）以上あるが、足の速い鉄太郎などは、夕方の早い時刻に着いてしまった。

しかし、鉄太郎より速い者がいた。宿場の入り口に二人の男が立っていた。池田徳太郎ともうひとり、近藤勇《こんどういさみ》という男である。一行の宿割りは、この二人が担当している。

近藤は、江戸の市ケ谷《いちがや》で試衛館という道場を開いている。天然理心流という、やけに太い木刀をつかう流派で、そこの門弟一同をひきつれて、浪士組に参加した。

「お役目ご苦労」

鉄太郎は近藤と池田をねぎらった。

「なんのこれしき」

近藤は、顎《あご》の角張った無骨な男だが、異形者《いぎょうもの》の多い浪士たちのなかでは、いたってまっとうな人材に見える。

「玄武館、講武所での山岡先生のお噂は、聞いておりますぞ。京へごいっしょできるなど、夢のごときここち」

「ろくな噂ではなかろう」

「いや、ご謙遜。一日二百面の数稽古を七日もつづける猛者《もさ》は、日の本にそう大勢おりますまい」

見かけは無骨だが、案外、如才ない男らしい。

その夜は、なにごともなく、鉄太郎は平穏に眠りにつくことができた。

翌日は本庄《ほんじょう》宿である。

やはり、池田と近藤が先に到着して、宿割りをしていた。帳面を手に、二百人以上の者の宿を割り振って決めるのだから、骨の折れる仕事である。

「ご苦労」

「いや、役儀でござれば」

頭をさげる近藤のまわりには、腕の立ちそうな門弟たちがいた。

——よい道場主にちがいない。

近藤をとりまく一団は、ぎすぎすしたところがなく、好感がもてた。

騒ぎは、その夜に起きた。

あてがわれた宿で、食事をすませ、そろそろ寝ようかという時刻になって、宿場の真ん中あたりから、大きな声がひびきわたった。

道中、酒は禁じてある。酒好きな鉄太郎も、一滴も呑んでいない。

——酔って騒いでいるのか。

鉄太郎は、耳を澄ました。騒ぎには、怒声がまじり、緊迫感がある。酒を呑んでの馬鹿騒ぎではなさそうだ。喧嘩かもしれない。

浪士たちは、いろんな藩や道場からの寄せ集めである。軋轢《あつれき》はいずれ生じるだろうと予想していた。

しかし、まだ江戸を発って二日目。早すぎる。

——なにごとだ。

鉄太郎が、あわてて表に飛び出すと、大きな炎が燃え上がっているのが見えた。

——火事か。

すぐに、駆け出した。

——なんだ、この騒ぎは。

火事ではなかった。夜も更けたというのに、宿場の真ん中で、大きな焚き火をしているのだ。

「燃やせ燃やせ。どんどん燃やすがよい」

叫んでいる男がいた。

——あやつは……。

水戸の芹沢鴨《せりざわかも》という男だ。

なんでも、豪農のせがれとかで、伝通院で一同を眺め渡したとき、鉄太郎がいちばん最初に警戒した男である。見るからに傲岸不遜で、挙措、物腰からして尊大だ。火のそばに、苦虫を嚙みつぶした顔で、池田が立っている。

「なにごとだ?」

たずねると、池田の顔がさらに苦くなった。

「宿割りを失敗した。それで、あてつけがましく、宿場の真ん中で火など焚きおって」

「部屋がないのか」

「いや、漏らしてしまったが、ちゃんと探した。ただ、板敷きの間なので、気にくわんのだろう」

見れば、芹沢には、手下が大勢いるらしく、どこからか木材を集めてきては、どんどん火中に投じている。

夜空に炎が立ち上がり、火の粉が盛大に舞っている。危ないことおびただしい。茅葺《かやぶ》き、板葺きの家が多いから、火事になるかもしれない。

「すぐに消してもらいたい」

近藤勇が大声を張り上げているが、芹沢は、悠然と焚き火に手をかざしている。

「わしは、寒がりでな。春とはいえ、夜は冷える」

楽しそうに笑っている。

「夜も更けたというのに、こんな大きな火を焚かれては、宿場の者が安心して眠れない。即刻、火を消すがよい」

鉄太郎が、芹沢鴨につめよった。

「ふん。知ったことか」

その言いぐさに、鉄太郎は腹が立った。

――腹を立つるは、道にあらず候。

と、若いころから自分をつねに戒めてきたので、少々のことなら、鉄太郎は腹が立たない男になっていた。

しかし、芹沢はあまりに傍若無人である。

「知ったことか、とは、いかなるつもりか」

「つもりも糞もあるものか。わが宿がないゆえ、寒さをしのぐために火を焚いておる。それがいかんか」

芹沢は帯にさしていた鉄扇を手に持って突き出し、二度三度、鉄太郎の鼻先で振って見せた。威嚇か挑発のつもりだろう。

「宿はある。池田が見つけたと言うておる。そこで休め」

「ふん。あんな部屋で寝られるか」

「あんな、とは聞き捨てならぬ。あれでも家の者たちを納屋に追いやって、ようやく融通してもらったのだ。それを、あんな、とぬかすか……」

池田が眉をつり上げ、芹沢とにらみ合った。二人とも、いまにも、刀の柄《つか》に手がかかりそうだ。

「宿のことは、拙者の落度であった。平《ひら》に謝るゆえに、今日のところはご容赦願いたい」

近藤勇が頭をさげた。

鉄太郎は、芹沢をにらみつけた。

「貴公、二人の男に謝らせて、それでもなお不満か」

芹沢が横柄な笑いを浮かべた。

「おお、不満だな。大いに不満だ。わしの宿を忘れておったなど、断じて許しがたい」

そのひと言で、鉄太郎の頭の筋が一本、音を立てて切れた。

「ならば、即刻、江戸に帰れ」

「なんだと？」

「江戸に帰れと言うたのだ」

芹沢の眉間に深い皺が寄り、口もとが大きくゆがんだ。ふしぎな生き物でも見るような顔で、鉄太郎を見つめている。

「わしに、帰れと言うたのか」

芹沢が、すくい上げるように、鉄太郎を見すえた。

容貌魁偉《かいい》な男である。六尺二寸の上背に二十八貫の重さがある鉄太郎に、いささかもひけをとらないどころか、体重はもっとありそうだ。しかも、ただ太っているのではなく、堅太りで、膂力《りよりよく》が凄《すさ》まじそうだ。

焚き火に手をかざしていた芹沢が、全身でこちらに向きなおった。睨む、というより、鉄太郎の真意を測りかねているらしい。これまで、芹沢に盾突いた男など、いなかったにちがいない。

「わしに、言うておるのか」

「そうだ。貴公に言った」

「よう聞こえなんだ。もういっぺん頼む」

芹沢が、わざとらしく、耳に手をあてた。

「聞こえなかったのなら、もう一度言おう。三度は言わぬ。貴公には江戸に帰ってもらう」

「なぜ、帰らねばならぬ」

「貴公など、京に連れて行っても、なんの役にも立たぬからだ」

「役に立たぬだと」

「ああ、まったく役に立たぬ」

芹沢が、刀の柄に手をかけた。

道中のことで、柄袋《つかぶくろ》がかぶせてある。その袋のうえから、柄をなでているのは、なにか猛犬でもあやしているような風情だ。

芹沢のまぶたが痙攣《けいれん》している。

「なんなら、腕を試してみるか。真剣でな」

「腕の話ではない。貴公の志の問題だ」

「志だと……」

「さよう。貴公は、宿があるかないかの私憤にかられ、道中を混乱させておる。まこと尊皇攘夷の志があるならば、野に伏し、草を噛《かじ》っても、京に駆けつけるのが武士。雨露をしのげる宿があるのに不服をとなえる者など、京に連れては行けぬ。いや、迷惑千万。ただいま即刻夜道を江戸に帰るがよい」

鉄太郎は、芹沢を睨みつけた。

芹沢は、考えている。どうやら、損得の判断をしているらしい。

——このまま盾突いて、取締役を怒らせるのは、損か得か。

そんな顔色が読んで取れた。

「くだらん。まことにくだらん」

鉄太郎は、腹が立った。腹を立てぬことを、人生の戒めとしてきたが、これはべつだ。おのれの損得しか考えぬくだらない男には、むしろ腹を立てるべきだ。

「くだらんとはなんだ？」

芹沢が、大きな体をせり出して、鉄太郎を見すえた。

「貴公のやることが、子供じみてくだらぬと言うておる。貴公の宿を取り忘れたのは、たしかに世話役の池田と近藤の手抜かりだ。それゆえ、ふたりは、謝った。しかるに、貴公は言いがかりをつけつづけておる。まことと、尽忠報国の志を忘れたくだらぬ所行である」

鉄太郎の怒りは、公憤である。尊皇攘夷のために、おのれを捨てて戦うべし、との思いを背負った公の怒りである。

芹沢の怒りは、私憤である。ただ、おのれの寝る宿がなかった、遅まきにあてがわれた宿が、あばら屋の板敷きの間で畳がなかった、という不平不満にすぎない。

どちらに理があるかは、はっきりしている。

「しかしのう……」

芹沢が、目を泳がせた。どのあたりが決着のつけどころか思案しているらしい。

「そんなくだらぬ男を連れて京には行けぬゆえ、帰ってもらう。貴公が帰らぬとあれば、浪士全員で江戸にひきかえし、解散するしかない。さあ、どうする。一人で江戸に帰るか、みなをひきつれて帰るか」

鉄太郎は、腹の底から本気だった。実際、芹沢のような男を京に連れて行っても、いたずらに混乱を増すばかりで、ひとつとして益はない。連れて行かぬのが、幕府と国のために最善の道である――と考えた。それをそのまま芹沢にぶつけている。

「ふむ……」

芹沢は、鉄太郎の迫力に圧倒されていた。おのれの面子と損得を天秤にかけている。突っぱねて面子を保つのが得か、折れて従うのが得か――。

山岡鉄太郎という取締役は、どうやら本気らしい。ここで突っぱねれば、たしかに全員で江戸に引き返しかねない勢いだ。鉄太郎のとことん腹の底からの本気を感じて、芹沢は折れた。

「……その宿に泊まろう」

鉄太郎の本気の迫力が、芹沢の面子を折り曲げたのである。

翌日も、浪士一行は、さらに中山道を進んだ。

それにしても、統率のとれないことおびただしい。なにしろ二百人余りの一隊が、街道を行くのである。諸事、一般の旅人の迷惑になってはならぬと申しつけてあるが、どうしてもそれが守られない。

「馬を借りて乗っている者がおりますな」

松岡萬が、鉄太郎に告げた。馬や駕籠《かご》を禁じたわけではないが、一隊の行動として、それではあまりに秩序がなさすぎる。

「茶屋で休んで酒を呑んでいる者がおります」

そんな報告もあった。

隊列が長くなれば、どうしても目が届きかねる。鉄太郎は、回状をつくった。

一　宿場小休ハ昼後一度、其余ハ野休《のやすみ》ノ事。
一　馬駕籠へ乗候節、松岡萬へ相談申すべし、無断問屋場へ直談《じきだん》は堅く停止《ちょうじ》の事。

そのほか、往来中は、役付の者に、挨拶が無用である旨も明記した。必要以上にていねいに頭をさげる連中もいるのである。

馬鹿馬鹿しい気がしたが、それが浪士たちの実態であった。

信濃から美濃へ入った。

芹沢鴨は、あれから二、三日はおとなしくしていたものの、すぐまた我が儘《まま》を言いだした。

宿に難癖をつける。酒を呑んで騒ぐ。それにつられて、他の浪士たちも、騒ぎだす。やっかいなことおびただしい。

京まであと四日という加納《かのう》の宿で、鉄太郎の怒りがふたたび爆発した。こんどは、芹沢に江戸に帰れとは言わなかった。こんな傍若無人な男に、江戸にいてもらいたくない。

「貴公のふるまいには、ほとほとあきれ果てた。拙者はただいまここで辞任して、江戸に帰るから、あとは、貴公が浪士をとりまとめて京に入るがよい」

鉄太郎の言葉に、芹沢があわてた。

「いや……。それは待たれよ」

顔に困惑があらわれている。

実質的に浪士をたばねているのは、山岡鉄太郎である。総責任者の鵜殿鳩翁は、すでに歳をとっていて、いかにも頼りになりそうにない。松岡萬は、山岡よりはるかに芹沢を憎悪し、敵意を剝《む》き出しにしている。清河八郎は、浪士の筆頭であるが、幕臣ではないから、今後のことに責任が持てまい。

ここは、やはり山岡に頼るしかないところであった。

「許されよ」

芹沢は、とにもかくにも山岡に頭をさげて、おとなしくすることを約束した。

京に着いたのは、二月二十三日である。江戸から十六日かかっている。男だけの道中なので、足早に駆け抜ければ、二、三日は短縮できたはずだった。

——これが烏合《うごう》の衆だ。

鉄太郎にとっては、大勢の人間をいちどにうごかすことの難しさを知った旅であった。

一行は、京の西のはずれの壬生《みぶ》村に入った。将軍上洛に先立って大勢の旗本御家人が上洛している。市中の主だった寺院や宿は、すでに満杯で確保できない。くわえて、大勢の浪士を、市中に置くことを警戒した。

一行は、壬生村の寺や豪農の家など、八ケ所に分宿することになった。

新徳寺《しんとくじ》に入ったのは、鵜殿鳩翁と鉄太郎、松岡萬らの取締役と、清河八郎らの世話役であった。

晩飯を食べたあと庫裏《くり》の座敷で旅日記をつけていると、やってきた松岡が鉄太郎に耳打ちした。

「清河八郎が、浪士のうちの主だった者を本堂に呼び集めておる」

鉄太郎は、いやな感じがした。

——なにをするつもりか。

想像がつかぬでもない。これまでの清河の行動と発言を考えあわせれば、なにを考えているかは、およそわかる。

——朝廷への上書にちがいない。

そもそも、このたびの将軍上洛は、朝廷に、攘夷実行を約束するのが趣旨である。

清河は、なによりも、回天の魁となることを望んでいる。自分が先頭切って、世の中を変えるつもりなのだ。

――あの男。

上様に先立って、攘夷の皇命をいただくつもりにちがいなかろう――。清河という男の功名心の大きさに、鉄太郎は身震いした。

「どうしましょう」

松岡萬が、鉄太郎にたずねた。自分の右脇に置いた刀の鞘に手をかけたのは、いつもの癖だが、斬り捨ててよいか、と、暗にたずねているつもりかもしれない。

「ほうっておくがよかろう。用があるなら、むこうから言ってくる」

鉄太郎は、立ち上がらなかった。

集まっているのは、浪士。

自分は幕臣で、浪士の取締役。

清河との親交は、すでに数年におよび、忌憚《きたん》なく国事を論じる間柄ではあるが、しかし、立場はまるで違っている。

新徳寺の本堂には、浪士の世話役や小頭など、三十人ばかりが集まっているという。鉄太郎のいる座敷にも、ときどき清河の甲高《かんだか》い声が届いてくる。

鉄太郎は、旅日記を書き終えると、暗い庭先に出た。いたって小さな寺で境内は狭い。

夜空を見上げた。月はない。星も見えない。

——無明だ。

どうせこの世は闇なのだと思った。

鉄太郎は、腰の刀を抜いて素振りをはじめた。百回、二百回、三百回……。足を踏み出し、頭上から振り下ろす。千回……。すばやく振り上げ、仮想敵の額に最大の打撃力で叩き込む。二千回……。切先から七寸ばかりの刀の物打ちが、びゅんと風を切る。三千回。

剣を振るほどに汗が湧き、鉄太郎の体内にわだかまっているもやもやした黒い影が、皮膚から抜け出て、闇に散った。

鉄太郎の全身の筋肉が、ひとつの歓喜の装置となって動いている。

——気持ちがいい。

剣をにぎって打ち振れば、鉄太郎の感覚は、宇宙にむかって研ぎ澄まされる。全身の皮膚で、宇宙と、そのなかに存在するただひとつの塵《ちり》でしかない自分を感じる。その塵が、宇宙と互角に対峙する。宇宙と対峙できるのが、人間である。

——生きるとは……。

思考ではない。

鉄太郎は感じている。

生きるとは、ただひたすら、目の前のことを、全身全霊の力をふりしぼってなし遂げることだ。

鉄太郎はそう感じている。

それこそが、人が生きる値打ちである。それ以外に、おのれの生を全うする道など、ありはしない。

そう思い定めると、こころが落ち着いた。なんのゆらぎもなく、大地に立っている自分を感じて刀を納めた。

井戸端で水を浴びて、床に入った。

本堂からは、まだ清河八郎の張りつめた声が聞こえている。


翌朝、鉄太郎は、夜明け前に目ざめた。

ぐっすり眠ったので、長旅の疲れは、まったく残っていない。むしろ、全身はかろやかだ。爽快な目覚めである。

井戸端で顔を洗い、口をすすぐと、道中ずっと懐に忍ばせていた念持仏を取り出した。包んでいる布をはずして、畳に立てた。

念持仏にむかって坐禅をくんだ。

小さな木の仏様は、つねに持ち歩いているので、鉄太郎の手垢《てあか》にまみれて黒くなっている。

半眼になって念持仏を見ていると、自分のなかの命に、目ざめる気がする。こころのなかに、新しい命の歓《よろこ》びが湧いてくるのを感じる。

ゆっくりと息を吐き、息を吸う。

ただそのくり返しのうちに、生きてあることを感じる。

しばらくすわっていると、廊下に人の歩いてくる気配があった。

障子の前で止まった。

「お目ざめでござろうか」

清河八郎の声だ。

「どうぞ」

すっと障子が開いて、清河が入ってきた。

「坐禅をお邪魔したかな」

「いや、いま終わったところです」

鉄太郎が念持仏をしまうと、清河が奉書の包みをさしだした。

「これから内裏《だいり》に行き、学習院に上表文を提出してくる。これは写しだが、念のため、ご覧いただこう」

鉄太郎は、包みを受け取り、押しいただいた。開いて、なかの文章を読んだ。

――慎んで上言奉り候。

このたびわれわれが上洛したのは、大樹公《たいじゅ》（将軍）が上洛なさり、攘夷の大儀を雄断なさるにあたって、尽忠報国の志ある者を、広く天下から集められたからである。

そんな文言から始まっている。

万一因循姑息《いんじゅんこそく》、皇武離隔の姿にも相成り候はば……。

もしも、幕府が朝廷に離反した場合でも、自分たちが周旋しようと申し出ている。

鉄太郎の目が、つぎの一文に止まった。そこには、とんでもないことが書いてあった。清河の文章は、こう続いていた。

万一、皇名を妨げ、私意を企《たくら》み候輩、之《これ》あるに於《お》いては、幕府吏《ばくふり》は申すに及ばず、その外たりとも聊《いささ》かも用捨なく相除き申すべく一同の決心に御座候……。

朝廷をないがしろにするならば、幕府はもちろん、だれであっても容赦なく排除するのが一同の決意であると書いてある。

末尾には、いつの間に集めたのか、浪士組一同の署名がずらりとならんでいる。見たところ、どうやらほぼ全員が名をつらねている。

——これは……。

幕府への挑戦状であろう。

鉄太郎は、顔をあげて、まっすぐ清河を見すえた。

「幕府吏は申すに及ばず、とは、おだやかでない」

「おだやかで済む時勢ではあるまい」

鉄太郎は、答えず押し黙った。

「徳川《とくせん》であろうがだれであろうが、攘夷を断行するのが御叡慮《ごえいりょ》にかなう道。そうではないかね」

「なるほど……」

それで、すべての合点がいった。

清河は、そもそも浪士組の発案者であるにもかかわらず、江戸伝通院を出発してから、本隊とは行動をともにしていない。

――なにか、隠している策がある。

と思っていたが、これだったのか。

「貴公は、攘夷の御叡慮をたまわれば……」

言いかけて、鉄太郎は唾を呑み込んだ。

「さよう。すぐにみなを引き連れて東下《とうか》いたそう」

清河の目に、強い野心の光があった。

鉄太郎は黙した。たしかに、それが、文字通り攘夷の魁となる道であろう。

将軍の上洛によって、政局の中心が京にうつるというのが、一般的な見方である。

それに合わせて、大名たちも上洛している。

ところが、この清河ばかりは、まるで違った見方をしている。国内の政《まつりごと》をどのように調整するか、などということについては、もとより眼中にない。

ただひたすら、

――攘夷の先鋒となる。

という その一点をにらんでいるのだ。それならば、いまは、なんといっても関東にいるべきだ。

昨年、相模の生麦村で、薩摩藩の行列が、イギリス人商人を殺傷した事件の補償問題が、いま、大きくもめているのである。

横浜にイギリスの軍艦が来ている。

「攘夷を実行するとなれば、やはり横浜だ。横浜の異人を追い払わなくては、話にならぬ」

清河としては、もともと、将軍の警固などするつもりはなく、浪士組を独立の組織として、朝廷に認めてもらえればよかったのであろう。

「上表が認められれば、晴れて皇軍か」

鉄太郎はくちびるを噛んだ。そんな策があるなら、打ち明けてくれればよかったのに——と思うが、しかし、打ち明けられれば、わざわざ京までは来なかった、と思い直した。

清河にとっては、これぞ、秘中の秘の策であったのだ。浪士組が朝廷直属の部隊となれば、清河は、立場上、将軍と同等になる。大小のちがいはあっても、天皇に仕える武士集団の棟梁という地位は同じなのだ。

「貴公という男は……」

鉄太郎は、清河の野心の大きさにあきれかえるしかない。

動きのないまま、壬生村で数日が過ぎた。

夜明け前に起きて、鉄太郎は考えた。壬生新徳寺の座敷で、坐禅をくんで、考えに考え抜いた。

——日本があぶない……。

じつは、二条城に行った鵜殿鳩翁が、とんでもない情報を壬生にもって帰ったのだ。

江戸では、イギリス公使から届いた書状で、上を下への大騒ぎになっているという。いままさに、日本の国が危機に瀕しているのである。

条約によりて歩行の自由を有せる道路に於いて英国国民を殺害せる犯人を、なおざりにしたる罪を明白に謝す事、右の罪を償う為《ため》、十万ポンド・ステリングを支払うべき事。

去年の生麦村でのイギリス人殺傷事件に関して、謝罪と賠償金の二つの要求を突きつけてきたというのである。

十万ポンドを現代の金額に換算すれば、当時のイギリス家庭の収入から考えて、ざっと十億円であろう。

法外な要求であった。しかも、イギリスは、二十日の期限を切り、三月八日までに返事をしなければ――。


当地にある英国提督は、要求を完《まつた》くするに必要なる適宜の方法を取るべし。


とまで言ってきている。返答がなければ、武力に訴えることを匂わせているのである。

さらには、日本の幕府が犯人逮捕の努力をしていないので、イギリス艦隊を薩摩にさし向け、自分たちの手で、犯人を捕縛、処刑するとも言っている。将軍は、海路の予定を変更、江戸を陸路で出立して、まだ上洛の途次にあるというのに、とんでもない事態が発生したものだ。

坐禅をくんだ鉄太郎は、目をなかば開き、なかば閉じている。

下腹から、息を細く長くゆっくりと吸って吐く。それをくり返していると、しだいに頭が冴えて、自分が宇宙の中心にどっしりすわっているのを感じる。雑念が消え、とても清々しく気分がよい。

自分のまわりに、いろんな靄《もや》が渦巻いている。

日本があり、徳川幕府があり、幕臣がいて、浪士がいて、農、工、商の民がいる。

異国があり、異国の政府と軍隊、そして民がいる。

それらが靄となって、渦を巻き、たがいに力を主張しあっている。ぼやぼやしていると、異国という渦が、日本を呑み込んでしまいそうだ。

——日本をどう動かすか。

そのことを、懸命に考えている。

——いま、ここでこそ立ち上がらなければなるまい。

鉄太郎は、考えに考え抜いてはいるが、結局のところ、論理ではなく直感としてそう感じている。

——日本が危ないなら、自分は、いちばん危険な場所にいるべきだ。

全身でそう感じているのである。

——浪士組は、江戸に帰るのがよい。

その結論は、はからずも清河八郎の意見と同じになったが、じつは、そこにいたる論理と感性は、まるでべつのものだ。

清河は、尊皇攘夷の軍勢の長としておのれの名を揚げるために、江戸に帰ろうとしている。

鉄太郎にとって、名を揚げるかどうかは関心がない。

——危ないことがあれば、まずいちばんにそこに飛び込んでいくのは自分だ。

単純明快にそう考えている。

鉄太郎は、子供のころ、桃太郎の話がなによりも好きであった。

——悪い奴がいたら、やっつける。それが、強い者のしごとだ。

ずっとそう思いながら、撃剣の修行にはげんできた。強くなりたかったのは、そのためだ。

国と民が危険にさらされているのなら、なにをおいても駆けつけていきたい。それは、功名心などではない。鉄太郎にとっては、ほとんど生理の問題となっている。駆けつけていかなければ、気がすまないのである。そこで、自分が死ぬか生きるかなどは、まったく問題ではない。

鉄太郎は坐禅を終えると、浪士組の総責任者である鵜殿鳩翁の部屋をたずねた。

鵜殿は、苦虫を噛みつぶした顔で端座していた。朝飯の膳が、手つかずのままだ。

「申し上げてよろしいでしょうか」

「なんだ」

鵜殿の顔が苦悶《くもん》している。

二条城は、明日の朝、将軍が大津から京に入るというので大騒ぎだったらしい。浪士組のとるべき行動など、幕閣からなんの指示もなかった。

そもそもが、員数外の二百余人なのである。この大混乱の事態のなかで、京にいようが江戸にもどろうが、幕閣たちはまるで関心がなかろう。

「江戸にもどりましょう」

鵜殿は答えない。

鉄太郎の目を見ている。

鵜殿は、実直な働き者の幕吏であったが、時局についての見識は浅い——。説得すればうごくだろうと、鉄太郎は考えている。

「清河八郎も、今日あたり、浪士全員を集めて、東下について話すでしょう」

鵜殿が天井をにらんだ。

なにを考えているのか、鉄太郎には想像がつく。

——無事。

の二文字だけが、鵜殿の脳裏にあるにちがいなかった。

将軍上洛にあたって浪士たちが騒ぎを起こすのがいちばん困る。なにごとも問題を起こさずにすませるには、どうするのがいちばんよいのか——。

鵜殿は、ひたすらその一点を考えているはずだ。

「よし。清河が話す前に、わしから東下の命令を出す。回状を書くがよい」

言われたとおり、鉄太郎はすぐに命令書をしたため、それを浪士たちが滞在している宿にまわさせた。

午後になって、新徳寺の本堂に浪士が集まってきた。

「おれが話す」

と言うから、清河にまかせた。

すでに命令書を出しているので、鵜殿の体面は保たれている。

一同を前にして立ち上がった清河が、演説をぶった。

「イギリスは、昨年の生麦での事件を声高に難じて、兵端を開くつもりである。この機にのぞんで、すみやかに東下することこそ、われらがとるべき道である」

熱くそう語った。白皙の額が、自負に満ち、いかにも得意げであった。

清河の演説が終わると、浪士一同が、ざわめいた。

「夷狄蹴《けち》散らすべし」

との声が多かったが、不満をとなえる者もいた。

「それでは、本来のわれらの目的である上様の警固はどうなるのか」

いちばん大きな声を上げたのは、四角く骨張った顔の男だ。江戸からの道中、宿の手配などでよくはたらいた近藤勇である。

「目を大きく開くがよい。いまこの時勢のなかで、一人の将軍を守ることが大切か、はたまた国と帝を守ることが大切か。三つの子が考えても、わかりそうなものだ」

清河が憮然《ぶぜん》としている。まさか反論が出るとは思っていなかったらしい。

「それこそ本末転倒でござろう。われら、将軍家からのお召し抱えと聞いてはせ参じた。それをないがしろにして、国の、帝のとは片腹痛い」

近藤の顔がけわしい。

この男は、京に上ってなにがしかの手柄を立てたがっている。旗本として禄を得たがっている――。道中で耳にした言葉の端々から、鉄太郎はそう感じていた。

「わしも江戸には帰らぬ。京でこそ仕事があるはずだ」

道中、近藤の不手際をさんざん罵倒した水戸の芹沢鴨が、近藤に同調した。

「江戸に帰ることこそ、最善の道」

「いや、京に残るべし」

議論が紛糾した。

「お勝手に召されい」

清河は、顔を朱に染めて立ち上がり、一同をにらみつけて本堂を立ち去った。清河という男は、絶対の自信があるだけに、人から反論されると、おのれのすべてが否定されたと思ってしまうらしい。

京残留を決めた浪士は、近藤勇、芹沢鴨ら十七人。会津藩に嘆願書を出して、御預かりの身となった。

鉄太郎は、二百名余りの浪士を引き連れて、三月十三日に京を発った。わずか二十日ばかりの滞京であった。

浪士とともに江戸に向かいながら、鉄太郎は思った。

——おれは刀の切先になる。

つねに、戦いの最先端にいて、敵の喉笛を狙うのだ。

それが自分にふさわしい生き方だと、あらためて感じていた。

連判状

情熱というものは、どうやら、人のこころのなかで、酒のように醸《かも》されるものらしい。

清河八郎の体内では、攘夷への情熱が、ふつふつと泡を吹いて発酵し、以前にも増して過激な様相をおびていた。

——いまこそ。

まさに攘夷のときだとの信念が、強い酒のように清河の血潮を熱くしている。そばで見ている山岡鉄太郎にも、情熱のほとばしりが見てとれた。

三月の末、江戸にもどった浪士組は、本所三笠町の空き屋敷にはいった。そこがしばらくの屯所となる。

浪士たちを三笠町に置いて、鷹匠町の鉄太郎の家に、清河八郎、池田徳太郎、松岡萬《つもる》、石坂周造らが顔をそろえた。

「横浜を焼き討ちする」

清河は、京からの帰り道、ずっとそのことを説いていた。

「早まらぬほうがよい。焼き討ちは無茶だ」

鉄太郎は、ひきとめている。関係のない大勢の人間をまきぞえにしたくない。

「イギリスは、日本を恫喝《どうかつ》しにかかっている。幕府は弱腰で屈しそうだ。いまここで一撃をくわえないと、イギリスの好き勝手にあしらわれてしまう」

「たしかにそのことは我慢できない。しかし、焼き討ちは最後の手段だ。イギリスに思い知らせる方法はほかにもある」

「ふん、なまぬるい手では、ますます馬鹿にされるばかりだ。横浜を焼き、黒船を襲うのがなによりだ。四百人の男がいる。横浜、黒船の襲撃など造作もない」

江戸に帰ってみると、浪士組が京にむかって出発したあとも、まだ人が集まってきていた。その人数を合わせて、四百人近くになっている。

「大切なのは、イギリス人に、日本人の強さを思い知らせることだ。焼き払うほどのことはあるまい」

鉄太郎は、そう思っている。いずれ、イギリスとは戦争をしなければならないかもしれないが、最後のギリギリまでそれを避ける努力をしたい。

「しかし、なんにしても、まずは金がいる」

松岡がつぶやいた。

今日、鉄太郎は江戸城の留守居役に、浪士組が江戸にもどった旨を報告に行った。当座の食い扶持として、なにがしかの金をもらいたいと頼んだが断られた。多事多難なおり、とてものこと、浪士の面倒まで見られないというのである。

「たしかに金が入り用だ」

鉄太郎がうなずいた。

攘夷を実行するならば、とにもかくにも大勢の男たちを、毎日食べさせなければならない。屋敷は、空いているのを無理につかっているが、損料で借りた布団賃も馬鹿にならない。浪士を集めたのは、自分たちだから、その点については責任がある。

「金持ちから集めればよいではないか」

石坂周造が、こともなげに言った。

「むろん、わしは金を出す」

清河が言った。実家からの支援を頼んでのことだろう。しかし、なにしろ四百人もの人間がいるのだ。ずいぶん金がかかる。最悪の事態にそなえて、いつでも黒船を襲撃できるよう、武具の準備もととのえておきたいと鉄太郎も考えている。

「金持ちほどけちなものだ。やすやすと金は出さんぞ」

池田の言葉に、清河がいやな顔をした。

「献金の証書をつくればいい」

石坂が言った。

「証書だと？」

鉄太郎は首をかしげた。

「さよう。尽忠報国の士のために、献金いたしますとの文面をこちらで作り、そこに名前を書かせるのだ。さすれば、強盗でも押し借りでもなく、正当な献金となる」

「なるほど。それでいこう」

鉄太郎は、石坂の頭のよさに感心し、即決した。さっそく、証書を作成し、手分けして金のありそうな商人をあたることになった。

鉄太郎は、日本橋に行って、大きな店を順番にまわった。

「攘夷のための浪士組である。献金を願いたい」

番頭に断られる店もあったが、主人が出てきて、五十両の金子をくれる店もあった。浪士全員でまわったので、とりあえず、飯が食べられるだけの資金は集まったが、なにしろ四百人ちかい猛者が集まっている。少々の金などは、食べて呑んでいるだけで、すぐになくなってしまう。

ところが、数日して、鉄太郎は、隣家にすむ義兄高橋泥舟から呼びだされた。泥舟は、一橋慶喜《ひとつばしよしのぶ》の警固のために上洛していたのだが、浪士組とともに江戸にもどった。幕府は、頼りにならない鵜殿にかわって、泥舟に浪士組を取り締まらせたのである。

「ちと、無茶をしておるようだな」

「……はて、どの一件でござろうか」

江戸にもどってからも、浪士たちの喧嘩騒動は日常茶飯事だ。毎日、やっかいなもめごとがたくさん起きている。

「浪士組の押し借りに迷惑しているとの苦情がいくつも届いている」

「まさか……」

言いかけて、それもあり得ると思い直した。鉄太郎は、慇懃《いんぎん》に献金を頼んだが、なかには無理をした者がいるのかもしれない。

「所詮、その程度の集まりか」

つぶやいた泥舟に、鉄太郎もうなずかざるを得なかった。

その夜、鉄太郎は、浪士組が宿にしている本所三笠町の空き屋敷に行った。

空き屋敷とはいえ、大名の下屋敷だ。広くて間数はたっぷりある。飯田町のべつの屋敷に分宿している浪士も呼んでおいたので、大広間に入りきれず、縁側から庭にまで人があふれた。

「このなかに、刀を抜いて商家をおどかし、金を強奪した者はおるか」

鉄太郎が一同を見わたすと、浪士たちが、首を横にふった。

「多少は強く説いて頼んだが、まさか刀を抜いてはおらぬ」

「拙者も抜かぬ」

そういう声が多かった。

「刀を突きつけて金を出させた者がおる。『浪士組である。文句があるなら、本所三笠町の屋敷に来い』と捨てぜりふを残して立ち去ったとの苦情が何件も届いておる。思いあたる者はいるか」

鉄太郎の問いかけに、一同が静まった。春の宵のことで、開け放した障子から、夜の風が薫っている。しばらく待って、鉄太郎はつづけた。

「では、なに者かが、浪士組の名を騙《かた》って強奪したものと考えられる。浪士組が無実の証《あかし》を立てるため、しばらくは、全員一歩たりとも外出をせず、この屋敷にいてくれ」

即座に一同から、不満の声が上がった。

「浪士組が疑われておる。そのあいだに浪士組の名を騙る者があらわれたら、無実が証明される。即座に捕縛しなければならぬ」

鉄太郎の太い声に、一同がうなずいた。鉄太郎の声には、みょうに人を納得させる力があった。

翌日、鉄太郎は、信頼できる浪士を五十人選び、蔵前《くらまえ》を警戒させた。金子を強奪されたという苦情は、蔵前界隈の景気のいい札差《ふださし》から寄せられていたのである。

その日、騙りの輩は、あらわれなかった。

手ぐすね引いて待ちかまえていた鉄太郎たちは、手ぶらで本所の屋敷に帰るしかなかった。

「もう、金をたっぷり持って逃げたのかもしれんな」

石坂周造がつぶやいた。

被害の総額は、数百両におよんでいる。押し借りにあった札差たちの話によれば、徒党を組んでいたらしい。かなりの人数の仲間がいそうだ。

日が暮れて、酒を呑みはじめた。

四百人の男たちが、あちこちで車座になり、大声で時勢を論じ合うのだから、うるさいことこのうえない。肴なんぞはない。飯炊き女を雇って、とにもかくにもぎり飯を山ほどつくらせている。漬け物や佃煮があれば、大のご馳走だ。

二日目、三日目と、偽浪士の手がかりはなかった。

四日目も見まわりしていると、両国の見せ物小屋で騒いでいる浪人たちがいるとの話を聞きつけた。

すぐに駆けつけてみると、風体のよからぬ浪人が十人ばかり、大きな莚張《むしろば》りの小屋の前で、大声で喚《わめ》き散らかしている。浪人たちは、あきらかに酔っていた。

「どうしたのだ」

鉄太郎は、小屋の者にたずねた。

「へぇ。象の鼻を切らせろと言ってきかねぇんです。そんなこと、させられるわけありゃしません」

木戸番が、苦り切った顔を見せた。してみれば、莚小屋のなかは、象の見せ物なのだろう。

「わかった。案ずるな」

すぐにしずかにさせてやると、鉄太郎はうけおった。

「あの連中、ちかごろ、札差から金をせしめている浪人どもです」

教えてくれたのは、商家の番頭風の男だった。被害に遭った家の者だという。それなら間違いなかろう。

鉄太郎は伝令を走らせ、五十人の浪士組に、気づかれぬよう男たちを取り囲むように命じた。

包囲の陣形がととのったところで、鉄太郎は大声を張り上げた。

「静まれッ」

鉄太郎の野太い声に、男たちがいっせいにふり向いた。騒ぎ立てる男たちを遠巻きにして眺めていた大勢の通行人たちが、さらに後にさがった。

「なんだ貴公は」

首魁《しゆかい》らしい男が、鉄太郎を睨みつけた。

「浪士組を騙り、商家から金子を強奪したかどで召し捕る。それ、殺さずに捕らえろッ」

鉄太郎が命じて、前に踏み出すと、頭目格らしい男が刀を抜いて斬りかかってきた。すばやくかわして、腕をねじ上げた。

浪士組が、男たちを捕まえにかかった。むこうは刀を抜いてきたが、さして手こずることもなく、全員に縄をかけた。

その場で口を割らせ、仲間の居所を白状させ、そちらも捕まえた。総勢、三十六人もの偽浪士を、本所三笠町の屋敷に連れもどった。


「首魁の二人は斬首」

清河八郎が、冷徹に言い放った。小判十両以上の盗賊は、死罪が定法である。あまつさえ、彼らは、浪士組の名を騙っているから、罪はさらに重い。妥当な刑であった。

首は、その日のうちに両国橋《りょうごくばし》のたもとに晒《さら》された。

翌朝、鉄太郎は、池田徳太郎らとともに、高橋泥舟の屋敷に出むいた。

「浪士組の騙りを斬首いたしました」

「あの連中、どうやら、幕閣の差し金で動いておったらしい」

泥舟の言葉に、鉄太郎は驚いた。幕閣には、清河八郎を嫌う者が多い。浪士組を窮地に陥れるための裏工作だったというのである。

「それほどまで、清河が幕閣に忌み嫌われておるということだ。いまここで攘夷などほんとうに実行されては大迷惑。それが重鎮たちの本音だ」

「そうですか」

鉄太郎は清河がそこまで毛嫌いされていることに改めて驚いた。

「いまだからおしえるが、京で清河を暗殺せよという命令が出たのを知っておるか」

腕をくんだ泥舟が鉄太郎を見すえた。さすが、将軍後見職一橋慶喜の警衛長として上洛していただけに、泥舟は裏の事情にくわしい。

「まことですか」

「正直なところ、清河ほどやっかいな男はおらぬ。そもそも、最初から幕府を倒すのがあの男の野心だ」

さすがに、幕臣の鉄太郎にむかって、清河はそんなことを言わなかったが、言動のあれこれを考えれば、倒幕を考えていることは容易に想像がついた。

「貴公だって、いっしょに襲撃されるところだったのだ」

それは初耳だ。

「だれにですか」

「京に残留した一派がいるだろう。あやつらが、会津の用人と相談してのことらしい」

残留した一派ならば、近藤勇や芹沢鴨である。

「知りませんでした」

「清河と土佐屋敷に行っただろう。あのとき、四条堀川で待ち伏せしていたそうだ。貴公がいたので、あきらめたと聞いておる」

泥舟がうすく笑った。

「いまもまだ清河は狙われている。注意するように言ってやるがよい」

礼をのべると、泥舟が、七百両近い小判をさしだした。

「当面の食いつなぎ資金だ。もう商家に借りに行くな」

「助かります」

それだけあれば、四百人の浪士たちを、しばらく食べさせておける。


夜になると、清河八郎は小石川鷹匠町の鉄太郎の家で寝泊まりした。家は、畳も天井板も、あちこち焚きつけにしたままで廃屋寸前だが、さすがに客用の部屋だけは、金を工面して畳を入れ直してある。

鉄太郎も、夜は家に帰り、石坂周造や松岡萬、池田徳太郎らをまじえて酒を呑んだ。

話は、やはり、攘夷をどう断行するか、についてである。横浜の黒船をなんとか襲撃したい。四百人の浪士組を、清河は自分の手勢と考えている。それだけの人数がいれば、黒船襲撃も夢物語ではない。

酔いがまわったころ、清河が、懐から小さな巻紙をとりだした。

「あれからずいぶん人が集まった」

広げると、冒頭に「尊皇攘夷発起」と書いてある。三年前、鉄太郎が筆頭に署名した連判状である。

筆頭の山岡鉄太郎以下、清河八郎、石坂周造ら十余名の名前がつらなっている。松岡萬、池田徳太郎、伊牟田尚平、益満休之助の名が見える。清河を助けようとして幕吏に捕らわれ、獄死した者の名もある。

そのあとに、十余名つらなっている。

末尾は、坂本龍馬。

北辰一刀流の遣い手だが、鉄太郎のいたお玉ヶ池ではなく、千葉周作の弟定吉《さだきち》の小千葉道場門下で、鉄太郎も、なんどか顔を合わせたことがある。調子良く大風呂敷を広げ過ぎるのが気にかかったが、いたって快活で、弁が立つ。つねに、有り余るほどの熱情をほとばしらせている男だった。

「これだけの人間が浪士を指揮し、命を捨ててかかれば、イギリスの軍艦など、恐るるにたらぬ」

清河が、いつになく高揚している。

「しかし、軍艦に攻め込むとなれば、こちらも船がいる。梯子《はしご》もなければ大きな船に移れない」

鉄太郎がつぶやいた。襲撃するなら、それなりの準備が必要だ。

「案ずるな。ちゃんと手配してきた」

清河がにやにや笑っている。

「いつの間に……」

鉄太郎はあきれた。ここ数日出かけていたのは、そのためだったのか。

「段取りはすべてととのった。いよいよ浪士組が、攘夷を断行する時だ」

清河は、自信満々の顔つきで胸をそびやかした。

「しかし、そんなことをすれば、浪士組に幕府の後ろ盾が得られなくなる。幕閣は、貴公を疎《うと》んじている。刺客をさし向けるぞ」

高橋泥舟から聞いた話を、清河に伝えた。

清河は、蔑むような含み笑いを見せた。自分がやられるはずがないと言わんばかりだ。

「徳川《とくせん》の後ろ盾などもはや必要ない。浪士組が、庄内藩のお預かりになるようにはかってきた。これで根無し草ではなくなった」

鉄太郎は、唖然《あぜん》とした。どこまで周到に策をめぐらす男なのか。

「では、浪士組という名も変えたほうがよかろう」

益満休之助が言った。浪士組という名では、いかにも半端者の寄せ集めみたいで、士気があがらないことおびただしい。

「そうだな。新しくよい名をつけよう」

清河が、天井をにらんで考えている。四書五経に通じた清河なら、いくらでもふさわしい名前を考えるだろう。

「尽忠報国組ではどうだ。勇ましくてよいではないか」

手を打ち鳴らした石坂周造が口にした。

「長ったらしくて、舌を嚙みそうだ」

松岡萬が首をふった。たしかに、合戦や襲撃の最中に、そんな長い名前を唱えている余裕はなさそうだ。

「回天組はどうか」

清河がつぶやいた。世の中を一新して、新しい時代を築くという意味だろう。それこそ、清河の根本的な野心である。

「しかし、それでは、庄内藩が同意すまい」

鉄太郎が言った。〝回天〟の根本には、倒幕の思いがある。幕府寄りの庄内藩お預かりになる組にふさわしい名ではない。

「新徴組《しんちょうぐみ》はどうだ。新しく徴募した組だから新徴組。曲《きょく》はないがわかりやすい」

鉄太郎の発想は、つねにまっすぐ単純明快である。それだけに、力強さがある。

「ふむ」

清河が鼻を鳴らした。

「そんなところか」

「いいじゃないか、新徴組。おれは気に入った。初々しくていい」

石坂が鉄太郎の茶碗に、なみなみと酒をついだ。

みな、酒が好きで強い。呑めば、気宇壮大になって、天下国家について、大胆に語る。

「おれはな、じつは徳川《とくせん》が大嫌いだ」

つねに傲岸不遜な清河だが、幕臣の鉄太郎に、面と向かってそんなことを口にするのは、さすがに初めてだ。

「徳川のほうでも、清河さんを嫌っていますな」

「そうらしい。おれは、徳川の世は嫌いだが、日本と日本人が大好きだ。この国を、異人に馬鹿にされない国にしたいのだ」

めずらしく大酔いしているらしい。鉄太郎には、それが清河の本心に聞こえた。

翌朝、清河は一人で風呂屋に出かけた。髪結床《かみゆいどこ》にも寄って来たらしく、顔がさっぱりしている。ここ数日、ちょっと風邪気味だったらしいが、どうやらそれも治ったようだ。

「ちょっと泥舟先生に、ご挨拶してくる」

と断って、山岡家のとなりの高橋家に行った。

鉄太郎があとで聞いた話では、白い扇子を何本かもらって、その場で歌を書いたそうである。

魁《さきがけ》て　またさきがけん死出の山　迷いはすまじ　皇《すめらぎ》の道

砕けても　また砕けても　寄る波は　岩角をしも　うち砕くらむ

かねてからの清河の思いが凝縮した歌であった。

いったん戻ってきた清河が、すぐに、そのまま出かけるという。

「どちらへ？」

「麻布だ。上山《かみのやま》藩屋敷に金子をたずねてくる」

出羽上山藩士金子与三郎《かねこよさぶろう》の名は、鉄太郎も清河から聞いている。清河は、金子のことを大いに信頼しているらしい。

「供をお連れなさい。なんなら、拙者が同道しよう」

清河が蔑むように笑った。そんなにおれの腕が信用できんか、と言わんばかりの顔である。

「いらぬことだ」

金子へは、ちかごろ書きためた文章を預けに行くという。攘夷実行を目前にひかえて、身辺を整理しておくつもりなのだろう。

「お気をつけて」

命を狙っている刺客がいることは、清河とて承知している。鉄太郎は、あえてそのことに触れなかった。

鉄太郎は、石坂周造らと、自邸の道場で、汗を流した。すでに初夏を思わせる陽気で、木刀で組太刀をすると、いくらでも汗が噴き出した。

夕方になって、井戸水を浴びた。気分が爽快になって、空を見上げた。よく澄んだ青い空に白い雲の浮かんでいるのが、目に染みた。

ふっと思った。

——日本はこれからどうなるのか？

思ってから、首をふった。考え方がまちがっている。

——日本をこれからどうするか？

変えていくのは、自分なのだと気がついた。

褌一本のまま井戸端で空を見上げていると、侍が駆け込んできた。鉄太郎が、かげながら清河八郎の警固を命じておいた二人の若侍の一人である。

よほど遠くから走ってきたらしく、激しく息を切らせている。

「どうした？　まず水を飲め」

井戸から釣瓶《つるべ》でくみ上げた水を、そのままさしだすと、若侍は顔を突っ込んで喉を鳴らして飲んだ。

「清河先生が、清河先生が……」

若侍は、まだうまくしゃべれない。

「落ち着け」

「……斬られました」

鉄太郎はうなずいた。懸念が現実になった。驚きはない。

「はい。山岡先生のお言いつけどおりに、清河先生のあとについておりましたところ、麻布一ノ橋をわたったたところで……。申しわけありません。あっという間のできごとで、お助けできませんでした」

鉄太郎は、浪士のなかでもことに腕の立つ若侍を選んで清河について行かせたのであった。

「そんなことはよい。斬られて、亡くなったのか」

「はい。道で、知り合いとおぼしき侍に声をかけられたところ、べつの侍に後から頭を斬られ、絶命なさいました」

「そうか。死骸はまだそこにあるか」

「はい。ちかくの茶屋の者が気づいたので、役人を呼びに走ったと思います。見張りを残してきました」

「よしッ」

うなずいた鉄太郎は、濡れた褌をはずして家に駆け込んだ。

「着物を出せ」

妻の英子《ふさこ》が、すぐに仕度を手伝った。

石坂周造も家に駆け込んできた。

「どうするつもりだ」

「しれたこと。連判状を取りもどす」

「あっ」

石坂の顔がひきつった。

「清河さんは、あれを持って出たのか」

「いつも肌身はなさず胴巻きに入れている。取りもどさねばやっかいなことになる」

清河を殺したのは、幕吏だろう。若侍の話では、斬った男たちは、すぐに逃げ去ったという。ならば、胴巻きには気づいていないはずだ。連判状が幕吏の手にわたれば、名前を連ねた人間が、みな捕縛される。

「待ってくれ。それはおれが行ってくる。貴公は顔を知られているからまずい」

鉄太郎は、考えた。たしかに、ここは自分が動くべきときではない。連判状のことは、石坂に任せることにした。


石坂周造は、小石川鷹匠町の山岡屋敷から麻布に走った。

着いたときは、すでに暗くなっていた。あたりに提灯《ちょうちん》がたくさんならんでいる。

莚《むしろ》もかけないままの清河の死骸のまわりを、奉行所の手の者が取り囲んでいる。まだ検屍の役人が来ないのだろう。

石坂は、なにげないそぶりで見物人をかきわけ、町方役人にたずねた。

「どなたが殺されたかな」

「奥州の浪士だ。関係のない者は、下がっておれ」

その言葉に、石坂は顔をゆがめた。

「なに。奥州の浪士だと。名はなんというか」

「聞いてどうする」

「奥州浪士なら、いささか因縁がある」

「清河八郎という男だ」

役人がつぶやいた。

「おお、清河八郎ッ」

石坂はとてつもない大音声を発した。

「その男こそ、わが父の仇《かたき》。長年たずねまわったが、ついにここでめぐりあったか。死骸といえども一太刀浴びせてくれん」

刀を抜いたので、役人たちが腕を広げて立ちふさがった。

「こら、さような真似はゆるさん」

「なんだと、ならば、貴様らも仇もろとも」

白刃をふりかざすと、役人たちがあわてて飛び退いた。

石坂は、清河の死体に駆け寄り、据え物斬りの気合いで、首を斬り落とした。

しゃがんで首を抱えると、見物人たちがざわめいているのを尻目に、清河の懐に手を突っ込み胴巻きを引き抜いた。そのまま懐にねじ込んで立ち上がった。

左手で清河の首を高々とかかげて見せた。

「やあやあ、仇の首だ。もらっていくぞ」

右手に血刀をさげたまま駆け出すと、役人たちが後ずさって道をあけた。

そのまま夜道を駆けた。さいわい四月の十三日で、おぼろながらも月が明るい。

鷹匠町に駆け戻ると、山岡屋敷の塀越しに、清河の首と連判状入りの胴巻きを投げ込んだ。

「きぇーッ」

石坂は、奇声を発した。投げ込んだのを知らせるためである。そのまま、足をゆるめず、夜道を駆けていった。

奇声を聞きつけて、鉄太郎は庭に出た。物音のしたあたりを探すと、生首が転がっている。月明かりに見る生首は、恨めしげな顔をしていた。

「清河さん……」

鉄太郎は、思わず、首をひざに抱えて抱きしめた。

「…………」

言葉にならない思いが、胸をかけめぐった。清河は、不遜にして傲岸ではあったが、まごうかたなき英雄であったと、鉄太郎は思っている。志の強さ、大きさ、明晰さにおいて、清河に勝る人物は見あたらない。

ただ、いささか策を弄しすぎた。

しかし、幕臣である鉄太郎とちがい、郷士である清河にすれば、それもやむを得ないであろう。鉄太郎にとっては、反面教師としての英傑であった。

——聡明すぎたのだ。

そうも思えてくる。頭脳明晰であるがゆえに、すべてがおのれの計算通り理詰めで運ぶと思いこんでいた節がある。

——おれは、愚鈍にいく。

それしか、自分の道はないと、鉄太郎はあらためて思った。

胴巻きのなかから連判状を取り出すと、油紙に包んで、自分の胴巻きに入れた。これを腹に巻いているかぎり、死ぬわけにはいかない。死ねば、大勢の同志に迷惑がかかる。

「どうなさいましたか」

いつの間にか英子が縁廊下に立っていた。息をのむ気配があった。かたわらに置いた首を見つけたのだろう。

「清河さんだ」

手燭《てしょく》を持った英子が、庭に降りてきた。しゃがんで、手を合わせた。

「まあ、血まみれ……」

英子に言われて、鉄太郎は、自分の手と着物を見た。清河の首を抱いたので、たしかに血がたくさんついている。

立ち上がった英子は、盥《たらい》に水をくんできた。清河の首を両手で持って入れ、手拭いで顔をぬぐいはじめた。血まみれ、というのは、鉄太郎についた血のことではなく、首のことだった。

英子は、目に涙をうかべている。鉄太郎は、妻の気丈さとやさしさを、いっぺんに見た気がした。

「清河さんも、よろこぶだろう」

「はい」

丹念に血をぬぐい終えると、英子は新しい晒《さらし》を持ってきて、縁廊下にひろげ、そのうえに首を置いた。

「この首をどうなさいますの？」

英子がたずねた。

「はて……」

鉄太郎は、清河の首をどうするか、まだ考えていなかった。

「床下に埋めよう」

むろん、葬式など出せない。とりあえず、そうでもするしかなかろう。

手燭をもって奥に消えた英子が、鍬《くわ》を手にもどってきた。菜園をたがやすための鍬である。

鉄太郎は、座敷の床板をめくると、穴を掘り始めた。夜の暗がりに、手燭の明かりで床下に穴を掘るのは、へんな気分だった。

「泥棒にでもなった気がする」

つぶやいたが、返事はなかった。英子は、清河の首に晒を巻き、手を合わせている。

――みょうな女を妻にしたものだ。

鉄太郎には、英子の気丈さが心強かった。

木の芽時のことで、何日かすると、清河の首は、とんでもない異臭を放つようになった。しょうがないので、鉄太郎は、庭木の根もとに深い穴を掘って埋め直すことにした。

床下から掘り出したとき、巻いてあった晒が、黒く腐った肉とともにずるりと脱げた。おどろおどろしい腐肉のなかに、髑髏《しやれこうべ》が見えた。

――死ねば、だれでもこうなる。

鉄太郎は、瞑目《めいもく》した。さすがに、胸にこみ上げてくるものがある。悲しみや哀れみではなかった。無常観でもない。

——死んでたまるか。

思ったのは、そのことだ。死ねば、人はだれでも、腐敗して悪臭を放つ。化け物よりはるかにおぞましい腐肉となる。

——死ぬまで懸命に生きるのだ。

なにも、好き好んで死に急ぐことはない。死ぬときは、どうせ死ぬ。死なねばならぬときは、従容《しょうよう》として死につく。その覚悟はできている。

——しかし……。

死ぬまでは、生きる。それも、とことん本気で懸命に生きる。志にむかって、まっしぐらに生きる。

——尽忠報国。

ばかりが志ではない。

おのれの志なら、ほかにたくさんある。撃剣が、もっと強くなりたい。いつも平常心でいたい。禅の公案も、もっと進みたい。書がうまくなりたい。

いや、そんな高等なことではなく、ただの欲だって、じつはいっぱいある。蓄財や名誉には、なんの興味もないが、女はいくらでもたくさん抱きたい。日本中の女郎を抱いてから死にたい。酒もまだ呑み足りない——。

おぞましく腐敗した髑髏を眺めながら、鉄太郎が思ったのは、そういうことだった。

庭に深く掘った穴に、清河の首を埋めた。埋めてから、その前で酒を呑んだ。

初夏の宵で、風が生ぬるい。

その夜は、いくら酒を呑んでも、酔わなかった。

それから数日後、鉄太郎は徒目付《かちめつけ》に呼びだされた。

二の丸玄関わきの御用部屋に行くと、もったいをつけた侍が、立ち上がって書き付けを読み上げた。

「山岡高歩《たかゆき》儀、閉門申しつける。門を閉ざし、通路、これあるまじきこと」

鉄太郎の閉門の理由は、浪士監督の不行き届きであった。浪士組を管掌する立場にありながら、清河八郎のような反逆者を出したのを責められたのである。

——閉門か。

閉門なら、罪は軽い。昼間、家から出ず、客を招かなければよいだけのことである。

どうしても必要な用事があれば、夜中に出かけてもかまわない決まりになっている。病気になれば医者を呼んでもよい。火事ならもちろん消火活動も許されている。避難してもかまわない。門や窓は閉ざしておかなければならないが、板や竹をわたして封じる必要はない。

それでも、鉄太郎は、屋敷に帰ると、下男の三郎兵衛に命じて、門の前に、竹を二本、はすかいに組ませた。

「あっぱれな閉門でございます」

三郎兵衛は、清河の一件についてなにがしかは知っている。この下男は、鉄太郎の男気《おとこぎ》に惚れきって全面的に信頼しているので、閉門の処置がはなはだ不当で、むしろ誇りだくらいに考えている。

鉄太郎閉門の理由には、異説がある。後年、鉄太郎本人が、弟子に語ったところによれば、理由はまったくちがっている。

品川御殿山《ごてんやま》のイギリス公使館警固が、幕臣三百人に命じられた。攘夷の旋風が巻き起こっているので、だれも行かない。困り果てた幕府は、命令に背く者は切腹を申しつけると厳命をくだした。

切腹に怖れをなした幕臣たちは、御殿山警固に出むいたが、鉄太郎一人、最後まで出仕しなかった。

腹を切る覚悟を決め、身を清めて待っていると、あらわれた上使は、殊勝につき切腹を免じ、謹慎を申しつけた――というのが、本人の弁である。

ただし、京から浪士を引き連れて江戸に帰ったばかりのこの時期に、幕府が、鉄太郎を公使館護衛の任務に組み込むかどうか、はなはだ疑問である。これはなにか別のときの話かもしれない。

このとき、泥舟にも一大事がもちあがっていた。

浪士取扱だった泥舟は、京から帰ってきた清河八郎のために、幕閣に善後策などを建議したが受け入れられず、やむなく、辞表を提出した。

そのため、逆心ありとの嫌疑をかけられたのであった。

幕閣は、相馬《そうま》藩、新発田《しばた》藩などに命じて、あわせて一万の兵を動員し、江戸城の警備や浪士の家の警戒にあたらせた。

泥舟の家には、二千の兵がさし向けられた。兵は近くの小石川伝通院に待機し、いつでも突入できる準備をととのえている――、と、探ってきた松岡萬が報告してきた。

死を覚悟した泥舟は、妻の澪子《れいこ》に語った。

「勤皇佐幕をもって自ら任じてはげんできたが、わが志成らず。寄せ手が来れば、陳弁するつもりだが、逃げる道はなかろう」

澪子も、死を覚悟した。

隣家に住む鉄太郎は、自由に往来できる裏庭から、すぐさま泥舟のそばに駆けつけ、やはり討ち死にを覚悟した。松岡や泥舟の門弟ばかりでなく、鉄太郎の妻英子、娘の松、下男の三郎兵衛までもが、泥舟宅に集まって肩を寄せ合い、まんじりともせずに夜を明かした。

結局、討手はあらわれず、泥舟は、無期限の閉門を申しつけられた。

鉄太郎、泥舟が閉門になってすぐ、石坂周造ら尊皇攘夷党の仲間は、本所三笠町の浪士組屯所を囲まれ、捕縛されてしまった。

尊皇攘夷党は、瓦解せざるを得なかった。


閉門の身となった鉄太郎は、門を閉ざし、屋敷から一歩も出ない覚悟を決めた。屋敷にいても、することはたくさんある。剣と槍《やり》の稽古、それに坐禅と書に本気で取り組めば、一日などあっという間に過ぎて、寝る時間さえ惜しいほどだ。

屋敷の道場で、弟の飛馬吉《ひめきち》、留太郎と撃剣の稽古をはじめた。

「謹慎中に、稽古をしてもかまわないのでしょうか」

「なに、閉門の身でも、一朝ことあれば、すぐに飛び出していかねばならん。怠けるほうが罪である」

いつもよりわざと大きな声をはりあげて稽古をした。

ふと気がつくと、道場の入り口からだれかが入ってきた。

高橋泥舟であった。裏庭からやってきたらしい。

「わしも汗を流そう」

泥舟が、壁にかかっている木槍を手に取って、素突きをはじめた。

槍の名人だった兄の静山に劣らず、泥舟もまた講武所で教授方を務めるほどの達人である。突き出す槍にも格別の冴えがある。

「では、お稽古をお願いいたします」

竹刀稽古を終えた鉄太郎は、木槍を手に取って、頭をさげた。

槍と槍を合わせれば、すぐに熱中した。大声を張り上げて稽古に励んだ。弟子たちが来ないので、いつになく稽古に専念して汗を流した。

何日かすると、夜になって、人が来るようになった。若い門弟たちが、世間や幕府がいったいどうなっているのかを、報告に来るのである。

門を閉ざしてあるから、塀を乗り越えてくる。

最初は、近所をはばかって、ひっそり話していたが、だんだん大胆に大声で話すようになった。

ただ、酒呑みの鉄太郎が、このときだけは、酒を呑まなかった。

ふしぎと、呑みたくないのである。やはり、謹慎の身なのだという思いが、強くのしかかっていた。閉門が解けてから、ゆっくり呑むつもりだった。

鉄太郎が門を閉ざしているあいだに、世の中は大きくうねった。

五月になって、長州藩は、下関《しものせき》の砲台からアメリカ、フランス、オランダの艦船を砲撃。ついに攘夷の実行に踏み切った。

長州の砲撃に対して、アメリカの軍艦が長州藩砲台に反撃。

七月になると、薩摩でも、イギリス艦隊との戦争がはじまった。

鉄太郎は、屋敷から一歩も出ず、夜ごとに塀を乗り越えてやって来る仲間から、そんな情報を聞いては、いつもくちびるを噛んでいた。

——人は、おらんのか。

この国は、激流に翻弄される木の葉にも似ている。ただもみくちゃにされ、どこに向かっているのかさえ、だれにもわからない。毅然《きぜん》と立ち上がって、事態を収束させる人間はいないのか――。

そんな悔しい思いが、胸にあふれている。

――自分が……。

と思わぬではない。

しかし、閉門の身ではいかんともしがたい。忸怩たる思いばかりがこみ上げてくる。

そもそも、幕臣である鉄太郎は、清河八郎のように過激な倒幕をとなえるつもりはまったくない。あくまでも、幕臣として、生きるつもりである。それでも、幕臣としてこの国のためにできることがいくらもあるはずだ。それを思えば、悔しくてたまらない。

そのまま夏が終わり、秋が過ぎ、冬になった。

鉄太郎の閉門は、解かれないままだ。

十一月十五日の夕刻である。

槍の稽古を終えた鉄太郎と泥舟が、汗をぬぐっていると、遠くで、半鐘の音が聞こえた。

「どこだろう」

いやな予感がして、鉄太郎は、屋敷の屋根に登った。

冬の夕暮れ空に、火焔《かえん》の立っているのが見えた。

燃えているのは、江戸城である。

「いかねばなりません」

「むろんのこと」

すぐに仕度をととのえ、松岡萬ら、元の同志とその家来ら数十名を呼び集め、一同うちそろって駆け出した。

泥舟は、白装束に黒羽二重の小袖、黒羅紗《ラシャ》の火事羽織に黄緞子《きどんす》の古袴を穿《は》いて、栗毛の馬にまたがっている。

鉄太郎は、三尺の大刀をさし、槍をかき抱いて泥舟の馬の左に、長巻を手にした松岡萬が馬の右につきしたがって、その前後を数十人の男たちがかためている。

まず飛び込んだのが、寄合肝煎《きもいり》佐藤兵庫《さとうひょうご》の屋敷である。

「大城の炎上はただごとならず、君上を警衛せんと、幽閉の禁を犯してあえて出馬つかまつった」

佐藤は、泥舟の忠誠を称賛したものの、今日のところは屋敷に帰るように諭した。

泥舟は、それには応じず、一同は大手門のすぐ前にある酒井雅楽頭《うたのかみ》屋敷の番所前で控えた。そこからは、城の櫓《やぐら》が炎上するようすがよく見えた。

屋敷の侍のなかには、炎上のようすを面白がってはやし立てる者がいた。怒った松岡が斬り捨てようとしたのを泥舟がとめた。ほんとうは、自分が斬り捨てたいくらい腹が立っていた。

夜明けに鎮火。引き上げるときに、講武所奉行沢左近《さわさこん》の一隊と出会った。

「よくこそ禁を犯して、警衛に出られた」

「君上のためにはすでに身を犠牲に供している。幽閉の禁を犯したれば、いつ割腹を命じられてもよいように、その仕度をして参った」

泥舟の白装束は、死に装束だったのだ。

屋敷に帰ると、泥舟は切腹を命じられる覚悟で待っていたが、その沙汰はなかった。帰路、出会った沢が、幕閣にはたらきかけてくれたので、十二月になって閉門が許された。

鉄太郎も、松岡萬も許された。

浅利又七郎

世の中が、騒然としている。

長州と薩摩で、西洋列強との戦争がはじまっただけではない。

大和の十津川《とつがわ》と、但馬《たじま》の生野《いくの》では、義民が挙兵して、代官所を襲撃する事件が起きている。黒幕は、攘夷の志士らしい。

その一方、京の内裏では、政変によって、攘夷派の公家が追い出された。政治情勢はますますこじれるばかりだ。

しかし——。

とりあえず、江戸は落ち着いている。

異人を殺傷する事件や、天誅《てんちゅう》の張り紙はあとをたたないが、それでも、厳戒態勢がしかれるほどではない。

江戸の町民たちは、急激な物価高に苦しみながらも、平穏な生活を営んでいる。

鉄太郎は、思いっきり撃剣がしたくてたまらなかった。

ひさしぶりに講武所に行き、まずは、井上清虎に、閉門中、師匠の世話のできなかったことを詫びた。

「ながらく、ご不自由をおかけいたしました」

「閉門はどんな気分だった？」

「坐禅と書と撃剣三昧の日で、ただ酒の呑めぬだけが苦行でした」

「それはけっこうな閉門だ」

木刀で、稽古をつけてもらった。

――おや。

向かい合ってかまえると、隙が見えた。

――勝てる。

打ち込むと、思ったとおりに、籠手が決まった。寸止めにしたが、まちがいなく鉄太郎の勝ちである。

三本稽古をつけてもらって、一本は負けたが、二本は鉄太郎が勝った。

「弟子が強くなるのはうれしいが、さりとて、苦々しくもある」

汗をぬぐいながら、井上がつぶやいた。笑ってはいるが、正直な気持ちだろう。

井上は、すでに五十を超えている。日々の鍛練は怠っていないはずだが、動きに俊敏さを欠くのは、いかんともしがたい。

鉄太郎は、正月がくれば二十九である。気力、体力ともに充実し、なお、旺盛な負けん気がある。

「わしではもはや、おまえに教えることがない」

「めっそうもありません。末長くご教示ください」

「いや、よい人物がいる。いちど、たずねてみるとよい。一刀流浅利又七郎という御仁だ」

井上清虎があげた剣客の名は、鉄太郎も知っていた。

浅利又七郎は、小浜《おばま》藩召し抱えの剣術師範で、ちかごろ大いに評判の男だ。

その昔、伊藤一刀斎が創始した一刀流は、小野家によって受けつがれたが、いくつかに分派して、中西という家にも伝えられた。

浅利又七郎義明は、中西家の生まれだが、父中西子正《つぐまさ》の高弟で、千葉周作の師匠でもあった浅利義信の養子となり、浅利姓となった——。それくらいの知識は、鉄太郎にもあった。

井上の勧めをうけて、鉄太郎は年明け早々、浅利又七郎の道場をたずねることにした。

上野不忍池《しのばずのいけ》にちかい下谷黒門《くろもん》町に、若狭《わかさ》小浜藩の広大な上屋敷がある。門番の中間《ちゆうげん》に来意を告げ、道場の場所をおそわった。

縦三間（約五・四メートル）、横五間（約九・一メートル）の道場である。

ちょうど、門弟が、木刀で形稽古《かたげいこ》をしていた。どの弟子も、気合いがほとばしっている。

胴をつけ、正面にすわって見ているのが、浅利又七郎だろう。

歳のころは、四十余りか。一見して、剛直な気魄のみなぎった男で、腕を組んだまま身じろぎもしない。体軀《たいく》は、六尺二寸の鉄太郎とならんでも、さしてひけをとらないだろう。顔だちは驚くほど端整で、目に強い光がある。

案内の門弟のあとについて、道場の奥に進んだ。男が、こちらを見すえた。鉄太郎は、ていねいに両手をついて、頭をさげた。

「玄武館の門弟にて講武所剣術方の山岡鉄太郎と申します。浅利先生の御高名をうかがいまして、ぜひ、御指南をおねがいしたく参上いたしました」

頭を上げると、浅利又七郎がうなずいた。

「承知した。お手合わせさせていただこう」

それだけ言うと、浅利は立ち上がった。

もう、面をつけて仕度をしている。鉄太郎は、手早く持参の防具を身につけ、仕度をととのえた。

竹刀を手に、道場の真ん中に歩み出た。

浅利が、礼をとった。鉄太郎も、礼をとった。

立ち上がって正眼にかまえると、鉄太郎は、浅利をにらみすえた。自分のなかで、虎が猛《たけ》り立つのを感じた。全身の毛穴がひろがり、闘志が噴きだした。

「どりゃぁー」

腹の底から気合いを発し、床を蹴って、勢いよく正面に打ちかかった。

竹刀が激しい音をたててぶつかりあうこと八合。おたがいに飛びすさると、浅利が下段にかまえた。一刀流の下段は水平のかまえである。そのまま、ずかずかと間合いを詰めてくる。

——どこでも打てというつもりか。

鉄太郎は、浅利の大胆さにあきれた。打たれることなど、まるで意に介さぬように、踏み込んでくる。

「なんのッ」

鉄太郎があとに退かず、打ちかかろうとすると、浅利は、すかさず小手をすくい上げてきた。

かろうじてかわしたはずだったが、竹刀の先でしたたかに打たれていた。腕がしびれている。

「まだまだ」

ものともせずに打ちかかっていくと、あっさりかわされた。突進していくと、諸手突きで突き飛ばされた。

浅利の竹刀は、地から湧きあがり、天から降りてくるかのごときだ。変幻自在でありながら、緻密で周到きわまりない。

——こうなりゃ、とことん体当たりだ。

どのみち、簡単に勝てる相手ではなさそうだ。突進して、ぶつかって、蹴飛ばして、ひるんだところで打ちすえてやる——。

そうと決めて、突進した。さんざん突進をくり返した。そのたびに、右にはずされ、左にくじかれ、逆に突き飛ばされた。

それでもひるまず、突進し、突きかかり、打ちかかっていった。

見ていた門弟たちは、戦いの激しさに驚いた。鉄太郎は、殺さんばかりの勢いで、浅利に向かっていく。壮絶——などという言葉が、生やさしく聞こえるほどの凄まじさである。

山岡鉄太郎と浅利又七郎のこのときの勝負を実際に見ていた弟子の証言によれば、二人は、たがいに微塵《みじん》もひるむことなく、小半日も戦っていた。そのあいだ、鉄太郎は、阿修羅王が狂ったように激しく打ちかかっていたという。

——ちくしょう。

戦っているうちに、悔しさがこみ上げてきた。自分が、打ち込めない相手が、この世の中にいるということが、である。

——なんとしても。

この竹刀で、浅利を打ちすえてやりたい。それだけを狙って、道場中を飛びまわった。動物の雄としての闘争の本能だけが、鉄太郎を支配している。

打ち合いをはじめてどれだけたったか。喉がひりつき、声も出ない。もはや、人間ではないようだ。

鉄太郎は、自分が、執念の権化《ごんげ》である気がした。肉体などは、すでに、感覚がない。面などは、いつの間にかねじれて、なかば横を向いているが、直す暇がない。

ただ勝ちたい。ひたすら、勝ちたい。死にもの狂いで、その執念のために、竹刀をにぎって打ちかかっている。

しかし、どうしても、思い通りに打ち込めない。

浅利は、おどろくほどしなやかに動く。隙があると見て打ち込んでも、びしりと弾《はじ》き返される。ぶつかっても、突き飛ばされる。

――ええい。なんとしても。

竹刀と竹刀がぶつかったとき、力任せに押すと、鍔《つば》詰めとなった。ギリギリと腕で押す。押しても、動かない。

鉄太郎は、右足で、浅利を搦《から》め倒した。

浅利がころんだ。

ころびざまに、胴を打たれたが、そんなことはなんでもない。

倒れた浅利は、呼吸を三つばかりするあいだ、起き上がらなかった。

――勝ったのだな……。

鉄太郎は、息を切らしながらも、茫然《ぼうぜん》と立ちつくしていた。

起きあがった浅利は、道場の真ん中にすわり、面の紐《ひも》を解いた。

「山岡様、いまの試合は、いかがですか」

幕臣である鉄太郎に敬意を表して、〝様〟と呼んでくれたが、試合は、自分が勝ったと言わんばかりに、悠然と笑っている。

鉄太郎は、面をはずして一礼した。

「ありがとうございます。たいへん時間がかかりましたが、とうとうせしめさせていただきました。むろん拙者の勝ちですな」

浅利の眉が、にわかに曇った。

「異な事をおっしゃる。いまの勝負は、わたしの勝ちです」

立会人がいるわけではない。勝った負けたの判定は、本人たちがつける。

「先生は、仰《あお》のけに転ばれたではありませんか。わたしの勝ちでござる」

浅利が大きく首をふった。

「いや、わたしが勝った」

「それは、大間違い。拙者の勝ちは明々白々」

「いいや、さようなことはない。倒れるときに打った胴の手応えが、しっかりと手の内に残っています」

たしかに、倒れざまに左手で胴を払われた。しかし、あんなものは、なんの打撃でもない。鉄太郎はむきになった。

「打たれた覚えなどございません」

「では、胴をお調べください。あれだけの手応え。内に張った竹の二、三本は折れているでしょう」

どのみち胴ははずさねばならない。紐を解いて革張り胴の内側を見ると、縦に並んでいる竹が、たしかに三本折れている。

鉄太郎の頭に血がのぼった。ちかごろ、めったにないことだったが、つい虚栄を張った。負けなど認めたくない。

「これは、拙者が貧乏で、虫の食った胴をつかっていたから、自然に折れていたのです。わたしの勝ちは間違いない」

たがいに勝ちをゆずろうとしない。二人して呵々《かか》大笑したのち一礼し、そのまま帰ってきた。

鉄太郎は、小石川鷹匠町にもどると、家に入る前に、隣の高橋泥舟の家をたずね、浅利道場での一部始終を話した。

「鉄っつぁん、そいつは、本物だぜ」

「じつは、おれもそう思ってたところ」

「そうだとも。胴なんてものは、実戦では、簡単に斬れるもんじゃない。倒れざまに、薙《な》ぐしかないというぞ」

じつは、鉄太郎も、内心そう感じていただけに、泥舟の言葉で決心がついた。

翌朝いちばんに下谷黒門町に行き、藩邸内の道場をたずねた。浅利又七郎を見かけると、両手をついて頭をさげた。

「昨日は、たいへんご無礼いたしました」

意地っ張りな点でも、素直な点でも、鉄太郎は、文句なしに日本一である。おのれの過ちを改めることにおいては、なにを恥じることもなければ、なにをためらうこともない。

勝ちたい――と思ったら、敵に勝つことに、とことんまっしぐら。

負けた――と認めたら、その敵を師匠と仰ぐことにまっしぐら。

そういう男である。

頭をさげて非礼を詫びると、浅利又七郎は、入門を許してくれた。

「わたしに負けて、貴公のように感激している御仁は初めてだ」

真顔でそう言った。

「いえ、浅利先生が、ほんとうにお強いと感じたればこそです」

ちかごろ、鉄太郎は、自分より、はっきりと撃剣の腕前が上だと感じる者に、会ったことがなかった。

浅利の腕前は、あきらかに、数段、鉄太郎より勝っている。剣の技術が、というより、剣をつかう人間としての器が、鉄太郎よりはるかに大きいようだ。

いったんそれを認めてしまうと、浅利以外に生涯の剣の師はいない気がしてきた。

鉄太郎は、毎日、浅利の道場にかよった。防具をつけ、竹刀で稽古をつけてもらう。

それこそ、狂い猛った阿修羅王のごとく、道場いっぱいに飛びまわり、はね回り、なんとか師匠を打ちすえようと懸命である。このときばかりは、ほかの門弟たちは、おとなしく見ているしかなかった。

竹刀稽古が終わると、木刀での下段試合である。

一刀流では、大太刀の基本五十本など、ぜんぶで百本以上の形《かた》がきまっているが、下段試合では、形よりなにより、心気の強さをぶつけ合う。

浅利が、木刀を臍《へそ》の前で握り、水平下段にかまえた。鉄太郎も、同様にかまえた。たがいに、木刀を水平にかまえたまま、左拳を臍を中心にした四寸四方からはずさないのが決まりである。

浅利が、木刀を水平にかまえたまま、こちらに迫ってくる。すぐに間合いが詰まる。鉄太郎は、後にさがった。

――いかん。

そのまま後ずさり、道場の隅まで追い詰められてしまった。木刀と木刀は触れていない。ただ気魄だけで鋭く押し合い、勝負を決する。

追い詰められたということは、とりもなおさず、敗北であった。道場の真ん中にもどって、二度、三度、くり返しても、同じであった。

――なにがちがう?

鉄太郎は、自問したが、答えは見つからない。違うのは、心気の鋭さ、強さである。それが格段に違っている。

「いま一度」

なんどくり返しても、鉄太郎は追い詰められてしまう。道場の脇に敷いてある溜まりの畳にまで後ずさってしまった。

「いま一度」

また、同じことだった。くり返すたびに、気魄で押し返そうとするのだが、ただ水平にかまえただけの浅利の木刀には、得もいわれぬ冴《さ》えがあって、つい、後ずさってしまう。

――おれは、蛙《かわず》か。

まさに、蛇ににらまれた蛙であった。とてものこと、立ち向かえない。

鉄太郎は、溜まりの畳からさらに後ずさり、開いたままの杉戸から廊下に出てしまった。浅利が、笑いもせずに板戸をピシャリと閉めた。

――負けた。

どうしても認めざるを得ない。鉄太郎は、切歯扼腕《せっしやくわん》、身悶《みもだ》えするほど悔しい。その反面、自分をはるかに超越した泰山《たいざん》のごとき師を得た恍惚もあった。

閉ざされた杉戸を開けて、鉄太郎は道場にもどった。

「まいりました。まことにまいりました」

浅利の前に駆け戻り、両手をついて、頭をさげた。

浅利がうなずいた。端整な顔には、慢心もなければ侮蔑もない。超然としたまなざしで、鉄太郎を見ている。

「一足一刀の間合いは、すなわち、生死の間合いだ」

「はい」

そんなことはわかっているつもりだが、浅利に言われると、とてつもなく重かった。

「わしは、一歩踏み出すごとに、臍下丹田《せいかたんでん》に心気を盛んに湧かせている」

「はい」

さもあろうと思う。

「貴公は、それに対して、どう向かってくるべきか」

たずねられても、鉄太郎には答えられない。

「残念ながら、方途が見つかりませぬ」

浅利が、またうなずいた。

「それは、貴公に死ぬ気がないからだ」

「いえ……」

反論しようとして、鉄太郎は言葉を詰まらせた。きっと、浅利の言うことが正しいにちがいない。死ぬ覚悟など、いつでもできているつもりでいたが、実際、浅利と向かい合ってみると、じりじり後ずさってしまった。

握っているのは、真剣ではなく木刀である。それでも、浅利には、こちらを殺しかねない迫力があった。鉄太郎は、正直なところ、それが怖かった。だから、後ずさった。

「死地に踏み込まねば、相手は斬れぬ」

「はい」

「自分だけ生き残ろうと思うな」

「はい」

「死にたくない、打たれたくないなどというこころは、捨て去るがよい。世の中、さように都合よくはいかぬ。われは死ぬ。しかし、ただ無駄に死にはせぬ。相手を殺してわれも死ぬ。その覚悟をそだてよ」

「かしこまりました」

鉄太郎は、浅利の言葉を、なんども噛みしめ、また平伏した。

それから毎日のように、鉄太郎は、下谷黒門町の小浜藩邸の道場に通った。講武所や玄武館では、若い弟子たちを教える立場だが、ここでは新参の門人である。

――なんとかして、浅利又七郎を、この手で……。

打ちすえてやろうと狙っているのだが、どうにもこうにも、勝てそうにない。悔しくて、たまらない。

いくら竹刀で打ちかかっても、浅利は、まるで動じない。鉄太郎のうごきを、完全に見切っている。

――ちくしょう。

どうにかして打ち込もうと思えば思うほど、浅利の体が大きく見えてしまう。大きく、こちらを圧倒してくる。

鉄太郎は、息を切らし、竹刀をかまえたまま、剣先を上げることも下げることもできず、立ちすくんでしまうことがしばしばだった。

木刀での稽古は、さらに惨めだった。臍前で水平にかまえた浅利が、こちらにむかって踏み込んでくる。

鉄太郎は、なにもできないまま、後ずさってしまう。そのまま、道場の溜まりの畳に追いやられる。

そんなことのくり返しだ。

——どうして、打ち込めないのか。

夜、家で坐禅をくんで、ずっと考えているがそれがわからない。

——われは死ぬ。しかし、ただ一太刀。

念仏のように唱えてはいるが、いざ、浅利に踏み込まれると、不覚ながら後ずさってしまう。

「困りました」

鉄太郎は、正直に浅利に打ち明けた。

「いっこうに勝てる気がいたしませぬ。いや、死ぬまで勝てぬ気がしてしまいます」

浅利は、笑わなかった。腕を組んで、じっと考えている。長い沈黙のあとで、口をひらいた。

「こころだ」

「はい」

「こころを錬るしかない」

「はい」

「後ずさってしまうのは、貴殿のこころが弱いからだ。それ以外の理由などない」

はっきり断言されて、鉄太郎は、なにも言えなかった。こころは、つねに錬磨しているつもりであった。しかし、それが、ただの〝つもり〟でしかなかったことを、いま、つくづく思い知らされた。

――こころ、こころ。

町を歩きながらも、鉄太郎は、落ち着かない。なにごとにも、ついつい夢中になってしまうたちである。ひとつのことが気にかかると、なんとしても、解決しなければ気持ちが悪い。

「どうしたんだ？」

講武所で、井上清虎にたずねられた。

「はい。じつは……」

ありのままに話した。

「なるほど、そいつは難題だな」

井上が眉をひそめた。

「ちかごろは、あちこちの道場に飛び込んで、稽古をお願いしていますが、どこでも負けたことなどございません。ただ、浅利先生にだけ勝てないのです」

鉄太郎は、小石川鷹匠町の家から、神田の玄武館、小川町に移転した講武所、そして、黒門町の小浜藩邸道場に通う道すがら、道を歩いていて、竹刀の音を聞くと、ためらわずにその門を叩いた。

「ぜひ、ご教授願いたい」

どの道場でもいきなりのことで驚くが、平伏している鉄太郎は、いたって真顔で、たちの悪い道場破りなどには見えない。

たいていは、師範代が相手をしてくれたから、よい稽古になった。なんどか同じ道場に顔を見せれば、師範が相手をしてくれることもあった。

ただ、どこの道場に飛び込んでも、浅利又七郎ほど威圧感を感じる師範に出会ったことはない。

「おまえ、高山時代は、よく坐禅をくんでいたが、ちかごろはどうだ？」

「夜はたいてい坐しております。ただ、このところは、ただただ浅利先生の大きさにのしかかられる気がするばかりで、あまり効果がないようです」

芝村の長徳寺にいた願翁《がんおう》和尚は、何年か前に、鎌倉の建長寺《けんちょうじ》に招かれて行ってしまったため、ちかごろは参禅せず、深夜、自宅で結跏趺坐《けっかふざ》するばかりだ。

鉄太郎は、自分で自分に公案をあたえた。

――どうすれば、引き下がらず、押し返せるか。

考えに考えて、結論に達した。どう考えても、道を開くには、それしかない。

――これまでの百倍死ぬ気になることだ。とことん本気になることだ。

その気概を持って、道場に行く。押される。押される。なんとか踏みとどまって、押し返す。また押される――。

それでも、日々、激しい稽古を積みかさねるうちに、なんとか後ずさらず、踏みとどまれるようになった。すこしは、押し返せることもある。

春、夏、秋、冬……。

浅利の道場に通ううちに、またたく間に、月日がながれた。鉄太郎は、すこしずつすこしずつ自分を変えていった。いっきに悟りが開けたのではない。毎日毎日、下腹に気合いを込め続けた成果である。

そのあいだに、世の中は、また大きくうねっている。

京では、御所を守る幕府軍と長州藩の戦闘があった。

そして、いつの間にか、長州と薩摩が、水面下で手を結び、倒幕にむかって動きはじめていた。

鉄太郎を必要とする時勢が、すぐそこに迫っていた。

（下巻につづく）

初出
本書は、二〇〇六年十二月より二〇〇九年八月まで、左記の各紙およびNHK出版WEBマガジンに順次連載された作品に加筆修正したものです。
京都新聞　大分合同新聞　東奥日報　津山朝日新聞　北羽新報　岐阜新聞　日本海新聞　岩手日日新聞　有明新報　信濃毎日新聞　岡山日日新聞　茨城新聞　紀伊民報　釧路新聞

単行本
二〇一〇年三月　NHK出版

集英社文庫

命《いのち》もいらず名《な》もいらず 上《じょう》 幕末篇《ばくまつへん》

2013年5月25日　第1刷　　定価はカバーに表示してあります。
2014年6月7日　第4刷

著　者　山本兼一《やまもとけんいち》
発行者　加藤　潤
発行所　株式会社 集英社
東京都千代田区一ツ橋2-5-10　〒101-8050
電話　03-3230-6095（編集部）
03-3230-6393（販売部）
03-3230-6080（読者係）

印　刷　凸版印刷株式会社
製　本　凸版印刷株式会社

フォーマットデザイン　アリヤマデザインストア　　マークデザイン　居山浩二

ISBN978-4-08-745065-1 C0193